재즈 선율에서 세상을 읽다

최광철의
재즈
&
색소폰
이야기

재즈 선율에서
세상을 읽다

최광철 지음

이른아침

추천사

"눈감을 수 없어요."

남북 이산가족 상봉
아픔, 슬픔, 한을 색소폰소리로
씻어주고 치유해주고

빌 클린턴의 엄지손을 척 하고
들어 올리게 하는 그의 능력

그의 삶의 연륜에서 묻어나오는
서정성, 애절함

재즈 속에 슬며시 표현되는
판소리의 꺾기 기법

평생을 소리 낼 것 같은
끊이지 않는 순환호흡

사랑을 좇아 망설이지 않고
훌쩍 떠나는 순정파
최광철은 물의 흐름과 같은 인물이라고 생각된다.
겸손하게 위에서 아래로 흐르고
지혜롭게 이것저것 마다하지 않고

주어진 삶에 순응하며
모든 사람들과 각지고 모나지 않게 포용과 조화를 이루며
바위를 뚫는 강한 힘으로 도전하고
끝내 목적달성을 하는 인내력과 용기.
그래서 결국은 자신이 원하는
자신만의 독특한 음악 세계를 마음껏 펼치게 됐으며

봉사 정신도 투철하여 국제로타리 3650지구
양정로타리 창립주회에 참여하여 축하공연으로
재능기부도 해주는 따뜻한 마음의 소유자

남에게 신뢰를 주고 자신을 존중하도록
그는 열정적으로 작곡도 하고 후학도 교육하고 있다.

나는 소시오드라마(사회극)에서
최광철이 작곡한 〈소금강〉을 자주 듣는다.
우리의 마음을 편하게 해주는 치유의 능력이 있기 때문이다.

최광철 선생이 자신의 자전적 이야기를 담은
《재즈 선율에서 세상을 읽다》라는 책을 발간했다.
축하드리며
책 속에서 어린 시절에 고난을 이겨내고 승리한
지금의 최광철의 미소를 들여다보며
'짝다리' 〈대니 보이〉를 듣고 있다.

김유광 정신건강의학과 전문의
한국사이코드라마학회장
고려대학교 의대 외래교수

추천사

재미있는 책이다. 오래 이웃한 최광철의 자전적 이야기가 흥미진진하다. 우리 음악계의 야사(野史) 혹은 뒷이야기는 후배들에게 길잡이가 될 수 있다. 오래전 우리 대중음악계 에피소드에 미소 짓기도 했다. 색소폰 연주 못지않게 글솜씨가 좋다. 그의 궤적을 따라가다가 그의 농밀한 이야기와 마주쳤다. 누구나 안고 있는 감추고 싶은 이야기들이다. 그러나 최광철은 자신이 도달한 음악을 타깃으로 이야기를 풀어내고 있다. 이야기를 따라가다 보면 국악과 만난 새로운 재즈라는 과녁에 적중한다.

밤업소에서 음악을 깨우치던 방식에서 유학 가서 배우는 시대로의 변화는 음악의 외형에도 변화를 가져왔다. 이제는 유튜브로 배우는 시대가 되었다. 이에 따라 음악의 외형은 다시 변하고 있다. 오늘날 지구촌의 재즈판은 미국 블럭에 도전하는 아프리카 재즈, 인도 음악, 여성 음악인들의 파워로 춘추전국 시대를 연상시킨다. 우리 재즈는 한 세기 동안 추종하던 미국재즈를 탈피하는 과정에 있다.

비옥한 문화토양에서 성장한 의식 있는 음악인 한 사람이 인류 음악의 판도를 주도한다. 음악은 심리학, 미래학, 역사, 문학, 수학과 다른 것이 아니기 때문이다. 최광철의 독서량은 넓다. 존 롤스, 유발 하라리, 마이클 샌델과 프로이트와 니체에 대해 대화가 가능하다. 색소폰이라는 기계를 알고 난 다음에는 음악이라는 정신세계를 걷게 되는데, 이때의 나침반이 책이다. 창조적 음악의 질은 독서량과 비례한다.

마일즈 데이비스를 넘어설 그 누군가를 기다린다. 비틀즈를 넘은 방탄소년단이 있고, 모차르트를 넘은 윤이상, 스필버그를 넘은 봉준호가 있지 않은가! 누군가의 뇌 속으로 쏟아져 들어오는 그 창조적 예감을 말하는 것이다. 젊은 재즈인들에게 이 책을 권한다. 최광철에게서도 하나의 실마리를 찾을 수 있다.

김진묵 음악평론가

추천사

2006년에 색소폰 연주를 시작한 후 권태를 느낄 무렵, 2019년에 최광철 선생을 만났다. 최 선생은 알토 색소폰밖에 모르던 나에게 그토록 불고 싶었던 테너와 소프라노 색소폰 연주까지 영역을 넓혀 주셨다.

그리고, 즉흥연주(Improvisation)를 하는 법과 클래식과 재즈의 차이가 무엇인지까지, 음악에 대하여 거의 문외한이던 나에게 새로운 눈을 뜨게 하셨다. 하나의 음계에 나만의 감정을 실어 나를 수 있다는 쾌감을 느끼며, 그려진 악보가 아닌 내 느낌의 악보로 연주할 수 있다는 기쁨은 이루 말할 수 없이 크다.

최광철 선생은 이 책에서 색소폰 연주자이자 재즈 음악가로 자신의 삶을 한 치의 꾸밈도 없이 허심탄회하게 그려내셨다. 정해진 틀을 부수어야 새로운 것이 나온다. 재즈는 자유롭고 창의적인 생각에서 출발한다고 한다. 같은 곡이라도 항상 즉흥적이고 새롭게 연주하려고 노력하시는 최 선생에게 존경의 마음을 표한다.

삶의 여정이야 모두 다르겠지만 재즈를 하고 색소폰을 연주하는 모든 분들에게 이 책을 권한다.

이혁 법무법인 LEE&LEE 대표변호사
前 창원지검 진주지청장
前 인천지검 1차장 검사

추천사

최광철을 만나면 재즈는 보통 한국인의 언어로 다가온다. 그의 재즈는 "재즈라면 모름지기 이래야 한다"고 하지 않는다. 가르치지 않는다. 한참 빠져들어 몸을 흔들며 흥얼거린 선율이 알고 보니 재즈였구나 하는 생각이 문득드는, 그런 재즈다. 한국인의 평균적 감수성까지 밀착했다가 어느덧 저만치훌쩍 제 길을 떠나는데, 그게 알고 보니 재즈의 깊은 내공이 쌓인 결과라는사실을 뒤늦게야 깨우치게 된다는 말이다.

'재즈 선율에서 세상을 읽다.' 책의 제목이다. 재즈와 인연을 맺고, 재즈에빠져, 재즈와 분투하다 보니 동서(東西)와 고금(古今)이 두루 앞에 펼쳐져 있더라는 뜻일 터이고 상당히 잘 붙여진 제목이라는 생각이다. 그를 화려하게세상 안으로 불러들인 클린턴 대통령과의 충돌이 '인생에서 가장 긴 3초'였다는 감각적 이야기로 서두를 장식한다. 환영회장에서의 느닷없는 순환 호흡 연주와 미국 대통령의 격찬은 최광철의 인생을 강렬하게 압축한다.

책은 그 3초 안에 담긴 시간과 사건을 풀어나간다. 국악-클래식과의 인연,즉흥이라는 개념을 풀어나가더니 어느새 그가 인연을 맺어온 수많은 뮤지션들을 회고한다. 그 시간은 바로 한국적 재즈의 탐색기였다. 북녘을 고향으로 둔 색소폰 주자 부친의 회고로 넘어오면서 독자는 그의 색소폰에 배인알다가도 모를 한과 슬픔의 실체를 접한다.

토니 모리슨의 소설 《재즈》에는 "재즈는 미래를 요구했다"는 구절이 나온다. 과거형이다. 재즈가 미래를 지향하는 것은 이미 예정된 것이라는 말일터이다. 가장 한국적인 최광철의 재즈가 바로 그런 것 아닐까 하고 생각해본다. 밤무대 시절의 기억에서부터 스타 가수들 이야기까지, 세세히 회고되는 이 책이 그 비밀을 풀 열쇠이기도 하다.

장병욱 前 한국일보 기자

추천사

책을 읽는 내내 "좋은 음악이나 좋은 연주는 선한 마음과 선한 목적이 있을 때에만 가능해진다"는 최광철 선생의 말이 기억에 남았습니다. 이 책의 스토리를 따라가다 보면 실제로 저자의 선한 마음, 선한 선택, 선한 행동과 그 결과들을 또렷하게 확인할 수 있습니다. 그런데 알고 보니 그게 다 재즈의 철학과 정신에 기반을 둔 것이라고 합니다.

저자는 색소폰으로 음악을 시작하여 나중에는 결국 재즈로 일가를 이룬 분인데, 재즈를 본격적으로 공부하기 이전부터 이미 재즈인으로서의 삶을 살고 있었다는 생각이 듭니다. 그의 끝없는 도전과 성취의 이야기는 어려운 시대를 사는 우리 모두에게 더없이 좋은 조언과 격려가 될 것입니다. 특히 변화되는 상황에 재빠르게 발맞추어 적응해나가는 재즈의 임프로비제이션 능력은 코로나 등으로 인한 어려움을 겪고 있는 우리 시대의 모두에게 필요한 능력이 아닌가 싶습니다. 4차산업혁명과 AI로 대변되는 새로운 시대의 도래 역시 미래 세대에게도 재즈의 철학과 정신이 절실히 필요함을 되새기게 합니다.

부디 더 많은 사람들이 이 책을 통해 재즈의 깊고 높은 세계를 이해하고, 임프로비제이션이 있는 재즈의 삶을 통해 인생의 행복을 누리시길 소원합니다. 최광철 선생을 음악의 스승뿐 아니라 인생의 스승으로 만나게 하신 하나님께 감사드리며, 빠른 시일 안에 후속편이 출간되기를 기대합니다.

함일성 치의학박사

우리나라 사람들이 1988년의 서울 올림픽이나 1997년의 IMF 사태를 쉽게 잊지 못하는 것처럼, 훗날 지구인들은 누구든 2020년이라고 하면 어렵지 않게 코로나 사태를 떠올리게 될 것이다. 제3차 세계대전에 비유될 정도로 전 세계를 공포의 도가니로 몰아넣은 이 바이러스와의 전쟁이 아직 끝난 것은 아니지만, 나라들마다 대강의 성적표는 이미 매겨지는 것 같다.

성적표 가운데 가장 눈에 띄는 것은 역시 소위 서방 선진국들이다. 이들은 코로나가 어떤 바이러스인지도 모르는 상태에서 특유의 여유와 자신감으로 덤벼들다가 그야말로 팬데믹 과 셧다운을 제대로 경험해야 했다. 큰 코를 다친 셈이다. 병원에서 환자를 돌보기는커녕 이미 사망한 사람의 시체조차 제대로 처리하지 못해 대도시 인근의 섬에 거대한 웅덩이를 파고 포크레인으로 시체를 매장하는 장면은 이들 나라를 은근히 부러워하던 우리에게는 참으로 황당하고 민망한 장면이었다.

반면에 우리나라의 경우 초기부터 그야말로 전력투구를 펼쳤다. 화장지 만들던 기계와 천 짜던 공장을 며칠 사이에 마스크 만드는 기계와 공장으로 바꾸고, 빠르고 안전하게 감염 여부를 진단할 수 있는 진단 키트들을 여러 종류 개발했으며, 공기가 자유롭게 흐르는 외부에서 의심 환자를 진단할 수 있는 드라이브 스루라는 독특한 진단 시스템도 창안했다. 얼마 지나지 않아 마스크와 소독제 만드는 공장은 큰돈을 벌었고, 진단 키트 만드는 회사들은 세계 각국으로 이를 수출하면서 그 회사의 주가가 적게는 서너 배에서 많게는 열 배 넘게 뛰기도 했다. 드라이브 스루 방식의 진단법 역시 항상 우리를 낮잡아보던 일본은 물론 세계 각국에 그 운용 노하우가 전파되었다.

서방의 선진국들은 그나마 안전하다고 여겨지는 백신을 가장 먼저 개발함으로써 겨우 체면치레는 할 수 있게 되었는데, 백신을 개발한 회사들은 하나 같이 기존의 원론적인 백신개발 방법을 버리고 완전히 새로운 방식을 채택함으로써 개발 기간을 획기적으로 줄일 수 있었다고 한다. 이처럼 낡은 생각과 습관을 버리고 새로운 길을 찾아낸 회사들이 백신과 치료제 개발에 성공했고, 이들은 바이러스로부터 인류를 구한 전사라는 찬사를 받는 동시에 한 손으로는 잡기 어려운 어마어마한 부까지 거머쥐게 되었다.

아직 사태가 완전히 끝난 것은 아니지만, 코로나와의 전쟁에서 승기를 먼저 거머쥔 국가나 회사들에는 하나의 공통점이 있다고 나는 생각한다. 이를 내 식으로 표현하면 '재즈의 임프로비제이션(improvisation)과 같은 능력'이다.

임프로비제이션은 일상에서는 잘 쓰지 않는 말인데, 이 말을 가장 단순 명료하게 번역한 우리말이 '즉흥연주'다. 색소폰 등의 악기를 연주하는 재즈 연주자들은 자기의 솔로 연주 부분에서 자기만의 독창적인 아이디어와 테크닉, 그리고 자기만의 음악적인 구성력 등을 순간적으로 발휘하여 즉흥연주를 하게 되는데, 재즈 연주에서는 이 임프로비제이션을 연주의 본질이자 생명이라고까지 여긴다. 기본 테마를 살리면서도 악보에는 없는 음악을 연주하는 것이며, 단순한 끼워 넣기가 아니라 바리에이션에 입각한 창작 음악을 연주하는 것이어서 부분적으로는 작곡의 영역을 포괄한다. 임프로비제이션을 할 줄 아는 연주자라야 진정한 재즈 연주자라고 할 수 있고, 뛰어난 임프로비제이션을 할 줄 아는 재즈 연주자라면 단순한 연주자가 아니라 스스로 작곡가이자 지휘자가 되기도 하는 셈이다. 그러므로 임프로비제이션의 수준이 곧 그 연주자의 수준이라고 해도 과언이 아닐 정도로 재즈에서는 중시되는 능력이다. 유사한 용어 가운데 '애드립(adlib)'이 있는데, 주로 희극이나 연극 등에서 나오는 배우의 즉흥 연기나 대사를 가리킨다. 애드립 역시 당연히 해당 연기자의 능력과 순발력에 좌우되며, 대본에 없는 연기나 대사라고 무조건 다 애드립으로 인정되는 것은 아니다.

그렇다면 '임프로비제이션 능력'이란 구체적으로 어떤 능력일까? 첫째는 충실한 '기본기'다. 필자와 같은 재즈 색소폰의 경우라면 색소폰의 음색을 제대로 살리면서 재즈 연주에 필요한 각종 스케일(scale, 음계)에 정통해야 기본기를 갖추었다고 할 수 있다. 즉흥연주라고 해서 아무렇게나 연주를 해도 된다는 뜻은 아니다. 앞뒤 맥락에 어울리지 않는 엉뚱한 대사가 애드립이 될 수 없는 것과 같은 이치다. 이러한 기본기에 충실하지 못하면 당연히 뛰어난 임프로비제이션은 언감생심일 수밖에 없다.

둘째는 '창조력'이다. 제대로 된 임프로비제이션을 위해서는 기존에 없던, 자기만의 테크닉과 음악적 구성력을 보여줄 수 있어야 한다. 물론 이것도 기본기에 충실한 바탕 위에서의 새로운 테크닉과 구성력이어야 한다. 거듭 말하지만 맥락에서 벗어나서는 안 된다. 전에 없던 드라이브 스루 방식의 진단 시스템을 새로이 창안한 것은 재즈의 임프로비제이션을 보여준 것과 다를 바 없지만, 온 국민이 면역체계를 갖추게 하겠다며 무방비로 바이러스에 노출시키는 것은 기본기 없이 새로움만 앞세우는 무모한 모험일 뿐이다.

셋째는 '신속한 적응력'이다. 재즈 연주자들은 당연히 사전에 자기의 솔로 부분에서 어떤 임프로비제이션을 선보일 것인지 미리 궁리하고 연습한다. 하지만 막상 무대가 시작되면 어떤 상황이 펼쳐지고 관중석에서 어떤 반응이 나올지 알 수 없다. 뛰어난 연주자라면 이럴 때 자신의 임프로비제이션을 즉석에서 적절히 늘이거나 줄이고 바꿀 수도 있다. 그럴 수 없다면 임프로비제이션(즉흥연주)이 아니고 의미도 없어진다. 화장지 만들던 기계를 며칠 만에 마스크 만드는 기계로 바꿀 수 있는 능력, 그것이 바로 신속한 적응력이고 임프로비제이션과 마찬가지로 의미가 있는 능력이다.

여기까지 읽은 독자들이라면 재즈 연주자의 임프로비제이션 능력과 새로운 난관이나 도전 앞에 선 사람이나 단체에 요구되는 능력 사이에 놀라운 공통점이 있다는 사실을 눈치 챘을 것이다. 특히 코로나처럼 전에 누구도 상대해보지 못한 새로운 위기가 닥쳤을 때, 그 돌파의 여부는 전적으로 임프로비제이션 능력에 달려 있다고 해도 과언이 아니다. 기본기에 충실하면서도 상황에 맞추어 빠르게 변신하고 적응할 수 있는 능력이야말로 생사를 가르는 능력 가운데 하나인 것이다. 변신하지 못하는 카멜레온에게 숲에서 생존할 다른 방식이 있을 리 없다.

그런 면에서 보자면 재즈의 정신과 테크닉은 재즈 연주자에게만 필요한 것이 아니다. 2020년에 전 세계의 모든 나라와 사람들이 일시에 코로나 사태를 맞은 것처럼, 급변하는 21세기의 지구에 사는 사람들이라면 이 변화의 물결에서 누구도 예외가 될 수 없다. 정치, 경제, 사회, 문화, 환경, 과학, 기술, 예술 등등의 모든 분야에서 급격한 변화는 이제 우리의 일상이 되었다. 세계화, 신자본주의, 4차 산업혁명, AI의 등장이 이런 변화의 직접적인 원인인데, 오늘날의 지구인이라면 누구도 이 변화로부터 벗어날 수 없다. 결국 남는 것은 누가 얼마나 빠르게 변신하고 적응하여 살아남는 승자가 되느냐의 문제인 셈이다.

그런데 현재 우리가 맞이하고 있는 이 변화는 우리 이전의 세대가 그 누구도 경험해보지 못한 것이라는 점에서 코로나와 퍽이나 닮아 있는 것처럼 보인다. 누군가의 눈에는 이 변화가 그다지 두렵지 않겠지만, 누군가에게는 생존을 위협하는 전쟁의 서막처럼 느껴질 수도 있을 것이다. 그렇다면 우리는 어떤 태도로 이 변화를 맞이하고 대처해야 할까. 분명한 한 가지는, 무조건적인 두려움이 아니라 보다 능동적이고 적극적인 자세로 변화의 방향을 헤아리고 재빠르게 적응해야 한다는 것이다. 파도를 타는 서퍼처럼, 물결 위에 올라타서 먼 미래를 볼 수 있어야 한다. 그런데 그러기 위해서는 반드시 필요한 능력이 있다. 바로 재즈 연주자의 임프로비제이션 능력이다.

평생 재즈와 색소폰만을 벗 삼고 스승 삼아 살아온 필자가 느닷없이 무딘 붓을 들어 책을 쓰기 시작한 이유가 여기에 있다. 내가 재즈를 배우는 동안 깨우치고 익힌 정신과 생각들을 통해 파도 앞에 선 독자들에게 무언가 힘과 용기를 줄 수 있지 않을까 생각했다. 나름의 재즈 수업과 음악 인생을 통해 얻은 지혜와 철학 중에도 작지만 나눌 수 있는 것이 있으리라 짐작했다.

겁 없이 붓을 들었다고 책망할 독자들이 있을지 모르지만, 새로운 모험과 예기치 않은 반전은 항상 나의 삶이자 내가 배운 재즈의 최고 장점 가운데 하나였다. 그럼에도 대구MBC 편성국장을 지내고 지금은 퇴임하신 공재성 국장님의 격려와 채근이 없었더라면 이 책은 세상에 나오지 못했을 것이다. 지면을 빌어 짧게나마 감사의 인사를 전한다.

모쪼록 땀 냄새 나는 이 이야기들이 독자들에게 격려의 메시지가 되고 용기를 줄 수 있는 음악 한 소절의 구실이라도 된다면 더 바랄 게 없겠다.

2021년 봄을 지나며
재즈 색소포니스트 최광철

"

기본기에 충실하면서도
상황에 맞추어 빠르게 변신하고
적응할 수 있는 능력이야말로
생사를 가르는 능력 가운데 하나다.
변신하지 못하는 카멜레온에게
숲에서 생존할 다른 방식은 없다.

"

차 례

제 1 부

클린턴과 된장 재즈

내 인생의 가장 긴 3초

1998년 11월 21일 토요일 저녁 청와대 영빈관.

나는 만찬장 한쪽에 임시로 가설된 작은 무대 위에 서 있었다. 내 옆으로는 서울 팝스 오케스트라의 연주자들이 조용히 앉아 있고, 우리 앞에는 지휘자인 하성호 선생이 조금 엉거주춤한 자세로 서 있었다. 만찬장 상석에는 김대중 대통령과 클린턴 당시 미국 대통령이 앉아 있고, 그 아래쪽의 10여 개 대형 테이블에는 한미 양국의 소위 내로라하는 정치인들이며 관료들이 빼곡하게 자리를 잡고 앉아 만찬과 환담을 즐기고 있었다. 우리나라는 물론 미국과 세계의 정치며 경제를 쥐락펴락하는 분들이었고, 그중에는 누구나 이름을 알만한 우리나라 종교계의 최고 어르신들도 한 자리를 차지하고 있었다. 그야말로 한미 양국의 기라성 같은 인사들이 모두 모인 자리였다.

다른 연주자들과 달리 나 홀로 자리에서 일어나 서 있었던 건 방금 막 나의 색소폰 독주가 끝났기 때문이었다. 다른 연주자들과의 협연 중간에 색소폰 독주 순서가 들어 있었고, 이제 막 그 독주를 끝낸 참이었던 것이다.

그런데 10여 년 넘는 연주자로서의 활동 기간에 한 번도 경험해보지 못한, 그래서 내 입장에서는 다소 당황스런 일이 바로 그 절체절명의 순간에 벌어졌다. 독주가 끝났는데 아무도 박수를 치지 않는 것이었다. 그간 갈고닦은 내 실력을 나름대로 한껏 발휘한 색소폰 연주 자체는 내 생각에는 꽤 잘 마무리가 되었다. 그런데도 당연히 나와야 할 박수가 나오지 않았던 것이다.

긴 시간이 아니었다. 연주를 끝내고 내가 그냥 자리에 앉아야 할지 아니면 평소처럼 객석을 향해 가볍게 목례라도 해야 할지를 고민하다가 결국 털썩 자리에 주저앉기까지의 순간은 고작해야 2초나 3초 정도의 짧은 순간이었다. 하지만 그 2초 혹은 3초는 그때까지 내가 경험해보지 못한, 세상에서 가장 긴 침묵의 시간이었다. 느끼기에 따라 시간이 얼마나 길어질 수 있는지, 순간이 얼마나 영원처럼 무거워질 수 있는지, 그날 나는 생생히 체험했다. '일각이 여삼추'란 말을 열 살도 되기 전에 배웠지만, 그게 무슨 뜻인지는 그 날 처음 알았다. 그만큼 내게는 길고 무거운 시간이자, 솔직히 말하자면 두렵고 무서운 시간이었다. 지금은 추억처럼 아무런 부담도 느끼지 않고 말할 수 있지만, 그날 현장에서 내가 느꼈던 두려움과 공포와 혼란은 지금도 생생하게 기억하고 있다. 그야말로 모골이 송연한 순간이었던 것이다. 그 짧은 순간에 내 머릿속으로는 거짓말처럼 수만 가지 생각과 느낌과 감정들이 스치고 지나갔다.

'역시 너무 나간 건가?'

무엇보다도 신경이 쓰이는 건, 그날의 주인공이자 국빈으로 만찬에 참석하고 있던 클린턴 미국 대통령이었다.

'화가 난 클린턴이 인상을 쓰고 있는 건 아닐까?'

안타깝게도 연주자들의 자리에서는 클린턴 대통령이 앉은 자리가 제대로 보이지 않았다. 말하자면 우리는 최고 주빈들의 시야에는 잘 보이지 않는 사각지대에 모여 앉아 연주를 하고 있었던 것이다. 그만큼 그날의 만찬에서 우리 악단이나 나의 연주는 중요한 요소가 아니었다. 보이지 않는 자리에서 조용하고 우아하게, 참석한 사람들의 식욕과 분위기를 돕는 것이 우리 역할의 핵심이었다.

그런데 내가 그만 사고를, 그것도 주워 담을 수 없는 사고를 치고 만 것이었다. 나의 색소폰 독주가 시작되기 전부터 지휘자인 하성호 선생은 연거푸 내게 눈살을 찌푸리고 지휘봉으로도 계속해서 제발 색소폰 소리 좀 낮추라는 사인을 보내고 있었다. 이날의 연주는 어디까지나 백색 소음처럼, 들리지 않으면 서운한 수준으로서의 연주에 머물러야 했기 때문이다. 하지만 독주의 순서에 이르고, 지휘자의 역할이 사라지고, 오로지 나에 의한 나만의 색소폰 연주 시간이 주어졌을 때, 내 안의 재즈 본능이 그만 발동하고 말았던 것이다.

지휘자는 나의 독주 타임에도 계속해서 소리를 낮추라는 사인을 내게 보낸 모양이지만, 그 연주의 순간에 사실 나는 눈을 감고 있었다. 평소에도 그렇지만, 연주 자체에 집중하기 위한 나만의 습관이었다. 악보와 지휘자의 지휘봉이 없으면 연주를 하지 못하는 다른 악기 연주자와 달리, 색소폰으로 재즈를 연주하는 내게는 악보나 지휘자가 전혀 불필요한 요소였다. 악보가 필요치 않은 것은 물론이요 지휘자는 훼방꾼이 될 뿐인 것이다. 이는 나만의 얘기가 아니라 모든 재즈 연주자들에게 공통

되는 얘기다. 나중에 다시 얘기할 기회가 있겠지만, 재즈 연주자는 모두 각자가 작곡가가 되고 지휘자도 되기 때문에, 어떤 공연에서든 악보나 지휘자에 의존하지 않는다.

아무튼, 5분 정도의 독주 순서를 시작하자마자 나는 접신한 무당처럼 연주 자체에 빠져들었고, 나름의 자신감을 총동원하여 〈진도 아리랑〉을 변주한 나만의 재즈 색소폰 연주를 이어갔다. 당시 나의 전매특허나 다름없던 '순환호흡'을 활용한 긴 선율과 세상에 전무후무하던 '꺾기' 기법까지, 그야말로 5분 동안 재능과 기량을 온통 쏟아 부었다.

세상에나! 그런데도 박수가 없었다. 다른 공연에서라면 연주가 끝나기도 전에 우레와 같은 박수가 터졌을 텐데, 연주가 다 끝났는데도 장내는 쥐 죽은 듯이 조용하기만 할 따름이었다. 속된 말로 '죽었구나!' 싶었다.

어찌 보면 실제로 나의 연주는 미친 짓이었다. 우선 그날의 청와대 만찬은 물론이고 모든 만찬장의 음악이란 기본적으로 튀지 않아야 하는 것이 상식이다. 우아한 백색소음, 그 이상도 이하도 아니어야 훌륭한 연주가 되고 바람직한 공연이 되는 것이다. 그런 면에서 보자면 나의 연주는 그야말로 돌출행동이자 돌발 상황을 만들어낼 수 있는 돌발악재임이 분명했다. 연주를 끝낸 나는 터지지 않는 박수를 무려 3초 정도나 기다리며 혼란과 두려움을 느끼다가 마침내 공포에 식은땀까지 흘릴 지경이 되고 말았다.

'연주자 한 사람이 국난 극복을 위한 천재일우의 기회 망쳐!'

다음날 조간에 실릴 기사 제목까지 떠올릴 수 있었던 건 그만큼 그 시간이 내게는 길게 느껴졌기 때문이다. 찰나가 영원이고 순간이 무한대여서, 무엇이든 생각할 수 있고 무엇이든 느낄 수 있었다. 그렇게 등줄기로 서늘한 기운을 느끼며 나는 맥없이 자리에 주저앉고 말았다.

그리고 바로 그 순간, 내가 앉은 연주자들의 자리와는 대각선으로 가장 멀리 떨어진 테이블 하나에서 마침내 첫 박수 소리가 터져 나왔다. 짝!

내게 들린 건 단 한 번의, 그 첫 박수 소리였다. 그가 누구이고 무얼 하는 사람인지 물론 나는 알지 못했다. 아무튼 그 첫 박수 소리가 내 귀에는 4번 타자가 홈런을 칠 때 내는 딱! 하는 소리와도 같이 명확하고 또렷하게 들렸다. 그만큼 감각이 예민해져 있었고, 내게는 시간이 늘어진 테이프처럼 천천히 흐르고 있었기에 들을 수 있는 소리였다. 이어 같은 테이블에 앉은 다른 사람이 두 번째 박수 소리를 냈다. 그 순간에 나는 체면도 잊고 고개를 자라처럼 빼고 모로 비틀어서 단상 위에 앉은 클린턴 대통령 쪽으로 시선을 돌렸다.

단상의 헤드테이블과 연주자들의 자리 사이를 가리고 있는 가림막 끝으로 클린턴 대통령이 박수를 치는 모습이 시야에 들어왔다. 짝! 그것은 그날 내가 들은 세 번째 박수 소리였다. 이어서 그 옆에 앉아 있던 김대중 대통령이 손을 들어 느린 동작으로 박수를 이어받았다. 네 번째 박수 소리였다.

이어 여기저기서 화답하듯 박수가 쏟아졌다. 그러자 나는 다시 혼란에 빠졌다. 늘어진 테이프처럼 한없이 느리게만 흐르던 시간이 갑자기 자기 템포를 되찾고, 장내를 울리는 박수 소리가 누구의 것인지 구분할 수 없는 형태로 뒤죽박죽 들리기 시작했던 것이다. 조금 전의 세계가 현실인지 아니면 방금 갑자기 나타난 세계가 현실인지 도무지 분간이 가지 않았다.

나는 엉거주춤 자리에서 엉덩이를 들고 일어나 역시 엉거주춤한 자세로 객석을 향해 잠깐 고개를 숙여 보였다. 그리고 바로 그때였다. 조금

전의 내가 그랬던 것처럼, 이번에는 클린턴 대통령이 잘 보이지 않는 우리 연주자들 쪽으로 목을 길게 빼고 비틀더니 갑자기 나를 향해 엄지손가락을 척! 하고 치켜세우는 것이었다. 그러면서 내가 듣기에도 명징하고 큰 소리로 이렇게 외치는 것이었다.

"엑셀런트 (Excellent)!"

게다가 한 번이 아니었다.

"엑셀런트 !"

두 번이나 같은 손짓을 해보이고 두 번이나 똑같은 감탄사를 연발하는 것으로 보아 나름 가슴에 느껴지는 바가 컸던 모양이었다. 나는 엉거주춤한 자세로 클린턴 대통령을 향해서도 조금 고개를 숙여 보였다.

그걸로 쇼는 끝이었다. 내 안의 전쟁도 끝이었고, 지휘자와 행사 담당자의 식은땀도 끝이었다. 어쩌면 우리나라 대통령과 국무총리와 장관들과 여의도 의원님들과 장군들과 고매하신 어르신들의 짧은 걱정도 끝났는지 모르겠다. 지휘자는 곧바로 대본에 따라 다음 곡의 연주 시작을 알렸고, 잔잔하고 감미로운 새 백색소음과 함께 만찬장의 화기애애한 분위기도 곧바로 되살아났다. 나의 연주와 예정에 없던 박수는 어느새 먼 전설처럼 잊혀지고 하나의 해프닝처럼 지나가 버렸다. 어쩌면 다행스런 일이었다.

그나저나 연주가 끝나고 첫 박수가 터질 때까지 정말 3초가 걸린 게 맞을까? 궁금한 사람도 있을지 모르겠다. 내 대답은 이렇다. "모른다." 재보지 않았고 재볼 수도 없었다. 하지만 현대의 과학은 공간이 시간과 별개로 존재하는 게 아니라는 걸 안다. 시간도 절대적이지 않다는 얘기다. 그날 그 순간 내가 겪은 시간과, 같은 공간에 있던 다른 사람들이 겪은 시간은 똑같은 시간이 아니었을 것이다. 그래서 나는 때때로 생각한다. 누군가의 시간을 모래시계로 재는 그것보다 길거나 혹은 짧게 만드는 것, 그것이 예술이 아닐까 하고. 시간을 늘리거나 줄일 수 없는 예술이라면 아마도 시대를 초월하기도 어려우리라.

클린턴 대통령의 방한이 결정된 것은 그 해 11월 초였다. 말하자면 방한 결정 이후 한 달도 되지 않아 실제로 방한이 이루어진 것인데, 누구나 짐작할 수 있는 것처럼 이때의 방한은 사실 본래부터 예정된 것이 아니었다. 지금도 그렇지만 세계를 움직이는 미국 대통령의 해외 순방 일정이 그렇게 급하게 결정되는 경우는 거의 없다. 말하자면 예외적인 상황이 벌어지는 경우에나 가능한 일이었다. 실제로 당시 클린턴 대통령은 말레이시아에서 열리는 APEC 회의에 참석했다가 인도와 파키스탄을 방문하기로 되어 있었는데, 어쩐 일인지 이 일정이 갑자기 취소되었고, 그래서 그 대리 일정으로 한국 방문을 결정하게 된 것이었다. 따라서 예정에 없던 방한이 갑자기 이루어진 것이고, 그가 한국에 머물기로 한 시간도 채 이틀이 되지 않는 고작 40시간이 전부였다.

클린턴 대통령의 방한을 위해 애를 쓰고 있던 우리나라 정부의 입장에서는 천재일우의 기회였다. 당시 우리나라는 그 한 해 전에 발생한 IMF 사태로 인해 미국의 도움이 절실히 필요한 상황이었다. 멀쩡하던 기업들이 외국의 기업 사냥꾼들에게 헐값에 팔려나가고, 수많은 가장들이 거리로 내몰렸으며, 그중에는 안타깝게도 스스로 목숨까지 끊는 사람들마저 있었다. 다른 한편으로, 그해 초부터 우리 국민들은 세계사에 전무후무한 금 모으기 운동을 펼쳐 당시 한국은행이 보유하고 있던 금보다 스무 배나 많은 양의 금을 모아 세계를 놀라게 하기도 했다. 이처럼 내우외환의 위기와 국민들의 고통 속에 클린턴 대통령이 우리나라를 찾게 되었던 것이고, 따라서 청와대와 정부의 입장에서는 이 기회를 최대한 활용하여 위기 탈출의 전기를 마련해야만 했다. 국민들 대다수가 이런 생각을 갖고 있었기 때문에 클린턴 대통령의 방한은 전폭적인 지지를 받았고, 국민들의 지지가 높아질수록 당연히 우리나라 대통령과 청와대의 부담은 커질 수밖에 없었다. 모든 수단을 동원하여 클린턴 대통령을 만족시키고 우리가 원하는 대답과 경제적인 지원책을 이끌어내야 했다.

그런데 문제는 우리에게만 있는 것이 아니었다. 미국의 민주당 소속인 클린턴 대통령은 명백한 민주주의 진영 지도자인 김대중 대통령의 정책에 대체로 우호적이었지만, 당시 북한이 핵무기 개발을 시작했다는 사실이 외부에 알려지면서 김대중 대통령의 '햇볕정책'에 대한 미국 정치권의 반대 목소리도 상당한 수준이었다. 말하자면 클린턴의 입장에서는 이런 미국 조야의 목소리를 우리 정부에 전해 북한에 대해 강경한 입장을 취하도록 압박할 필요가 있었다. 이는 우리 정부에는 당연히 부담이었다. 모든 게 아쉬운 상황에서 미국 대통령의 말을 무시할 수도 없고, 그렇다고 햇볕정책을 포기하고 남과 북의 강대강 대결 국면을 조성할 수도 없는 상황이었던 것이다. 이래저래 클린턴의 눈치를 살피면서 모쪼록 그의 입에서 지나친 강경 메시지가 나오지 않도록 상황을 잘 관리해야 할 필요가 있었다. 학수고대하던 손님이긴 하지만 무작정 편한 만남이 될 상황이 아니었던 것이고, 따라서 그를 어떻게 예우하고 대접할 것인가 하는 문제가 첨예한 관심사로 떠오를 수밖에 없었다.

손님 대접을 위한 여러 행사 중에 가장 중요한 것은 역시 청와대 만찬이었다. 대통령은 물론 우리나라를 이끌어가는 주요 인사들이 모두 참석했고, 최대한 화기애애한 분위기를 조성하여 클린턴 대통령의 입에서 우리나라의 대북정책을 지지하고 한국의 경제난 극복을 위해 미국이 발 벗고 나서겠다는 말이 나오도록 만들어야 했다.

이처럼 중요한 만찬장의 뒤편에서 우아하고 조용하게 분위기를 잡아줘야 할 초청 연주자가 사고를 쳤는데, 결과적으로는 클린턴을 감탄시켜 분위기를 더욱 극적으로 반전시켰다는 것이 이날 내게 일어난 일의 개요다. 그렇다면 왜 하필 나였을까?

사실 이런 중요한 만찬의 배경음악을 담당해야 하는 연주단에 색소폰이 끼는 것은 퍽 이례적인 일이다. 색소폰은 다른 악기와의 화음보다는 색소폰 자체의 독특한 음색과 톤을 살려 독주를 할 때 그 진가가 더욱 발휘되는 악기이고, 따라서 한 마디로 튀지 않는 음악이 필요한 자리에 어울리는 악기가 아닌 것이다. 그럼에도 색소폰이 이날의 연주단에 합류하게 된 것은 전적으로 클린턴 대통령을 위한 배려 때문이었다.

지금은 많이 알려진 사실이지만, 클린턴 대통령도 못 말리는 색소폰 연주자이자 재즈 마니아다. 그냥 순수한 아마추어 수준이 아니라 거장 라이오넬 햄프턴과 협연을 할 정도로 색소폰 실력이 탁월하다고 알려져 있었고, 케니지와도 막역한 사이라고 했다.

이런 사실을 알게 된 청와대의 만찬 책임자는 그날의 오케스트라를 이끌 지휘자 하성호 선생과 이 문제를 협의했고, 하성호 선생은 클린턴 대통령이 좋아하는 재즈 색소폰 연주를 공연 중간에 삽입하자는 아이디어를 냈다. 그러면서 이미 색소폰 연주자로서 굉장한 실력파로 알려진 클린턴 대통령에게 망신을 당하지 않고 우리나라 색소폰 연주의 수준을 짧은 순간에 유감없이 보여줄 수 있는 사람이 누구일지 고민하게 되었고, 그 결과 선택된 사람이 나였다.

하성호 선생이 이런 결정을 한 것은 그동안 내가 하 선생이 지휘하는 서울 팝스 오케스트라와 많은 협연을 통해 호흡을 맞춰왔기 때문이었다. 그리고 그 당시 나는 세계 최고로 인기가 많은 색소폰 연주자로 이름을 날리던 케니지처럼 '순환호흡'을 이용한 끊어지지 않는 연주와 우리 국악의 독특한 리듬감을 살린 소위 '꺾기' 주법으로 제법 이름을 날리고 있었고, 방송과 녹음, 공연 등 다양한 활동을 하고 있던 것이 사실이다. 대한민국을 대표할 수 있는 재즈 색소포니스트로 나름 인정을 받고 있었던 것이다. 나는 청와대 공연 참여를 망설이지 않고 결정했다.

예정된 공연이 1주일 정도 남아 있던 11월 중순의 어느 날, 한국일보의 장병욱 기자에게서 만나자는 전화가 왔다. 장병욱 기자는 재즈 기타 실력이 꽤 수준급인 아마추어 연주자일 뿐만 아니라, 그 당시 황무지나 다름없던 언론 분야에서 재즈 기사와 비평을 가장 활발하게 쓰던 기자였다. 이런 그의 재즈에 대한 열정과 사랑은 이후로도 계속되었고, 재즈 음악인들 사이에서 장병욱 기자는 재즈 관련 언론인으로서 첫머리를 장식하는 사람으로 평가를 받게 되었다. 말하자면 오늘날의 우리나라 재즈

서울 팝스 오케스트라와의 협연 안내책자

음악 저변 확대에 크게 기여한 인물 가운데 한 사람이 장병욱 기자다. 재즈 연주자와 기자로서 이미 수 년 전부터 안면과 근황을 잘 알고 있는 처지여서 나는 기꺼이 그의 인터뷰 요청에 응했다.

"아무 음악이나 해서는 클린턴을 매료시키기 어려울 텐데, 복안은?"

청와대 만찬장 연주 계획 이야기가 나오자마자 장 기자는 취조라도 하듯이 물었다. 그런데 내 입에서도 의외의 대답이 튀어나왔다.

"클린턴 대통령이 좋아한다는 케니지의 〈다잉 영(Dyin' Young)〉을 연주할 건데, 그걸로 끝낼 수가 없을 것 같아서 연주 엔딩 부분에 케니지가 하는 순환호흡과 1994년에 삭발하고 오대산 가서 내가 터득한 우리 판소리의 꺾기 주법을 넣은 〈진도 아리랑〉을 곧장 이어서 연주할 생각이에요. 색소폰 연주도 잘하고 음악에 조예가 깊은 클린턴 미국 대통령에게 우리나라의 전통 국악 한 곡조 들려주는 것도 어떤 의미가 있지 않을까 싶어요."

그러자 장 기자가 기다렸다는 듯이 화답했다.

"굿! 그거 좋겠네요."

자기 일처럼 얼굴이 환해지는 장병욱 기자를 보면서 두려움이 전혀 없었던 건 아니었지만, 나는 속으로 이미 결심을 굳히고 있었다.

'색소폰이 선택된 이유는 클린턴 때문이고, 내가 선택된 이유는 남들과 다른 나만의 색소폰 연주가 필요하기 때문이다. 클린턴이 정말 재즈와 색소폰을 아는 사람이라면 단순한 케니지 흉내로는 아무 감흥도 줄 수 없을 것이다.'

집으로 돌아오는 길에 혼자 그렇게 생각하고 결론을 내렸다.

인터뷰를 마치고 며칠 뒤, 정확히 청와대 만찬 하루 전날 한국일보에 장병욱 기자의 내 인터뷰 기사가 대문짝만하게 실렸다. 무엇보다 내가

클린턴에게 된장재즈 들려줄 최광철

재즈로 거듭 나 청와대까지 가게 된 최광철씨는 "재즈는 나의 선택이고 아버지와의 약속"이라고 말한다. / 왕태석기자

색소폰주자 최광철(崔光喆·37)이 날개를 편다. 분명 적은 관객이다. 그러나 여태껏 가져 온 무대중 가장 큰 무대다.

20~23일 방한하는 미국 클린턴대통령 앞에서 소프라노 색소폰을 연주한다. 21일 오후 7시 청와대 영빈관, 김대중대통령 내외가 주재하는 만찬연회장. 서울 팝스 오케스트라(지휘 하성호)의 반주로 케니 G의 「Dyin' Young」을 들려준다. 클린턴은 거장 라이오넬 햄프턴과 색소폰을 협연할 정도로 공인된 골수 재즈팬이자 아마 재즈맨. 이번 자리는 클린턴과 케니G와의 친분을 고려, 팝스 오케스트라가 국내의 대표적 소프라노 색소폰 주자인 최씨를 지목해 이뤄졌다.

최씨는 그러나 이번에 재즈맨으로서 고집을 부리기로 했다. 5분여의 연주시간 중 완전히 솔로로 가는 후반부가 그것. 음이 끊이지 않는 순환호흡주법을 구사, 「진도아리랑」을 중심으로 국악적 선율로 즉흥을 펼칠 작정이다. 클린턴이 소문대로 정말 재즈를 안다면 자신의 선택을 십분 헤아릴 것이라는 생각이다. 「케니 G로만 끝내면 무슨 의미가 있었어요. 나는 우리것을 보여주고 싶어요」

신산 많았던 아버지와 자신의 삶에 대해 표하는 미안함이고 해원의 념이다. 아버지 최병운씨는 최무룡 김희갑 등이 활동했던 당대 일류 유랑악극단 「낭랑쇼」의 색소폰주자였다. 원래 배우 출신으로 부화한 하류계생활을 누구보다 잘 알던 아버지의 반대를 무릅쓰고 17세때 색소폰 학원에 들어갔다. 마침 내 악보보는 법을 가르쳐주시던 아버지는 여섯달 뒤 세상을 떴다. 「내 손으로 돈 벌고 싶었어요」. 이후 자기 악단을 결성, 유랑생활로 역마살을 달랬다.

80년 5월 연주차 내려간 광주에서 한 달동안 발이 묶였다. 일련의 비극을 똑똑히 목도한 그는 아예 입대해 폭 썩어 지냈다. 그 무렵 만난 것이 재즈.

87년 클럽 「야누스」에서 알게 된 한국재즈의 대부 이판근씨에게 밤무대 출연료로 레슨비를 감당하며 1년을 정식 수업했다. 아침 10시면 항상의 긴밥으로 허기를 속이고 한강둔치로 가 저녁 7시까지 연습, 또 자정까지는 클럽 연주.

94년 MBC TV 황인용 토크쇼에서 빅밴드 「최광철과 음악세상」의 리더로 세상에 나오는가 싶었던 그는 석발하고 짐을 챙겨 반년을 오대산에서 지냈다. 「소금강」등 창작곡 7곡이 포함된 첫 음반 「최광철과 재즈 색스」가 그렇게 나왔다(동아기획). 「북녘이 고향으로 평생 통일을 꿈꾸다 가신 아버지, 이산가족한테 바치는 심정으로 국악의 5음계로 작곡했죠」. 클럽 「야누스」「내쉬빌」「블루문」 출연, 가요·영화음악 세션, 후학 지도가 그의 정규 일상. 지금은 12월 2일 MBC 창사특집 생방송에서 박인수·인치환이 듀엣으로 부를 곡 「이제는 만나야 한다」의 마무리에도 여념없다. 10여곡 써둔 창작재즈를 근간으로 한 2집도 준비중이다.

「인생은 마라톤이니, 이제 겨우 반환점을 돌았죠. 내가 진정 붙운하고 슬픈가, 더 두고 봐야죠」 지난 해 4월에는 고졸 검정고시에도 합격했다.

/장병욱기자

유랑극단 연주자의 아들로 자라

모든걸 바친 색소폰으로

21일 청와대 만찬장을 달군다

청와대 연주 직전에 나온 신문기사

우리 국악의 선율을 색소폰 음색에 담아 재즈로 연주하겠다고 말한 부분을 적극적으로 지지하는 장기자의 태도에 용기를 얻을 수 있었다.

마침내 만찬과 연주가 시작되고, 미국과 우리나라의 편곡된 민요 몇 곡이 연주되었다. 나는 연주 내내 거의 자리에 앉아만 있었다. 연주자가 아니라 음악 감상을 하러 온 관객의 기분마저 들었다. 악보와 지휘봉에 따라 일사불란하게 연주되는 서울 팝스 오케스트라의 연주는 한없이 매끄럽고 부드럽고 안온해서 정말이지 끓이다 만 라면이라도 맛있게 먹을 수 있을 것 같았다. 그러다가 마침내 케니 지의 〈다잉 영〉 순서가 되었고, 다른 연주자들과 협연이 마무리 되면서 나만의 색소폰 독주 순서가 돌아왔다. 나는 눈을 감았고, 어떤 눈길들이 어디서 어떻게 쏟아지는지 외면한 채 연주에만 몰두했다. 순환호흡을 통한 끊어짐 없는 긴 주법은 케니지의 기법을 연구하여 내가 완성한 것이었다. 우리나라 사람은 물론 외국인들에게는 너무나 생소하면서도 특이할 꺾기 주법 역시 내 스스로 만들고 완성한 것이었다. 우리 국악과 재즈가 어우러진 기묘하고도 감동적인 선율이 만찬장을 휘감았다. 1994년에 삭발하고 오대산에 들어가 피눈물 나게 연습했던 날들이 주마등처럼 스쳐갔다.

그런데 내 색소폰 연주의 시작과 더불어 만찬장 안은 순식간에 공연장 분위기로 바뀌고 말았다. 대화가 끊기고, 식기를 두드리던 날카로운 금속제 포크와 나이프 소리도 끊어졌다. 고요한 정적 속에 색소폰 선율만 드넓은 장내를 휘감았다. 연주가 끝나고 기나긴 3초의 정적 후에 첫 박수를 쳐준 사람은 바로 백악관의 비서실에서 일하는 미국인이라고 했다. 나의 색소폰 연주가 누구를 의식하고 있는지 모두가 알고 있는 상황에서, 클린턴 대통령보다 먼저 박수를 칠 수 있는 사람은 상하 격식에 구애되지 않는 미국인 뿐이었다. 우리나라 사람은 누구도 클린턴보다 먼저 박수를 칠 수 없었던 것이다. 그러다가 한 미국인이 박수를 치자 클린턴이 뒤를 이었고, 우리 대통령이 그 뒤를 이었던 것이다.

그렇게 다소 무모하고 용감했던 연주가 끝나고, 서울 팝스 오케스트라의 나머지 연주도 끝나고, 마침내 만찬 자체가 마무리되었다.

그런데 또 한 번의 이변이 연출되었다. 클린턴 대통령이 정해진 동선에 따라 만찬장에서 퇴장하는 대신 우리 연주자들이 앉은 측면 뒤쪽의 무대를 향해 성큼성큼 걸어왔던 것이다. 그러더니 나를 보며 다시 엄지를 척! 치켜세우고는 다시 한마디를 덧붙였다.

"퍼펙트(Perfect)!"

이미 연주가 끝나자마자 "엑셀런트"라는 찬사를 두 번이나 받은 뒤였기에 그의 거듭된 찬사는 나로서도 실로 의외의 일이었다. 나는 속으로 승리의 쾌재를 불렀다. 나의 실력이 클린턴 대통령에게 인정을 받고, 어쩌면 그에게 도움을 받아야 하는 우리나라의 입장에서, 조금은 국위를 드높인 것이 아닐까 싶기도 했던 것이다. 아마 태어나서 처음 해보는 애국인지도 몰랐다.

그렇게 내 앞에 잠시 섰던 클린턴 대통령은 지휘자인 하성호 선생한테 가더니 짧은 대화를 나누었다. 나는 조금 떨어진 자리에 있어서 정확한 대화 내용을 들을 수는 없었지만, 두 사람의 눈길이 연신 내게 향하는 것으로 보아 내 얘기를 하고 있다는 낌새는 알아챌 수 있었다. 나중에 들으니 클린턴 대통령이 나와 내가 연주한 곡에 대해 물었고 하성호 선생은 이렇게 말해주었다고 한다.

"미스터 최는 우리나라 최고의 재즈 색소포니스트다. 그가 연주한 음악은 한국의 전통 음악 가운데 하나인 〈진도 아리랑〉을 임프로비제이션한 것이다."

클린턴 대통령은 지휘자의 설명에 연신 고개를 끄덕였고, 설명을 다 듣고 나자 다시 내게 눈인사를 보내고는 마침내 만찬장 입구를 통해 총총히 사라졌다. 그의 뒷모습을 보고 있는데 누군가 내 어깨를 탁 하고 쳤다.

"수고했어!"

돌아보니 김종필 당시 국무총리였다. 그 한마디 뿐 이었지만, 내가 행사를 망친 게 아니라 성공시켰다는 것만은 분명히 감지할 수 있었다.

이로써 나는 졸지에 클린턴을 매료시킨 색소폰 연주자라는 별명을 얻게 되었다. 그리고 그 별명은 한동안, 어쩌면 지금까지도 많은 사람들의 뇌리에서 지워지지 않았던 모양이다. 지금도 '클린턴을 매료시킨 연주의 비결이 뭐냐'고 묻는 사람들이 더러 있으니 말이다.

클린턴도 반한 색소폰 연주의 비결

클린턴 대통령이 나의 연주 가운데 어느 부분에서 그렇게 감탄하거나 감동을 느꼈는지 사실 나는 모른다. 물어보지 못했고 물어볼 기회도 없었다. 하지만 짐작이 없는 것은 아니다.

앞에서도 언급한 것처럼, 내가 파악한 클린턴 대통령은 단순한 아마추어 연주자라고 하기에는 상당한 실력을 갖추고 있었다. 게다가 재즈는 우리나라 음악이 아니라 기본적으로 미국에서 탄생한 음악이다. 말하자면 클린턴은 재즈가 탄생한 나라의 재즈 마니아인 데다가 당대 최고의 연주자와 협연을 할 수 있을 정도로 재즈 연주에 일가견이 있는 사람이었다.

그런 고급 청중을 상대해야 하는 나로서는 사실 어느 정도 긴장을 하지 않을 수 없었는데, 다행히도 색소폰 연주 실력에 관한 한 나는 우리나라에서, 아니 최소한 동양에서는 누구에게도 뒤지지 않을 자신이 있었다. 어린 나이에 색소폰 연주를 시작했고, 남보다 빠르게 연주자로서의 기량을 인정받았고, 이미 상당한 명성을 쌓았음에도 스스로 오대산 깊은 산중에 틀어박혀 두문불출 나만의 연주를 탄생시키고자 6개월이나 인고의 시간을 견딘 후였기에 가질 수 있는 자신감이었다.

그리고 오대산 시절 전후로 갈고닦은 나만의 비밀병기가 바로 꺾기 주법이었다. 오대산에서의 6개월에 걸친 수련 후 세상에 다시 나온 나는 김덕수 사물놀이패와 협연을 하고, 하성호 선생이 지휘하던 서울 팝스 오케스트라와도 협연을 하면서 나만의 비밀병기를 세상에 공개하여 이미 호평을 받은 바 있었다. 장병욱 기자가 '된장 재즈'라고 한 것이 바로 그것이다. 우리 고유의 국악이 색소폰 연주를 통해 새로운 스타일의 재즈 음악으로 재탄생될 수 있음을 보여주었던 것이다. 그런 면에서 나는 두 가지 장점을 모두 가지고 있었던 셈인데, 케니지의 연주 못지않게 긴 호흡으로 이어지는 고난도의 연주 기법인 "순환호흡"을 마스터했을 뿐만 아니라 우리 국악을 색소폰으로 재해석한 나만의 음악도 가지고 있었던 것이다. 물론 이 가운데 더 중요한 건 후자다. 아무리 매끄럽고 능수능란하게 케니지의 음악을 연주했다 하더라도, 그것만으로 클린턴에게 남다른 감동을 줄 수는 없었을 것이다. 잘해봐야 그저 한국에도 꽤 색소폰 연주를 잘하는 연주자가 있나 보다 하는 정도의 느낌밖에 주지 못했을 것이다.

클린턴이 처음 들어보았을 곡조의 우리 국악에 감동할 수 있었다는 점도 나로서는 행운이었다. 소위 꺾기 주법으로 연주한 나의 〈진도 아리랑〉은 우리의 전통 악기가 아니라 색소폰을 통해 연주됨으로써 클린턴에게는 더 쉽게 어떤 감흥을 불러일으켰을 것이다.

직접 감상해보기 01

김덕수 사물놀이패와의 협연

김덕수 사물놀이패와 함께

이로써 나는 하성호 선생과 청와대가 나를 부른 데 대한 보답은 충분히 한 셈이 되었다. 이러한 성공의 이유로 나는 두 가지를 꼽는다.

하나는 성공의 문을 열기 위해서는 먼저 두드려야 한다는 것이다. 두드려야 기회가 열린다. 오대산에서 하산한 뒤로부터 청와대 공연 이전까지 나는 여러 차례 다양한 연주단과 함께 무대에 섰다. 김덕수 사물놀이패와의 공연도 가졌고 하성호 선생의 서울 팝스 오케스트라와도 여러 번 공연을 가졌던 것이다. 그렇게 미리 나를 알리고 나타내는 과정이 있었기에 청와대 무대에 설 수 있는 기회가 주어졌던 것이다. 감나무 밑에서 입을 벌리고만 있어서는 달콤한 홍시의 맛을 볼 수 없다. 스스로 기회를 찾고, 누가 불러주기 전에 먼저 문을 두드려야 한다.

다른 하나는 항상 미리 준비가 되어 있어야 한다는 것이다. 클린턴의 방한은 갑자기 정해졌고, 우리의 청와대 공연도 갑자기 결정된 것이었다. 사전에 연습을 한다거나 할 시간조차 거의 주어지지 않았다. 그런데 다행스럽게도 나는 미국식 재즈든 우리나라 국악이든, 무엇이든 색소폰으로 소화해낼 수 있는 실력을 길러두고 있었다. 아마 클린턴의 방한과 우리의 청와대 공연이 결정되고 난 이후에 무엇을 연주할지, 어떻게 연주할지를 고민했다면 성공적인 무대는 거의 불가능했을 것이다. 재즈는 그 태생부터 임프로비제이션(즉흥연주)을 특징으로 하는데, 이는 아무렇게나 되는대로 연주해도 좋다는 뜻은 아니다. 사전에 갈고 닦은 실력과 연습이 있지 않고는 즉흥연주도 불가능하다. 그런 면에서 나는 우리 국악에 대한 관심을 바탕으로 사전에 직접 편곡을 해보고, 악보를 그려보고, 수없이 반복해서 연주를 해본 경험을 바탕으로 촉박한 준비시간에도 불구하고 나름대로 완성도 높은 연주를 할 수 있었던 것이다.

재즈를 통해 항상 무언가를 배우면서 살아가는 내가 가장 강조하고 싶은 재즈의 덕목 가운데 하나가 즉흥성인데, 주어진 현실에 가장 빠르게 적응하고 이를 유리하게 활용하기 위해서는 항상 준비된 연주자, 준비된 사람이 되어야 한다. 준비되지 않은 사람에게는 기회가 주어지지도 않거니와 기회가 주어진다고 하더라도 이를 활용할 방법이 없다.

나를 청와대 무대에 세운 하성호 선생은 우리나라에 최초로 팝스 오케스트라를 소개하고 도입한 지휘자다. 미국에서 클래식을 공부하고 박사 학위까지 받은 분이며, 올림픽이 열리던 1988년에 서울 팝스 오케스트라를 창단하여 이후 우리 음악계에 전무후무한 여러 기록을 세운 주인공이다. 기존의 클래식 공연에 대중가수 등이 참여하는 팝을 결합하고, 나를 비롯한 재즈 연주자들도 무대에 함께 세움으로써 공연 예술의 신기원을 연 인물이기도 하다. 지금 최장수 음악 프로그램 중의 하나가 된 〈KBS 열린 음악회〉 같은 프로그램이 '하성호의 서울 팝스 오케스트라' 무대에서 영감을 받아 만들어진 프로그램이라고 해도 과언이 아니다. 하성호 선생은 현재까지도 현역으로 활동하고 있는데, 경원대 교수와 서울 공연예술전문학교 학장도 지냈다.

"

재즈는 그 태생부터
임프로비제이션(즉흥연주)을 특징으로 하는데,
이는 아무렇게나
되는대로 연주해도 좋다는 뜻은 아니다.
사전에 갈고 닦은
실력과 연습이 있지 않고는
즉흥연주도 불가능하다.

"

클래식과 재즈

재즈는 대략 말해서 1900년대의 미국에서 처음 탄생한 음악 장르다.

겨우 100여 년의 역사밖에 가지지 못한 음악이 재즈지만, 오늘날 우리 사회에 미치는 영향력으로 말하자면 수백 년 역사의 클래식 음악 못지않다. 그렇다면 재즈의 무엇이 이처럼 짧은 시간에 비약적인 발전과 변화를 만들어낸 것일까?

무엇보다도 나는 재즈의 자유분방함을 한 원인으로 꼽고 싶다. 그렇다. 재즈는 그 어떤 장르의 음악보다 자유분방한 음악이다. 자유분방하기 때문에 어떤 장르와도 잘 어울릴 수 있고, 자유분방하기 때문에 임기응변에도 능하다. 짧은 역사에도 불구하고 재즈는 다양한 형태로 변형되면서 그 폭을 넓히고 깊이를 더해왔는데, 이는 자유분방하고 임기응변에 능한 재즈의 속성이 아니고는 설명하기 어려운 것이다.

많은 사람들이 클래식과 재즈를 비교해서 설명할 때, 클래식이 일종의 질서와 규율을 중시하는 반면 재즈는 자유로움과 즉흥성을 중시한다고 말한다. 나도 대체로 이런 의견에 동의한다. 음악이나 다른 무엇, 예컨대 철학과 과학과 종교와 법과 의학과 미술은 모두 인간의 행복에 기여하는 데 그 존재 의의가 있다고 나는 생각한다. 그런데 인간의 행복이란 그 자유가 보장될 때에만 얻어지는 것이다. 자유롭지 못한 상태에서의 행복이란 존재하기 어려운 것이다. 그런 면에서 클래식보다는 재즈가 인간의 행복에 기여할 부분이 더 많다고 나는 믿는다. 물론 클래식을 신봉하는 사람들은 동의하기 어려운 얘기일 것이다. 클래식에도 분명히 많은 장점이 있다고 생각한다. 하지만 자유나 자율이 규제나 규율보다는 인간의 창의성을 더 고양하고 행복감을 더 높여준다는 것은 자명한 일이다. 물론 그렇다고 규제나 규율이 나쁜 것이라거나 모두 없어져야 한다는 주장을 하려는 것은 아니다. 하지만 규제나 규율을 앞세우는 사회가 자유를 존중하는 사회보다 더 좋은 사회라고는 여겨지지 않는다. 클래식은 대체로 특정 작곡가가 만든 음악을, 특정 지휘자의 지휘 아래 일사불란하게 연주하는 음악이다. 작곡가의 역할이 중요하고, 그래서 클래식의 역사는 곧 위대한 작곡가들의 역사이기도 하다. 그 다음으로 중요한 존재는 지휘자다. 악보에 적힌 똑같은 음악이라도 지휘자가 이를 어떻게 이해하고 받아들이느냐에 따라 실제로 구현되는 음악은 제각각이다. 따라서 클래식에서는 지휘자의 역할이 무엇보다도 중요하고, 조금 심하게 말하면 지휘자 없는 클래식 공연은 있을 수 없는 것이다. 아무리 뛰어난 연주자들이 모여 오케스트라를 구성하더라도 지휘자가 없으면 연주가 불가능한 것이 클래식이다. 그만큼 클래식은 정형화된 음악이자 임기응변이 통하기 어려운 음악이다.

반면에 재즈에서는 개별 연주자가 음악의 알파요 오메가다. 뛰어난 재즈 연주자들은 모두 뛰어난 작곡가이거나 편곡자이기도 하며, 이들에게는 지휘자가 필요치 않다. 각자의 해석과 느낌에 따라 자유롭게 연주하고 임기응변도 얼마든지 가능하다. 심지어 악보조차 필요 없는 경우가 많다. 연습을 위한 악보는 필요하지만 실제 무대 위의 연주에서는 즉흥연주가 이루어지는 것이 보통이다. 그러니 한 연주자가 같은 곡을 연주하더라도 언제 어떤 무대에서 연주했느냐에 따라 템포와 고저장단이 달라진다. 단, 이런 경지에 도달하기 위해서는 그만큼 피나는 연습과 노력이 필요하다. 실력도 안 되는데 제멋대로 한다고 자기만의 음악이 되는 것은 아니다.

이처럼 자유와 즉흥성을 중시하는 재즈는 짧은 역사에도 불구하고 수많은 음악인들을 매료시켰고, 그만큼 훌륭한 연주자들도 많이 배출되었다. 최근에 대학들에 생기고 있는 실용음악과에서는 사실 재즈 관련 강의가 핵심을 차지하고 있다. 물론 다양한 장르들이 커리큘럼에 포함되어 있지만, 악보와 규율과 지휘자 중심의 클래식을 제외한 거의 모든 음악은 결국 재즈로 수렴된다. 따라서 이름을 어떻게 붙이든 재즈 수업이 되는 것이다. 이런 재즈 음악의 활성화가 낳은 하나의 결과물이 바로 오늘의 K-팝이 아닌가 생각한다. 대학의 실용음악과가 없었더라면 오늘의 K-팝도 존재하기 어려웠을 것인데, 실용음악과의 음악이란 곧 재즈를 말하는 것이기 때문이다.

이처럼 재즈는 알게 모르게 우리 주변에서 큰 역할을 담당하고 있다. 재즈를 배우고 연주법을 배우려는 사람들의 숫자도 하루가 다르게 늘고 있다. 말하자면 재즈 인구의 폭발적인 증가다. 한 사람의 재즈인으로서 자부심을 느끼지 않을 수 없다.

하지만 안타깝게도 재즈에 대한 일반인들의 인식은 여전히 바닥을 기고 있다는 것이 나의 생각이다. 특히 클래식과 비교하면서 재즈를 일종의 팝송과 같이 상대적으로 고급스럽지 못한 대중음악이라고 치부하는 사람들이 적지 않다. 이는 현실과 매우 동떨어진 인식일 뿐만 아니라 실제와도 부합되지 않는 것이다. 클래식과 더불어 음악을 양분하는 장르가 재즈이고, 나날이 발전하는 분야가 재즈다.

재즈는 음악을 넘어 이미 우리의 삶 자체에도 큰 영향을 미치고 있다. 많은 사람들이 재즈를 통해 삶의 지혜를 얻고, 이를 기반으로 창조성을 발휘하면서 혼란한 세상을 앞장서서 헤쳐 나가고 있는 것도 재즈가 세상에 영향을 미치는 하나의 방식일 것이다.

신홍순 사장은 LG패션 사장을 하다가 나중에는 예술의전당 사장까지 지내신 분인데, 우리나라에서는 둘째가라면 서러워할 재즈 마니아다. '생각을 바꾸면 새로운 세상이 보인다'는 카피를 만들어서 본인이 직접 텔레비전 광고에 출연하기도 했는데, 그런 발상의 전환과 아이디어 창출법이 모두 재즈에서 배운 것이라고 말한다. 재즈를 사랑하고, 거기서 배운 재즈의 정신을 기업 경영에 활용한 우리나라 최초의 CEO가 아닐까 싶다. 신 사장님은 실제로도 내가 만나본 사람들 가운데 가장 사고가 자유로운 분이었다.

오늘날 '재즈 경영'은 많은 회사와 CEO들이 실제로 현장에서 활용하는 방법이 되었다. 오케스트라와 같이 수직적 상명하복의 조직문화로는 더 이상 미래를 기약할 수 없는 시대가 되었기 때문이다. 최고의 팀원들을 구성하고, 최소한의 개입과 최대한의 자율로 창의성을 발휘하게 하는 것이 재즈 경영의 목표다.

"

인간의 행복이란
그 자유가 보장될 때에만 얻어지는 것이다.
자유롭지 못한 상태에서의 행복이란
존재하기 어렵다.
그런 면에서 클래식보다는
재즈가 인간의 행복에
기여할 부분이 더 많다고 나는 믿는다.

"

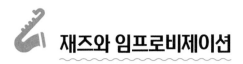

재즈와 임프로비제이션

　재즈의 가장 큰 특징으로 많은 사람들이 임프로비제이션(improvisation), 즉 즉흥연주를 꼽는다. 재즈의 자율성, 창조성, 자유분방함, 탁월한 적응력과 연결되는 말이다. 즉흥성이 결여된 재즈는 상상하기 어렵고, 재즈 연주자의 실력은 곧 즉흥연주의 능력에 비례하는 것이라고 할 수 있다.

　그런데 알고 보면 우리의 삶 자체가 즉흥적인 문제 해결의 연속이라고도 할 수 있다. 시나리오대로 전개되는 삶도 없고, 정해진 악보처럼 전개되는 일상도 없다. 누군가와 만나서 대화를 할 때도 우리는 즉석에서 생각하고 말하지 않으면 안 되며, 어떤 일을 하든지 즉시 상황을 판단하여 적절히 대처하지 않으면 안 된다. 최근 우리나라는 물론 전 세계가 갑자기 나타난 코로나-19 바이러스로 인하여 큰 혼란과 곤란을 겪고 있다. 인류가 일찍이 경험해본 적이 없는 이 치명적인 바이러스 앞에서 많은 국가와 사람들이 우왕좌왕하고 있을 때 우리 의료진과 방역 당국은 선입견 없이 돌출되는 문제들을 빠르게 파악하고 이에 대처함으로써 모범적인 방역의 사례를 만들어냈다. 이 또한 일종의 임프로비제이션이라 할 수 있다.

세상은 갈수록 빠르고 유연한 대처를 우리에게 더욱 요구하고 있다. 세상 돌아가는 속도가 빨라지고 변화가 일상이 되었기 때문이다. 손에 전화기를 들고 다니기 시작한 지 10여 년 만에 이제는 그 전화기로 못하는 일이 없을 정도가 되었다. 우리 어릴 때만 하더라도 유선 전화기가 있는 집도 그리 흔치 않았는데, 그야말로 상전벽해다. 어디 통신 분야 뿐 이겠는가. 모든 것이 어지러울 정도로 빠르게 변하는 세상에서 우리는 살고 있다. 게다가 최근의 변화는 우리의 일상과 가치관 자체를 뒤바꿀 정도로 파격적인 경우가 많다. 그런데 이런 변화에 가장 잘 적응해온 음악, 가장 잘 적응할 수 있는 음악이 바로 재즈다. 따라서 이런 급격하고 빠른 변화에 제대로 대처하기 위해서는 재즈로부터 지혜를 얻지 않으면 안 된다. 재즈는 단순히 귀로만 즐기는 음악이 아니라 우리의 삶을 인도하는 또 하나의 나침반이 될 수 있다.

재즈의 가장 큰 특징과 장점이 임프로비제이션에 있다고 하지만, 이때의 즉흥은 완전한 무에서 제멋대로 무언가를 만들어내는 것일 수는 없다. 일정한 감흥과 감동을 주지 못하는 임프로비제이션은 또 다른 형태의 소음일 뿐이며, 진정한 임프로비제이션은 준비된 사람에게만 기대할 수 있는 것이다.

그렇다면 진정한 의미의 임프로비제이션은 어떤 준비를 필요로 할까? 당연히 충분한 기본기와 기능으로서의 연주 테크닉이 바탕이 된다. 기본기가 갖추어지지 않은 상태에서의 임프로비제이션이란 선무당의 어수선한 굿판과 다를 것이 없다. 그것은 결코 창작이나 예술이라고 할 수 없는 것이다.

그 다음으로 중요한 것은 지식과 지성이다. 갑자기 주어지는 상황에 가장 적절히 대응하고 대처하기 위해서는 먼저 수많은 지식이 있어야 한다. 상황을 파악하고 관객보다 한발 앞서 어떤 방향을 정하기 위해서는 관객보다 당연히 더 많이 알고 더 많은 생각들이 축적되어 있어야 한다. 좋은 연주는 결코 기능으로만 되는 것이 아니다.

마지막은 연주자의 마음 자세 혹은 태도라고 할 수 있다. 언제 어느 자리에서든 최적의 음악, 최상의 연주를 할 수 있도록 준비되어 있어야 한다. 그러자면 마음의 준비를 단단히 해두어야 하는데, 나는 무엇보다도 먼저 선한 사람이 되지 않으면 안 된다고 생각한다. 듣는 이를 행복하게 해주려는 선한 목적과 선한 마음이어야 제대로 된 연주를 할 수 있다. 그 외의 모든 것을 버린 탈속의 마음, 무욕의 마음이어야 연주에 삿된 기운이 끼어들지 않는다. 돈이나 명예나 욕심이 앞선 연주는 결코 듣는 이를 행복하게 해줄 수 없다. 재능이나 기교, 지식이나 지성에 앞서 이처럼 선한 마음을 갖는 것이 연주자로서의 첫 번째 자격이라고 나는 믿는다. 착한 사람이라야 착한 음악을 만들어낼 수 있다.

내가 선(禪)에 관심을 가지게 된 것도 사실 재즈 때문이다. 선은 그 자체로 매력적인 도전의 목표가 되지만, 내 경우에는 재즈를 하는 아티스트로서 가장 올바른 마음의 상태를 찾아가는 과정에서 여러 철학과 종교를 거쳐 최종적으로 선을 만나게 되었다. 그리고 선을 통해 내 마음을 관조하고 조절할 수 있게 되면서 내 연주도 어느 정도는 깨우친 도인의 오도송처럼 나름의 멋과 향기를 가지게 되었다고 스스로 믿는다. 득도한 선승의 자유자재, 그 경지를 오늘도 나는 꿈꾼다.

모든 예술이 그렇겠지만, 개인의 기량과 자유로운 정신에 크게 의존하는 재즈의 경우 특히 연주자의 마음이 중요한 자격 기준이 된다. 선하고 바르고 정직한 사람이 된 다음에라야 재즈에 입문할 수 있다고 나는 믿는다. 재즈는 연주자들에게 최후의 목표가 된다. 이런 높은 경지를 지향하는 연주자라면 당연히 생각부터 심원하지 않으면 안 된다.

"

듣는 이를 행복하게 해주려는
선한 목적과 선한 마음이어야
제대로 된 연주를 할 수 있다.
그 외의 모든 것을 버린 탈속의 마음,
무욕의 마음이어야
연주에 삿된 기운이 끼어들지 않는다.

"

재즈처럼 경영하라

클래식과 재즈 이야기를 조금만 더 해보자. 클래식의 경우 유럽에서 탄생했고 기본적으로 교회 음악으로 시작되어 궁중이나 귀족들을 위한 연회에 활용되면서 자리를 잡게 되었다. 한 마디로 클래식은 보이지 않는 신을 위한 음악으로 출발하여 왕과 귀족 등 소수를 위한 음악으로 발전하였고, 상류사회의 음악으로 자리 잡게 되면서 무엇보다 규칙과 규율을 중시하게 되었다. 작곡가 혹은 지휘자의 악보 해석은 모든 연주자들이 따라야 할 일종의 명령이자 지시가 되고, 연주자들은 그 지시에 일사불란하게 순응함으로써 아름다운 화음을 만들어내게 된다. 신을 찬양하는 천상의 음악은 클래식의 기본 목표이고, 여기에 도달하기 위한 방법으로 클래식은 악보와 지휘자를 금과옥조로 여긴다.

반면에 재즈는 미국의 뒷골목 선술집에서 시작된 음악이라고 할 수 있는데, 이때의 선술집이란 다른 말로 하면 서민들의 휴식처다. 이처럼 재즈는 가난하고 소외된 인간들을 위한 음악으로 출발하여 다수의 사람들을 위한 보편적인 음악으로 발전했다. 재즈를 처음 탄생시킨 지역은 1910년대의 뉴올리언스였는데, 이 당시 이 지역은 프랑스의 식민지였다. 노예 해방 이후 이 지역의 크레올(Creole, 흑인+백인, 특히 프랑스인의 혼혈)은 예술인으로서는 물론 사회적으로 어느 정도 인정을 받게 되었는데, 이는 당시 프랑스가 국가정책으로 이들에게 백인과 똑같은 교육을 실시한 덕분이었다. 이들이 주축이 되어 보통의 백인들과 함께 선술집에서 탄생시킨 음악이 바로 재즈다. 인간, 그것도 억압 받고 고통 받는 사람들의 손에 의해 탄생한 음악이 재즈이고, 따라서 클래식에 비해 인간의 자유의지를 강조하는 쪽으로 발전을 이루게 된 것이다. 클래식이 악보로 표상되는 규율과 질서의 음악이라면, 재즈는 임프로비제이션으로 표상되는 자율과 휴머니즘의 음악이라고 할 수 있겠다.

경영학 분야의 대가인 피터 드러커는 클래식과 재즈의 이런 차이점을 분명히 인식하여 경영학에도 재즈의 자율성과 창의성을 도입해야 한다고 주장하였다. 그의 분석에 따르면 대부분의 회사에서 직원들은 클래식 음악의 연주자들과 마찬가지의 자세로 일을 한다. 상부(지휘자)의 지시에 충실히 따르고, 변칙과 예외를 허용하지 않으며, 동료들과 트러블을 일으키지 않는 사람이 훌륭한 직장인이라고 생각하는 것이다. 하지만 실제로 성과를 내는 직원은 재즈 연주자처럼 일하는 직원이다. 상관에게 의존하지 않고 스스로 판단하고 행동할 수 있는 능력을 기르고, 주어진 과제에 대해 즉각적으로 반응할 준비가 된 직원이 재즈 연주자처럼 일하는 직원이다. 오늘날 기업의 경쟁력은 직원들의 단순한 충성이 아니라 창의성에 크게 의존하므로 결국 현재와 미래 사회에서 회사를 살리는 직원은 재즈 연주자처럼 일하는 직원이라는 것이다.

또 앞으로의 회사 조직은 더욱 전문화되고 세분화되는 방향으로 진화하게 되는데, 대규모 오케스트라가 아니라 보통 4인조나 6인조 이내의 소규모로 연주단을 구성하는 재즈의 방식이야말로 앞으로의 조직 구성과 관리에 적합한 것이라고 한다. 한 마디로 회사도 재즈 연주자들처럼 조직을 구성하고 일을 해야 한다는 것이다. 재즈는 즉흥연주를 강조하는 음악이어서 어떤 형태의 음악과도 보조를 맞추거나 협연을 할 수 있다는 장점이 있다. 연주자의 실력만 뒷받침된다면 클래식, 가요, 팝, 국악을 가릴 필요가 없다. 실제로 내 경우에도 클래식 교향악단은 물론 팝스 오케스트라나 국악단, 방송국 관현악단 등과 수없이 많은 협연을 했다. 이처럼 적응력이 뛰어난 음악이 재즈고, 오늘날의 회사 역시 재즈의 이런 속성을 배울 수 있어야 지속적인 생존과 발전을 도모할 수 있다.

이처럼 많은 장점을 가진 것이 재즈지만, 우리나라의 초중고등학교 교육 과정에서는 재즈를 교육하지 않고 클래식과 국악만 가르치고 있다. 실로 안타까운 일이 아닐 수 없다. 필자는 한때 이런 현실을 타개할 방안으로 우선 재즈협회의 설립을 구상하고 실제로 추진한 적도 있었다. 나름대로 재즈 연주자로 왕성한 활동을 벌일 때여서 많은 사람들이 협회 창립에 호응을 해주었는데, 결론적으로 빛을 보지는 못하고 말았다. 지금 생각해도 유감스럽고 아쉬운 일이 아닐 수 없다.

창의력의 안과 밖

– 작곡가 김정욱

　재즈의 가장 큰 특징이 임프로비제이션(즉흥연주)이고, 멋진 재즈 연주를 꿈꾸는 모든 연습생의 일차 목표도 이것이다. 때와 장소의 분위기에 맞추어 연주자가 너무나 자연스럽고 흥미진진하게 임프로비제이션을 선보일 때면 듣는 이들 누구나 자기도 모르게 감동을 경험하게 된다. 이처럼 재즈 연주자의 임프로비제이션이 듣는 이들에게 감동을 줄 수 있는 것은 그것이 그 상황에 적절한 연주일 뿐만 아니라 이전의 세상에는 없던 새로운 창작물이기 때문이다. 임프로비제이션을 혹자는 일종의 기교로 생각하기도 하지만, 재즈 뮤지션인 내가 보기에 그것은 작곡과 다를 바 없는 창작의 영역에 속하는 작업이다.

　그렇다면 실력파 재즈 뮤지션의 임프로비제이션과 같은 창작은 언제 어디서 어떻게 이루어지는 것일까?

첫째 조건은 당연히 기본기다. 재즈 연주자들에게는 소위 스케일(scale)이라는 것이 있는데, 수준급의 연주를 위해 기본적으로 익혀야 하는 테크닉이라고 생각하면 된다. 그런데 사실 이 단계를 마스터하기가 쉽지 않다. 그야말로 피나는 훈련을 거쳐야 이 단계를 건널 수 있다. 임프로비제이션이 빛을 발하는 연주의 시간은 기껏해야 몇 분에 불과하지만, 그 몇 분을 위해서는 몇 년간의 땀과 노력이 있어야 하는 것이다. 스케일의 벽을 넘지 못하면 영원한 아마추어 연주자가 되거나 3류 연주자 수준에서 벗어날 수 없다.

그런데 이런 기본기의 충족은 색소폰 연주나 몇몇 분야에만 한정된 것이 아니다. 사실 세상 대부분의 일들이 기본기 없이는 해내기 어렵고, 기본기가 튼튼해진 연후에야 남다른 성취를 이룰 수 있다. 요리든 건축이든, 그것이 창의성을 요구하는 일이라면 다 마찬가지다. 그러니 우선은 없는 아이디어를 짜내기 위해 머리를 쥐어뜯기 전에 스스로 기본기가 갖추어졌는지, 얼마나 갖추어졌는지 먼저 따져볼 일이다.

둘째는 억압적이지 않은 분위기와 창조자(연주자)의 부담감 없는 애정이 필요하다. 창의력은 자유로운 분위기 안에서만 피어나고, 진정한 창조는 뜻하지 않게 이루어지는 경우가 많다. 압박과 부담과 의무감에서 새로운 아이디어가 싹트는 경우는 아스팔트에서 새싹이 솟는 경우처럼 희귀한 일이다. 그러므로 누군가에게 창의력이나 새로운 창조물을 기대한다면, 그런 기대를 수시로 주입하여 압박할 것이 아니라, 그런 분위기와 상황을 우선 만들어주어야 한다.

우리 회사의 분위기가 직원들의 창의력이 충분히 발휘될 수 있을 정도로 정말 자유로운지, 보이지 않는 압박과 부담을 주는 것은 아닌지 우선 점검해보아야 한다는 것이다. 이는 새로운 무언가를 만들어내려는 창조자 본인 스스로에게도 해당되는 말이다. 시간을 정해두고 언제까지 무언가를 창조해야 한다는 식으로 스스로 족쇄를 채우지 말아야 한다. 남이 씌운 굴레든 스스로 덮어쓴 족쇄든, 자유가 허락되지 않는 상황에서의 창조는 어불성설이다.

내 오래된 친구 가운데 김정욱이라는 작곡가가 있다. 1980년대 후반, 내가 막 재즈에 입문하던 무렵에 만난 친구로 당시 그는 경희대 작곡과 학생이자 베이스 연주자이기도 했다. 김정욱과 나는 소공동에 있는 롯데호텔 36층에 있던 〈아나벨스〉라는 클럽에서 같이 연주했는데 멤버들이 전부 방송과 녹음을 전문으로 하는 우리나라 최고의 실력파 선배들이었다.

이 무대에 서기까지 나는 1년 이상을 재즈의 스케일 완성에만 매달렸다. 보통 3년 이상이 걸린다는 스케일의 마스터를 위해 나는 남들이 3년 동안 투자할 시간과 노력과 열정을 1년 안에 모두 쏟아부었다. 재즈만이 살길이요 재즈만이 구원이라는 일편단심으로 하루 10시간 이상을 연습에 매달렸다. 입술이 부르터서 피가 나고 손가락에 마비가 오기도 했지만 죽기 살기로 매달렸다.

당시 나는 역삼동, 지금의 한국은행 자리 근처에 살았는데, 지금과는 달리 허허벌판이나 마찬가지인 동네였다. 아침에 눈을 떠서 밥을 먹고 나면 나는 곧장 한강 고수부지로 달려갔다. 스케일을 연습하기 위해서였다. 한강가로 간 것은 그곳이 물가이기 때문인데, 물은 색소폰의 소리를 잡아당기는 성질이 있다. 말하자면 다른 장소에서보다 더 힘차게 불지 않으면 소리가 제대로 들리지 않는 것이다. 달리기 선수들이 발목에 납덩이나 모래주머니를 차고 연습을 하는 것처럼, 나 역시 불리한 상황을 만들어놓고 연습을 했던 것이다. 국악에서 소리를 하는 사람들은 산속의 폭

롯데호텔 36층에 있던 〈아나벨스〉 클럽에서

포를 찾는데, 색소폰의 경우 산속보다는 넓은 물가가 연습의 최적지다.

아무튼, 그렇게 종일 강가에 혼자 서서 색소폰을 불었다. 아침부터 시작하여 해가 뉘엿해질 때까지 매일. 그러다가 해가 지면 출근을 했다. 당시 나는 공부와 밥벌이를 동시에 해결해야 하는 처지였기 때문이다.

그렇게 일종의 주독야경을 하는 처지는 김정욱도 비슷했는데, 나 못지않게 작곡 수련에 하루해가 모자랄 정도였다. 언젠가 크게 성공하리라는 생각이 만난 지 얼마 되지 않았을 때부터 들었다. 그리고 실제로 김정욱은 남들보다 빨리, 학교를 마치기도 전부터 히트곡을 내놓았다. 가수 김종찬이 불러 〈가요 톱 10〉에서도 1위를 차지했던 〈사랑이 저만치 가네〉라는 노래가 그것이다. 가수 김종찬을 일약 스타덤에 올려준 곡이자 작곡자 김정욱의 이름이 알려지기 시작한 계기가 된 곡이기도 하다. 이듬해 연말의 〈KBS 가요대상〉 시상식에서 그는 20대의 젊은 나이에 올해의 작곡가상을 수상했고, 당연한 얘기지만 이때부터 곡을 부탁하는 가수며 음악인들이 줄을 섰다. 베이스 연주에도 뛰어났지만 작곡은 그의 전공이자 이미 상당한 자질과 실력을 갖춘 뒤였으니 앞날이 그야말로 탄탄대로였다. 하지만 김정욱은 이후 몇 년간 이렇다 할 히트곡을 내지 못했다. 실력이 없어서가 아닌 건 분명했다. 곡을 준 가수들에게 문제가 있는 것도 아니었다. 굳이 원인을 찾는다면, 나는 인위적인 노력이 너무 강했기 때문이었을 것이라고 생각한다. 밀려드는 주문과 성화에 어떻게든 곡을 만들어야 한다는 의식적인 노력이 더해지면서 정작 그의 내면에 있는 창조력이 지치고 피곤해져 그만 잠들고 말았던 것이다. 말하자면 무위(無爲)가 인위(人爲)에 압살된 것이다.

작곡과 같은 창작 활동은 그 특성상 강압이나 압박이 없는 상황에서 무위에 의해 이루어지는 경우가 많다. 명작일수록 특정한 이유나 목적에서 벗어나 있을 때 오히려 제대로 창작되는 법이다. 인위적으로 특정한 목적을 위해 창작에 매달릴 경우 범작이 나오거나 위선적인 작품이 나오기 쉽다. 영웅을 찬양하기 위한 서사시나 음악, 혹은 기타의 예술작품들은 그래서 최고의 걸작이 되기 어렵다. 역으로 말하면, 작곡가든 색소폰 연주자든, 자기들 마음대로 자유로운 분위기에서 활동할 수 있는 여건을 우선 만들어주어야 한다. 그래야 창조의 정신이 제대로 발휘될 수 있다. 이런 분위기는 물론 남들이 만들어주기도 하지만 창조자 본인도 스스로 족쇄를 만들지 말아야 한다. 노력해서 안 되는 것이 창조다. 누구나 노력해서 되는 일이라면 창조가 그렇게 위대한 것으로 칭송될 이유도 없을 것이다. 중요한 건 노력이 아니라 노력 너머에 있는 그 무엇, 말하자면 물이 흘러넘칠 정도로 고이도록 아무 것도 하지 않고 놔두는 무위의 경지다.

나 역시 비슷한 경험을 여러 번 했다. 나도 작곡과 편곡을 하는데, 연주나 공연을 위해 지방에 갈 일이 있을 때면 왕왕 '이번 출장길에는 멋진 작품을 하나 써야지' 하고 결심을 하고 갈 때가 있다. 하지만 이런 경우 아무런 악상도 건지지 못하는 경우가 많았다. 반대로 느긋하고 여유롭게 국도라도 천천히 달리고 있을라치면 저절로 악상이 떠오르는 경우가 적지 않았다. 차이가 무엇일까? 아마도 자연스럽게 저절로 이루어지는가, 아니면 인위적으로 노력하는가의 차이일 것이다. 이런 경험들의 축적을 통해 나는 인위가 아니라 무위에서만 진정한 창조력이 발휘되는 것이라고 믿게 되었다.

한편, 작곡가 김정욱은 몇 년 간의 슬럼프를 거친 뒤 정말로 작곡의 거인이 되어 다시 돌아왔다. 이태백은 술 마시고 주정을 해도 시가 되었다는데, 김정욱도 악보를 그리기만 하면 히트곡이 될 정도였다. 그 첫 부활의 신호탄이 된 노래가 최진희의 〈천상재회〉다. 이어 조용필의 〈바람의 노래〉와 〈기다리는 아픔〉, 강산에의 〈널 보고 있으면〉, 권인하의 〈그해 겨울에는〉 같은 곡들이 연달아 발표되어 히트곡의 반열에 올랐다. 김정욱은 작곡가뿐만 아니라 작사가와 프로듀서로서도 수많은 작업들을 성공적으로 진행했고 나중에는 세한대학교 실용음악과 교수로도 활동했다(현재는 숭실대학교 실용음악과 교수로 있다).

김정욱이 〈사랑이 저만치 가네〉를 작곡하던 무렵, 그를 옆에서 지켜보니 실제로 노래 한 곡을 만드는 데 들어가는 시간은 그리 길지 않았다. 하지만 나는 알고 있었다. 그 이전에 그가 얼마나 많은 준비를 했는지. 그가 얼마나 준비된 작곡가인지를 말이다. 그랬기에 우리와 어울려 방배동 카페골목의 포장마차에서 소주를 마시던 한밤에 갑자기 어떤 영감을 얻고 집에 돌아가 곧장 곡을 완성할 수 있었던 것이리라. 한편, 그가 한동안 슬럼프에 빠진 것은 아마도 그가 너무 여리고 착한 사람이어서 그랬던 것이 아닐까 싶기도 하다. 젊은 나이에 큰 상을 받았으니 여기저기서 부탁과 청탁과 압박을 받았을 것이고, 마음 약한 그가 이를 뿌리치지 못해 스스로 족쇄를 찼던 것이 아닐까 싶은 것이다. 오래지 않아 거기서 해방될 수 있었던 건 그의 우물에 다시 새 물이 들어찼기 때문일 것이다. 이는 그가 실력을 갖춘 동시에 착한 사람이었기에 가능한 일이었을 것이라고 나는 생각한다.

왼쪽부터 재즈 피아니스트 임인권, 저자, 작곡가 김정욱

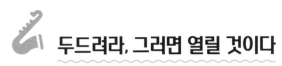

두드려라, 그러면 열릴 것이다

― 작곡가 최준영

　김정욱이 20대의 내게 노력과 무위의 정신이 창조의 바탕임을 일깨워
주었다면, 작곡가인 후배 최준영은 성공을 향해 끝없이 두드리고 또 두
드리는 도전의 정신을 가르쳐주었다고 생각한다.

　최준영은 목포 출신으로 중학교 때부터 4인조 밴드를 결성할 정도로
음악에 푹 빠진 친구였다. 한양대 신방과에 다녔는데 역시 헤비메탈 밴
드를 결성하여 대학가요제와 강변가요제에 참가하는 등 끊임없이 가수
를 향한 길로 매진했다. 그러다가 1991년에 실제로 최영이라는 이름으
로 1집 솔로앨범을 냈는데, 아쉽게도 결과는 신통치 않았다. 하지만 이
앨범에 실린 최준영의 곡들을 보고 그 음악적 재능에 놀란 한 제작자가
주선하여 그 이듬해에는 작곡가로 데뷔하게 되었다. 윤시내와 나미의 듀
엣 기념음반에 〈그대 떠나버리면〉이라는 곡을 써준 것이다. 그 이듬해

에는 보컬그룹 자유시간 출신의 가수 최선원의 솔로앨범에 〈슬퍼지려 하기 전에〉라는 발라드 곡을 써주었다. 이 노래들은 당시에는 큰 인기를 얻지 못했는데, 나중에 다른 가수들에 의해 리메이크가 되면서 다시 빛을 보게 되었다. 이렇게 가수와 작곡가의 길을 걷던 최준영은 혼성그룹 쿨의 데뷔 앨범을 프로듀싱하면서 마침내 프로듀서로도 데뷔했다. 이듬 해에 쿨이 2집 앨범을 낼 때도 두 곡의 노래를 써주었다. 쿨이 2집 앨범을 내던 해가 1995년인데, 같은 해에 최준영은 혼성그룹 룰라의 2집 앨범 〈날개 잃은 천사〉를 작곡하고 프로듀싱도 했다. 그가 이 음반의 제작에 참여한 것은 앨범의 제작자가 한때 그의 매니저 역할을 했었기 때문이다. 최준영의 매니저를 하다가 최준영이 가수가 아닌 작곡가의 길로 들어서면서 새 가수를 찾게 되었고, 그것이 룰라였다는 얘기다. 이 의리 있는 제작자는 룰라의 2집 앨범을 제작하면서 최준영에게도 곡을 좀 써 보라고 말을 했던 것이고, 이때 최준영이 써준 곡이 바로 〈날개 잃은 천사〉였던 것.

그런데 이 노래가 공전의 히트를 치면서 드디어 최준영의 시대가 본격적으로 개막되었다. 그 다음 해에 김건모와 손을 잡고 제작한 4집 앨범 〈스피드〉가 발표되면서 최준영은 '히트곡 제조기'라는 별명까지 얻었다. 이후 왁스의 〈화장을 고치고〉, 미나의 〈전화 받어〉, 이정현의 〈바꿔〉와 〈와〉, 임재범의 〈비상〉, 자두의 〈김밥〉, 컨츄리 꼬꼬의 〈오! 가니〉, 코요테의 〈순정〉, 핑클의 〈루비〉 등 이루 헤아릴 수 없이 많은 곡들을 작곡하거나 프로듀싱 했다.

1999년부터는 아예 기획사를 설립하여 신인가수 발굴에도 직접 나섰는데, 왁스, 자두, 리쌍, 미나, 알리 등이 그의 손을 거쳐 탄생한 그룹이거나 가수들이다. 가요계에 얼마나 큰 영향력을 미쳤는지 미루어 짐작할 수 있을 것이다.

　나중에는 영화 제작에도 손을 대어 〈미인도〉로 다시 대박을 쳤고, SBS의 드라마 〈떼루아〉 제작에도 참여했다. 와인을 소재로 한 이 드라마에 알리의 노래가 소개되면서 알리 역시 유명세를 탔다.

　이 성공한 문화예술인을 내가 처음 만난 건 그가 다소 어려운 시절을 지나고 있을 때였다. 가수로 데뷔는 하였으나 신통한 성공을 거두지 못했고, 몇몇 신인가수들에게 작곡한 노래들을 주었으나 역시 별다른 반응이 없던 때였다. 자기 전공도 아닌 작곡으로 진로를 변경한 뒤 압구정동의 지하 셋방에 피아노 하나와 침대 하나만 겨우 들여놓고 밤새 고군분투하던 시절이기도 했다. 이 무렵 준영이는 신인가수들의 음반을 녹음하면서 내게 반주 세션을 부탁해왔다.

　당시 나는 방송국들에서 여러 프로그램을 하면서 가수들의 음반에 세션으로 참여하는 경우도 적지 않았기에 그의 부탁은 사실 새삼스런 것은 아니었다. 하지만 목포 출신의 그가 같은 동향인이자 더 유명한 재즈 색소폰 연주자인 이정식을 놔두고 나를 찾은 이유는 쉽게 짐작이 가지 않았다. 나 역시 무명은 아니었지만 솔직히 그 무렵 더 유명한 연주자는 명백히 이정식이었기 때문이다.

　"저는 혈연이나 학연이나 지연 같은 거 몰라요. 내가 만든 노래에는 형의 연주가 가장 잘 아울린다는 건 알죠."

　오로지 실력으로 평가하고 그 외의 인간적인 문제는 뒷전이라는 그의 말에서 철저한 프로정신을 느낄 수 있었다. 그리하여 기꺼이 그가 하는 여러 음반 작업에도 참여했다. 윤시내와 나미의 〈그대 떠나버리면〉, 룰라의 〈날개 잃은 천사〉 음반 가운데 한 곡인 〈코리아나 인 뉴욕〉, 한스 밴드의 〈오락실〉과 〈선생님 사랑해요〉, SBS 드라마 〈떼루아〉의 OST

음반 등이 지금도 기억에 남는다. 그때부터 그는 음악을 하는 예술인인 동시에 CEO로서의 자질을 보여준 셈이다. 실제로도 그는 프로듀서와 CEO의 역할을 훌륭하게 해냈고, 끊임없이 도전하고 문을 두드리는 그의 태도가 성공도 가져다주었던 것이다.

내 생각에, 최준영 만큼 노력하고 도전하며 늘 새로움을 추구하는 CEO는 드물고, 그런 예술가는 더더욱 드물다. 본받을 점이 많은 후배다.

직접 감상해보기 02

한스밴드, 〈오락실〉 세션연주

한스밴드, 〈선생님 사랑해요〉 세션연주

SBS드라마 〈떼루아〉 OST 세션연주

룰라, 〈코리아나 인 뉴욕〉 세션연주

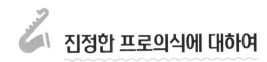

진정한 프로의식에 대하여

　재즈를 처음 시작한 1987년 이후 재즈의 정신은 항상 내게 화두와도 같은 것이었다. 노동자들의 선술집에서 탄생했다는 재즈에 대하여 사람들은 그 자유로운 변주의 기능에만 집착하여 흔히 재즈를 자기 멋대로 자유롭게 하는 음악이라고 생각하곤 한다. 제 흥에 겨워 악보에는 신경도 쓰지 않고 자기 멋대로 연주하는 쉬운 음악이라고 생각하는 경향이 있는 것이다. 아주 틀린 말은 아니지만 맞는 말은 더더욱 아니다.

　재즈는 확실히 클래식에 비한다면 자율성과 자유가 더 많이 보장되는 음악이기는 하다. 클래식의 경우 작곡자의 의도나 지휘자의 그 음악에 대한 해석을 금과옥조로 여기고 연주자들이 일치된 화음을 통해 이를 구현하는 것을 자랑으로 삼는다. 반면에 재즈는 연주자 개개인의 이해를 바탕으로 연주 당시의 상황과 분위기에 맞추어 그때그때 다른 음악을 만들어낸다. 여기까지만 보면 재즈가 상대적으로 자율적이고 자유가 더 많이 주어지는 음악인 것은 분명하다.

하지만 재즈라고 해서 자유를 넘어서는 방종까지 허락되는 것은 결코 아니다. 재즈가 음악인 이상 그 연주는 화성학에 위배되지 않아야 한다거나 주어진 주제에서 벗어나지 말아야 한다는 무언의 규칙이 없을 수가 없다. 그러면서도 임프로비제이션의 장점을 최대한 살릴 수 있는 연주를 할 줄 알아야 진정한 재즈 연주자라고 할 수 있다.

문제는 이 단계까지 가기가 결코 쉽지 않다는 것이다. 내 경우 재즈 연주의 기본기라고 할 수 있는 200여 가지의 스케일을 익히기까지 꼬박 1년이 넘게 걸렸다. 그것도 매일 10시간 이상씩 연습을 했기 때문에 가능했던 것인데, 나중에 선배들에게 들어보니 그걸 1년 이내에 마스터하기가 쉽지 않다고 했다.

열일곱 어린 나이에 색소폰을 처음 했을 때에도 아버지에게 물려받은 소질 덕분에 남들보다 서너 배 빨리 습득했는데 재즈에 입문해서도 그 덕을 본 것이라고 여겨진다. 고맙고 감사한 일이다. 그러나 진정한 재즈 연주자가 되기 위해서는 소질만으론 한계가 있고 피눈물 나는 노력이 있어야 한다.

내 경우 학원에 가서 스케일 하나하나를 배울 수 있던 것도 아니었다. 기본기는 스승인 이판근 선생님으로부터 지도를 받았지만, 구체적인 연주법들은 해외의 연주자들이 연주하는 음악을 듣고 스스로 터득하여 연습해야 했다. 더러는 실황 공연을 녹화한 비디오테이프를 이용했지만 대부분은 카세트테이프를 이용했다. 새로운 스케일이 나올 경우 처음엔 같은 부분을 300번이나 반복해서 들어야 귀가 뚫리고 악보가 그려지고 손가락의 움직임이 감지되었다. 나중엔 200번, 더 지나자 100번 하는 식으로 줄어들기는 했지만, 무척이나 단순하고 고된 연습이었다. 그렇게 알게 된 새 스케일을 연습하기 위해 한강 고수부지에서 무수히 색소폰을 불고 또 불었다. 손가락이 마음대로 움직이지 않으면 잠시 누워 하늘을 쳐다보며 아버지 얼굴을 떠올리며 다짐하고, 다시 수백 번이라도 반복해서 연습했다. 그 외에 다른 방법이 있을 수 없었다. 운동선수가 공에 자동으로 반응하듯이 내 몸이 음악에 자동으로 반응할 때까지 무한 반복의 연습을 되풀이했다.

이런 연습의 과정에서는 생각이 중요한 게 아니었다. 운동선수나 군인의 훈련처럼, 몸이 자동으로 반응할 때까지 무한 반복만이 되풀이될 뿐이었다. 그렇게 1년을 넘기고 나자 어떤 곡이 주어지든 곧바로 불 수 있게 되었고, 누구의 연주든 곧바로 따라하거나 변주할 수 있게 되었다.

하지만 대다수 연주자들의 경우 이 단계에 이르기 전에 포기하기 십상이다. 색소폰의 리드(입에 무는 부분)는 갈대로 만들어지는데, 하루 온종일 이를 물고 연습을 하다보면 내 입에서 나도 맡기 싫은 역한 냄새가 올라온다. 아랫입술이 터져 피가 배기도 한다. 이것을 매일 반복한다. 인간의 한계에 도전하는 훈련을 끝마치기란 쉬운 일이 아니다. 하지만 프로 연주자가 되기 위해서는 이 기초 훈련의 단계를 반드시 거쳐야 한다. 이 과정을 거치지 않은 연주자는 독주를 훌륭하게 해낼 수 없을 뿐더러, 다른 연주자들과 호흡을 맞출 수도 없다. 물론 팝스 오케스트라나 국악 연주자들과의 협연도 불가능하다. 말하자면 연주자로서 생명력이 생기지 않는다.

이처럼 기초 단계에서 아무런 생각 없이 몸으로 재즈를 익혔다면, 그 다음 단계에서는 당연히 생각이 중요해진다. 연주자의 철학과 인생관과 생각이 그의 연주를 통해 청중에게 전달되기 때문이다. 아는 게 없고 생각이 적은 연주자는 청중에게 들려줄 이야기가 없으므로 연주 역시 빈약

할 수밖에 없다. 배우고 생각하고 고민하는 시간들이 쌓여야 진정한 임프로비제이션이 가능해진다. 연주에 필요한 기능만 익혔다고 훌륭한 임프로비제이션이 되는 게 아니라는 얘기다. 내 경우 연주나 공연, 연습이 없을 때면 무엇보다 책을 읽으려고 한다. 지식을 얻는 방법 가운데 책보다 나은 방법이 있다고 여겨지지 않기 때문이다. 책을 읽지 않을 때는 가끔 술을 마신다. 어릴 때부터 사회생활을 해야 했던 내게 힘들거나 외로울 때 내 곁을 지켜준 술은 가장 오랜 친구였고, 지금까지 배신 한 번 하지 않은 색소폰은 나의 영원한 애인이다. 술잔을 앞에 놓고 앉아 무언가를 생각하거나 종이에 적는다. 당연히 생각이나 메모의 주제는 늘 변하고, 그런 과정을 통해 특별한 지혜나 깨달음을 얻으려고 노력한다.

그리고 어떤 문제나 주제에 대해 '왜'라는 질문을 던지기도 한다. 무언가의 본질을 파악하기 위해서는 그렇게 묻는 방법이 좋다고 생각되기 때문이다.

이처럼 나름의 생각하는 습관을 들이다 보니 조금은 특이한 인간이 되기도 하는 것 같다. 괴짜, 기인 같다는 이야기는 식상할 정도로 자주 듣는다. 물론 나 스스로는 괴짜라거나 기인이라고 생각하지 않는다. 그런 사람이 되고 싶은 생각도 없다. 다만 모든 것이 궁금하고 "왜 그럴까?"라는 생각이 드는 것일 뿐이다. 다 임프로비제이션 때문인 것 같다.

진정한 프로가 되려면 일단은 무식한 훈련의 시기를 거쳐야 한다. 그렇게 기본기가 완성된 후에는 작은 것에도 세심하게 신경을 써서 배우고 익히고 개선하기를 멈추지 말아야 한다. 말은 쉽지만 실천하기는 여간 어려운 일이 아니다.

66

연주에 필요한 기능만 익혔다고
훌륭한 임프로비제이션이 되는 게 아니다.
내 경우 연주나 공연, 연습이 없을 때면
무엇보다 책을 읽으려고 한다.
지식을 얻는 방법 가운데
책보다 나은 방법이 있다고 여겨지지
않기 때문이다.

99

재즈 대모 박성연 선생을 보내면서

재즈의 역사에 그다지 관심이 없는 사람이라도 박성연이라는 이름을 한 번쯤은 들어보았을 것이다. 우리나라 재즈의 대모, 우리나라 1세대 재즈 보컬리스트, 우리나라 최초의 재즈 클럽 〈야누스〉를 만들고 평생 운영한 여걸 등 선생을 수식하는 말은 한둘이 아니다. 그런 선생의 이름이 2020년 8월 23일 모든 언론에 대문짝만하게 실렸다. 향년 77세로 생을 마쳤다는 안타까운 기사였다.

선생은 고등학교를 졸업한 뒤 미8군 무대에 서기 시작했고, 숙명여대에서 작곡을 전공했다. 재즈 불모지나 다름없던 우리나라에 뮤지션들이 설 무대가 필요하다며 신촌에 최초의 재즈 클럽 〈야누스〉를 연 것이 1978년이었다. 이후 이 클럽은 수많은 재즈 뮤지션들이 거쳐 간, 그야말로 한국 재즈의 '산실' 역할을 했다. 지금 재즈와 관련된 음악을 하거나 일을 하는 사람치고 이 클럽과 무관한 사람을 찾기는 거의 불가능하다. 나 역시 이 클럽을 통해 스승을 처음 만났다.

박성연 선생은 재즈앨범을 내기도 했는데, 〈야누스〉를 평생 운영하느라 늘 재정적 어려움을 겪어야 했다. 클럽은 신촌에서 시작하여 대학로, 강남, 서초동 등지를 유랑해야 했고, 2015년부터는 선생의 지병이 심해져 결국 운영에서 손을 뗐다. 나는 그녀가 아직 몸을 움직일 수 있던, 그러니까 병원에 입원하기 직전에 찾아뵌 적이 있었다. 그녀를 위해 만든 노래 한 곡을 헌정하기 위해서였다. '이 세상에 태어나 재즈와 함께 살았네'로 시작되는, 가사도 내가 직접 쓰고 곡도 내가 직접 붙인 작품이었다. 살아생전에 선생의 목소리로 이 곡을 꼭 녹음할 수 있기를 바랐는데 안타깝게도 그 꿈은 무산되고 말았다. 하지만 1주기 때든 언제든 그녀를 위한 기념공연이 열릴 때 이 곡을 꼭 선보이겠다는 꿈은 아직도 가지고 있다.

이처럼 우리 재즈사에 큰 족적을 남긴 분이지만, 그녀의 장례식은 의외로 쓸쓸했다. 장례식을 주도했어야 할 재즈협회는 우리나라 재즈 뮤지션들에게 일괄적으로 문자 메시지도 보내지 않았다. 내가 만들려고 했던 재즈협회는 이런 것이 아니었다. 재즈 연주자나 재즈에 종사하는 사람들이 재즈협회가 있는 줄도 모르는 사조직 같은 재즈협회 말이다. 장례식장 풍경을 페이스 북에 올리며 나는 울었다.

선생을 떠나보내며 우리 재즈계의 당면한 문제들을 생각하지 않을 수가 없었다. 내 생각에 가장 시급한 문제는 재즈에게 제자리를 찾아주어야 한다는 것이다. 클래식과 더불어 세계 음악을 양분하고 있는 장르가 재즈다. 클래식이 아닌 모든 음악은 사실 재즈의 숲에 자라는 나무들이다. 그럼에도 불구하고 우리나라의 재즈에 대한 인식은 아직도 각박하다. 대학의 실용음악과에서는 재즈 교육이 주류를 이루고 있고, 청소년들은 모두 K-POP 스타가 되기 위해 안달인 것이 현실인데도 재즈와는 무관한 일처럼 생각하는 사람들이 많다. 초중고등학교의 음악 수업에서 재즈가 다루어지지 않는 이유도 납득되지 않는다. 하지만 새에게 좌우의 두 날개가 있는 것처럼 음악에도 클래식과 재즈의 두 날개가 있다. 한쪽 날개만을 배우고 가르쳐서는 제대로 된 음악 교육을 시킬 수가 없는 것이다.

재즈계가 사분오열되어 힘을 하나로 모으지 못하는 것도 문제가 아닐 수 없다. 박성연 선생이 신촌에 〈야누스〉의 문을 열던 70년대에 비하면 우리나라 재즈도 비약적인 발전을 이룬 것이 사실이다. 뮤지션도 많아졌고 관련 공연이나 축제도 많이 생겼다. 재즈를 즐기는 동호인이며 애호가들의 숫자도 많아졌다. 하지만 외형의 성장과 달리 재즈계는 여전히 구심점도 없고 영향력도 없는 상태로 지지부진이니 정부나 국회에 하소연을 할 수도 없다. 누군가 힘을 하나로 모을 수 있는 역할을 해주기를 기대할 뿐이다. 박성연 선생이 마지막까지 바란 것도 그런 것이 아니었을까?

직접 감상해보기 03

박성연 TBC 공연 영상

왼쪽부터 재즈 가수 김준, 재즈 가수 박성연, 저자

제 2 부

나의 색소폰 시대

색소폰 이야기

요즘 우리나라에 색소폰 열풍이 불고 있는 것 같다. 실제로 동네마다 색소폰동호회 간판이 쉽게 보인다. 평생을 색소폰과 함께 살아온 나로서는 무엇보다 반갑고 기쁜 일이다. 어떻게 이런 일이 생겼을까?

여러 사람들과 이야기를 해보니 퍽 다양한 이유가 나온다. 혹자는 1990년대 이후 국민소득이 크게 올라간 상황을 한 이유로 들었다. 여유가 생기면서 고급 취미를 찾는 인구가 늘었다는 것이다. 다른 이는 케니지의 인기가 도화선이 되었다고 조금 더 구체적으로 지적하기도 했다. 그런가 하면 방송 드라마의 역할이 주요했는데, 특히 차인표의 색소폰 연주 장면이 많은 남성들을 매료시켰다고 분석하는 이도 있었다. 한스 밴드 멤버인 한샘의 색소폰 연주 모습이 적잖은 영향을 끼쳤을 것이라는 분석도 있었다.

나와 이정식 등이 방송의 음악프로나 토크쇼 등에서 색소폰을 연주하는 모습이 자주 노출되면서 색소폰을 배우려는 사람들이 늘었을 것이라고 말하는 사람도 있었다. 유명 가수들의 히트곡 전주나 간주에 등장하는 색소폰 소리도 색소폰 열풍에 도움이 되었으리라고 나는 생각한다.

한편, 최근에는 색소폰을 배우는 데 도움이 될 토대도 점점 두텁게 갖추어지고 있는 것으로 여겨진다. 인터넷에는 '색소폰 나라' 사이트가 생겨 취미로 색소폰 하는 사람들에게 실질적으로 도움이 되는 가이드 역할을 해주고 있고, 잡지 《월간 색소폰》도 발행되어 앞으로 많은 도움이 될 것으로 기대된다.

처음 이런 색소폰 열풍에 불을 붙인 것은 50대 이상의 장년층이었다. 그런데 지금은 그들의 자식이나 손주들에게까지 영향을 미쳐서 이제는 세대를 넘어 남녀 구분 없이 색소폰 연주하는 모습을 방송이나 유튜브 등에서 쉽게 만날 수 있다. 앞으로도 이러한 현상은 당분간 계속될 것이라고 많은 전문가들이 진단하고 있다.

평생 색소폰과 함께 살아온 사람으로서 색소폰을 배우려는 사람들에게 들려주고 싶은 실질적인 조언이 몇 가지 있다.

첫째는 '인내'가 필요하다는 사실이다. 특히 색소폰을 처음 시작할 때 가장 필요한 것이 바로 인내다. 좋은 악기, 좋은 선생, 좋은 환경보다 더 절실하고 실질적으로 도움이 되는 것이 바로 인내다. 하루아침에 일취월장을 바랄 수 없는 것이 색소폰 연주 실력이다. 하지만 기본기를 제대로 마치면 그 다음은 상대적으로 쉬워지고 재미도 더 크게 느낄 수 있다. 그러니 우선은 첫 번째 고개를 잘 넘겨야 한다. 이처럼 초반의 인내가 중요한 때문인지 색소폰 입문 초기에는 상대적으로 여성들이 더 유리한 것 같다. 확실히 여성들이 남성들보다는 인내심이 강하다.

둘째는 '노력'이다. 다소 고리타분한 말처럼 들릴 수도 있겠지만, 색소폰만큼 노력에 정비례해서 실력이 향상되는 예능도 없다고 생각한다. 내 경험에 따르면 색소폰은 배신을 하는 법이 없다. 내가 노력한 만큼 보답을 해주는 악기가 색소폰이다. 반대로 말하면, 노력 없이는 실력 향상도 없다.

셋째는 악기로서의 색소폰 못지않게 중요한 것이 마우스피스라는 사실이다. 여유가 있다면 비싼 색소폰을 구입해도 되지만, 저렴한 색소폰을 구입하더라도 마우스피스만 잘 구입하면 색소폰 소리는 얼마든지 좋아질 수 있다.

마지막으로 재즈를 전공한 색소폰 연주자가 멜로디를 연주하면서 애드립 즉 임프로비제이션을 하는 것과, 재즈를 전공하지 않아 애드립은 하지 못하고 그냥 멜로디만 연주하는 사람과는 엄청난 차이가 있다는 점이다. 색소폰뿐만 아니라 다른 악기를 연주하는 사람들도 재즈 스타일의 연주 즉 애드립을 하고 싶어 하는 경우가 많지만 불가능한 얘기다. 재즈(애드립, 임프로비제이션=즉흥연주)는 하고 싶다고 해서 누구나 할 수 있는 것이 아니기 때문이다.

애드립을 빼고 멜로디만 연주하는 것은 쉽다. 그래서 일반인들도 취미로 색소폰을 많이 하는 것이다. 그러나 취미로 색소폰 하는 분들 중에서도 멜로디만 연주하는 것에 만족하지 못하고 멜로디에 더하여 기술과 애드립을 하고 싶어서 그렇게 연주하는 선생을 찾아가 개인레슨이나 애드립 강의를 수강하면서 실력 향상을 꾀하고 있는 사람들이 꽤 있다. 그 결과 요즘은 취미로 하는 분들 중에도 프로를 능가하는 사람이 가끔 나온다. 아주 바람직한 현상이다.

나는 취미로 색소폰 하는 분들의 실력 향상을 기원하며, 그분들이 그토록 하고 싶어 하는 오블리가토 애드립을 계속 강의할 생각이다. 오블리가토 애드립은 멜로디와 멜로디 사이에 넣어서 하는 짧은 애드립으로 정통 재즈 애드립과는 다소 차이가 있다. 하지만 아마추어 연주자라면 이것으로도 충분하다고 생각한다. 나는 우리나라에서 최초로 오블리가토 애드립 교재를 1년간 연구하여 만들었다.

재즈는 아무나 할 수 없지만, 오블리가토 애드립은 재즈를 전공하지 못한 분들도 충분히 할 수 있도록 만들었다. 취미로 색소폰 하는 분들의 소원을 들어주고 싶어서 정성과 진심을 다해서 만들었다. 최근 색소폰에 열광하는 세대는 우리나라를 지금처럼 잘살게 만든 주역들인데, 나름대로 그분들의 수고와 고마움에 대한 보답이라 생각한다. 앞으로도 그분들에게 실질적인 도움이 될 수 있도록 노력과 연구를 더 많이 할 생각이다. 이것도 이 사회에 대한 조그마한 기여가 되지 않을까 생각한다.

평양에서 온 도련님

내 음악 인생의 첫 시작에 색소폰이 있었다. 그런데 이 색소폰과 나의 만남에 대한 이야기를 하려면 아버지 이야기를 하지 않을 수 없다. 나에게 색소폰을 물려주신 분이 바로 내 아버지였기 때문이다.

내 아버지는 고향이 평양인 실향민이었다. 내가 나중에 남북 이산가족 문제에 남다른 관심을 가지게 된 것, 이산가족 상봉을 주제로 한 음악을 만들고 연주를 하게 된 것도 다 아버지의 그런 이력과 무관한 것이 아니었다.

아버지의 술회에 따르자면, 아버지는 2대 독자로 태어나셨다. 평양의 최 부잣집으로 불리던 꽤 유복한 집안이었고, 평양에 큰 공장도 있었다고 한다. '소설 〈토지〉에 나오는 최참판댁 가세의 두 배는 되고 하인도 50명이 넘는, 게다가 뼈대 있는 집안'이었다고 했다. 어린 시절 아버지의 그런 이야기는 내게는 아주 흥미진진한 옛날이야기처럼 들렸다.

그렇게 부잣집 도련님으로 자란 덕분인지 아버지에게는 남다른 재주가 많았다. 어린 내가 보기에도 아버지가 붓글씨며 동양화에 꽤 솜씨가 있다는 것은 쉽게 알 수 있었다.

하지만 아버지의 청년 시절은 몹시 고통스러웠다. 평양에 공산정권이 들어서고, 마침내 전운까지 감돌면서 그 고통의 씨앗이 자라나기 시작했다. 할아버지의 입장에서는 어떻게든 대를 잇는 것이 중요했고, 불안하긴 하지만 아들을 남쪽으로 피난시키기로 했다고 한다. 당시 아버지는 갓 스무 살을 넘긴 때여서 가만히 있다가는 징용을 피하기도 어려웠다. 그리하여 급하게 아버지의 이남행이 결정되었고, 보호와 수발의 역할이 아버지의 매형에게 주어졌다. 두 사람은 상당한 양의 금을 지참하고 밤에 몰래 38선을 넘어 무사히 남으로 내려왔다.

그렇게 내려온 남쪽에서 아버지가 만난 첫 번째 호랑이는 의외로 눈 감으면 코도 베어간다는 무서운 서울 사람도 아니고 전쟁도 아니었다. 서울에 온 지 하루 만에 매형이란 자가 금붙이를 몽땅 챙겨 가지고 어딘가로 감쪽같이 사라진 것이었다. 평양의 가족에게 연락을 할 수도 없고, 서울에 아는 사람도 전혀 없는 형편이었다. 그야말로 갑자기 사고무친에 갈 곳 없는 거랭뱅이 신세가 된 것이다. 어제까지 평양에서 도련님 소리를 들으며 세상 부러울 게 없던 청년이 말이다.

그런 상황에서 아버지가 최초로 찾아낸 호구지책이 유랑극단이었다. 일부러 유랑극단에 찾아가 일자리를 청한 것은 아니었다. 그저 유랑극단의 천막 옆을 지나치다가, 안에서 펼쳐지는 공연이 너무나 궁금해서, 천막 한쪽을 떠들고 몰래 들여다보다가, 지키는 사람한테 붙잡혀서, 책임자 앞에까지 끌려갔고, 구경 값 대신 잔심부름이라도 하라고 해서 일을 하다가 밥까지 얻어먹게 되고, 그 길로 그 유랑극단에 주저앉게 되었던 것이다. 잘 곳도 없고 갈 곳도 없는 데다가 무일푼이어서 끼니를 때울 재주도 없는 차에 그냥 유랑극단에 눌러앉았던 것이다. 그런데 다행히도 아버지는 유랑극단에 들어가자마자 막노동이나 잔심부름꾼 역할에서 금방 벗어나게 되었다. 부잣집 도련님으로 자란 덕분에 배운 가락이 있었던 것이다.

글도 잘하고 그림도 잘 그리는 데다가 풍류를 좋아하는 아버지의 성격이 빛을 발하여 유랑극단에서 사용하는 악기들에까지 관심을 가지게 되었는데, 이것이 얼마 안 가 단장의 눈에 띄었고, 마침내 연극을 하며 색소폰을 배워 때때로 연주자 역할을 하다가 결국에는 그 유랑극단의 밴드 전체를 통솔하는 밴드 마스터가 되기에 이르렀던 것이다. 그렇다. 내 아버지가 젊은 시절부터 유랑극단에서 연주하던 악기가 바로 색소폰이었다.

여기서 70년대 이전의 유랑극단에 대한 이야기를 간단히 해두지 않을 수 없다. 지금 사람들은 유랑극단이 3류 배우와 뮤지션들, 그리고 특별한 재능을 가진 예능인들이 모여 원숭이를 앞세우고 시골 장터에서 싸구려 공연이나 서커스를 하던 떠돌이 무리라고 생각하는 경우가 있다. 하지만 이는 유랑극단보다 나중에 생긴 서커스단에 대한 인식이 유랑극단에 잘못 투영된 측면이 있다. 본래의 유랑극단은 말 그대로 악극을 중심으로 하던 공연 패였다.

희극인, 배우, 뮤지션이 모두 등장하는 연극이자 오늘날의 뮤지컬과 유사한 공연이었다. 그런데 방송이 활성화되기 이전 시대에는, 타고난 희극인, 타고난 뮤지션, 타고난 예능인들의 경우 유랑극단 외에는 갈 곳이 없었다. 무슨 클럽이나 공연 무대가 따로 있던 것도 아니다. 따라서 몇몇 유랑극단의 경우 당대 최고의 희극인, 당대 최고의 뮤지션, 당대 최고의 예능인들로 팀을 짜서 당대 최고의 악극을 선보였다. 그리고 이들이 당대 최고의 인기스타이기도 했다. 유랑극단에 소속된 배우며 뮤지션의 숫자도 오늘날의 개념으로는 이해가 안 될 정도로 대규모인 경우가 적지 않았다. 말하자면 한 시대를 풍미하던 대표적인 공연의 장이자 양식이 바로 유랑극단이었다.

시대가 바뀌어 대중문화의 가장 일반적인 매체로 영화와 텔레비전이 등장하였는데, 초창기 은막이나 브라운관을 주름잡던 희극인이나 배우, 가수나 연주자들 중에는 유랑극단 출신이 가장 많았다. 유랑극단에서 배우를 하던 사람이 연예계로 진출하여 영화배우가 되고, 희극을 하던 사람이 방송에 진출하여 코미디언이 되었으며, 유랑극단의 뮤지션들 가운데 실력이 뛰어난 사람들이 미8군 무대를 거쳐 방송국 소속 악단의 연주자로 진출했다. 지금도 이름만 대면 알만한 1세대 연예인들과 음악인들 가운데 내 아버지의 친구가 많은 것도 그런 이유였다.

아버지 역시 색소폰 실력으로만 따지자면 미8군 무대를 거쳐 방송 쪽으로 진출해도 좋았을 것이다. 실제로 아버지는 한동안이지만 지방방송국의 악단장을 지내기도 했고, 아버지에게 색소폰 연주법을 배우려는 다른 연주자들이 무시로 집에 드나들 정도로 색소폰 연주 실력을 인정받았다. 하지만 결과적으로 아버지는 색소폰으로 큰 성공을 거두지는 못하셨다.

가장 직접적인 이유는 술이었지만, 그 근본 원인을 따지자면 역시 실향민으로서의 좌절이었다. 누구보다도 절망과 비탄의 한 세월을 살아야 했던 실향민 아버지는 일 년에 몇 차례는 밤낮을 가리지 않고 술을 마셔댔고 또 며칠을 그 후유증으로 고생하기를 반복했다. 당연히 아침저녁 출퇴근을 반복해야 하는 생활을 하기가 어려웠다.

어린 시절의 나는 평소 더없이 자상하고 인자하던 아버지가 왜 그렇게 때때로 술을 마시는지 이해하기 어려웠고, 왜 남들처럼 악착같이 돈을 벌지 않는지, 왜 쓸데없는 마작 따위의 노름으로 돈을 탕진하는지 이해하지 못했다. 세월이 지나고 머리가 굵어진 뒤에야 아버지의 가슴에 고여 있었을 회한과 절망과 분노를 조금씩 짐작하게 되었고, 어린 시절 품었던 앙금을 털어낼 수 있었다.

그렇게 아버지가 무능력하거나 무책임해서가 아니라 자기 연민과 술독에서 빠져나오지 못한 탓에, 어머니와 우리 형제들은 남들보다 못한 생활을 경험해야 했다. 그리고 내가 중학교를 졸업할 당시 우리 집안의 형편은 최악이었다. 어머니는 비 새는 셋방에 앉아 낡은 양말을 깁고 있었으며, 새벽에는 행상을 나가기도 하셨다. 그런 모습을 보면서 나는 고등학교에 진학하는 대신 세상으로 나갈 채비를 하였다. 그때 내가 선택할 수 있는 선택지는 사실 아무것도 없었다.

그래서 잡은 것이 아버지가 불던 색소폰이었다.

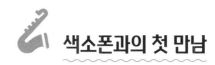

색소폰과의 첫 만남

중앙대 부속중학교 3학년 겨울방학 때의 일이다. 중학교 졸업을 앞두고 나는 고등학교에 갈 마음이 나지 않았다. 물론 공부가 싫어서도 아니고 학교가 싫어서는 더더욱 아니었다. 공부에 전혀 소질이 없었던 것도 아니다. 대구에서 다닌 초등학교 3학년까지는 전교 1~2등을 놓친 적이 없었다. 4학년 때 서울로 전학을 왔는데, 전학 관련 서류 처리를 제대로 하지 못한 탓에 1학기를 학교에 다니지 못하고 집에서 쉬었다. 그렇게 한 학기를 놓고 2학기 때부터 다시 학교에 나갔으니 성적이 제대로 나올 리 없었다. 첫 성적표를 받아든 어머니의 놀라시던 얼굴이 지금도 생생할 지경이다. 하지만 어이가 없기는 내가 더했다. 한 학기를 그냥 쉬었으니 정상적인 성적이 나오지 않는 것이 너무나 당연했으니 말이다. 아무튼 4학년 2학기 때부터 다시 정상적으로 학교에 다니게 되면서 점차 성적도 제자리를 찾아갔다. 덕분에 남들이 부러워하는 중학교에도 입학할 수 있었다.

그런 내가 고등학교에 가고 싶지 않았던 것은 그 무렵 우리 집안이 도저히 그냥 공부나 하면서 지낼 형편이 아니었기 때문이다. 일단은 집이 너무 가난했다. 세 들어 사는 단칸방 천장에는 쥐가 들끓었고, 쌀독은 밑바닥이 보이는 날이 더 많았다. 학교에 기성회비를 낼 때마다 어머니에게 돈 얘기를 꺼내야 했는데, 어린 마음에도 가슴이 미어지곤 했다. 게다가 그 무렵 아버지는 건강이 나빠져 몸져 누워 있었다. 누가 보더라도 오래 사시지 못할 것 같은 몰골이어서 차마 눈을 마주치기도 민망했다. 그런 상황에서 남들처럼 고등학교에 진학해서 학업을 계속한다는 것이 내게는 도무지 현실적이지가 않았다.

"돈을 벌어야 한다."

집에 있을 때면 연탄불 꺼진 방에 누워 오직 그 생각만 했다. 학교에 가서도 마찬가지였다. 결국엔 어느 날 그런 결심을 어머니에게 토로했다. 가타부타 대답 대신 어머니는 내 두 팔을 감싸 잡더니 그대로 땅에 주저앉아 흐느끼기만 하셨다. 말릴 수 없고 말릴 형편도 아니라는 걸 어머니는 알고 계셨다. 반면에 아버지는 심한 반대를 하셨다. 하지만 아버지 역시 말릴 기운은 없었다. 그리하여 나는 일찌감치 학업을 끝내기로 결심하고 사회에 나갈 준비를 서둘렀다.

"나도 색소폰을 배우자."

그런 생각을 한 것은 당연히 아버지를 보면서 느낀 바가 있었기 때문이다. 유랑극단에서 색소폰을 시작한 아버지는 나중에는 서울 곳곳에 생겨난 각종 클럽의 밤무대에서 밴드 마스터로 활동했는데, 사실 수입이 적지 않았다. 일하는 시간은 많지 않았지만 한 달 수입으로 따지자면 대

기업 직장인들보다 훨씬 많은 돈을 벌었다. 몇 달 치만 착실히 모으면 산동네에 작은 집 한 채는 살 정도의 돈이 모이기도 했다. 문제는 아버지의 술과 마작이었다. 한동안은 성실한 가장이 되어 열심히 출근도 하고 어머니에게 돈도 가져다주었다. 그 돈을 알뜰히 모아 어머니는 실제로 산동네에 집을 사기도 했다. 하지만 오래 가지는 못했다. 아버지의 노름빚에 하루아침에 길거리로 나앉은 적이 한두 번이 아니었다.

그런 아버지를 보면서 나는 밴드 마스터가 직업으로 나쁘지 않다는 걸, 아니 어쩌면 돈을 모으기에 가장 빠른 방법일 수도 있다는 걸 깨우쳤다. 아버지처럼 술과 노름에만 빠지지 않는다면 누구보다 빨리 돈을 벌어서 어머니에게 다시 집을 사줄 수 있으리라 생각했다. 그리고 아버지에게 색소폰을 배울 수 있으리라는 기대도 했다. 그래서 어느 날 아버지에게 그 얘기를 불쑥 꺼냈다.

"저에게 색소폰 좀 가르쳐 주세요!"

아버지에게 그 얘기를 꺼냈을 때, 병색이 완연한 얼굴로 아버지는 희미하게 웃으셨다. 반대를 접으신 것이다. 그러면서 한마디를 하셨다.

"하려면 길옥윤 만큼은 해야지."

그 당시 우리나라의 색소폰 연주자로는 길옥윤과 이봉조 선생이 양대 산맥을 이루고 있었는데, 아버지는 두 분 가운데 길옥윤 선생을 더 높이 평가하고 있었다. 나중에 안 사실이지만 길옥윤 선생이 재즈를 공부하고 색소폰을 연주한 반면 이봉조 선생은 재즈 공부를 하지 않았다는 차이가 있었다.

그 말에는 길옥윤 선생처럼 되지 못한 아버지의 회한도 조금은 서려 있었다. 내 기억에 아버지는 대중적으로 알려진 연주자는 아니었지만 나름 업계에서는 알아주는 실력자였다. 내가 중학생이던 시절은 우리나라 서커스의 전성기였고, 아버지도 몇몇 서커스단에서 연주를 하기도 했다. 그런데 비가 오거나 해서 서커스가 쉬는 날이면 우리 집이 문전성시를 이루곤 했다. 다른 서커스에서 색소폰을 연주하는 사람들이 막걸리를 싸들고 한 수 배우기 위해 앞서거니 뒤서거니 아버지를 찾곤 했던 것이다. 그럴 정도로 아버지는 이름 없는 연주자지만 꽤나 인정받는 색소폰 연주자이기도 했다.

아무튼, 그리하여 나는 우리 집안에서는 나름 공식적으로 색소폰을 배우겠다고 선포하고 중학교 3학년 겨울방학이 되자마자 어머니와 함께 낙원동엘 찾아갔다. 아버지가 나름 유명한 색소폰 연주자이자 밴드 마스터였기 때문에 어머니 역시 악기상이며 음악학원에 알음알음 연줄이 있어서 세기음악학원이라는 곳에서 난생 처음으로 색소폰 교습을 받기 시작했다. 상당히 큰 규모의 학원이었는데, 어머니 말에 따르면 그곳의 원장님도 아버지의 색소폰 제자인지 후배인지 그렇다고 했다. 아버지에게 직접 색소폰을 배우지는 못하게 되었지만 나름 계보를 잇게 된 셈이었다.

첫 일당을 받던 날

음악학원에 다니는 동안 나름 특별대우를 받았는데, 원장님이 아버지와 잘 아는 사이이기도 했지만 내가 워낙 성실하게 연습에만 몰두해서 선생님들에게 잘 보인 덕분이기도 했다. 당시 학원에는 겉멋만 든 고등학생 녀석들도 적지 않았는데, 1시간의 연습시간 가운데 실제로 색소폰을 부는 시간은 얼마 되지 않고 대부분 희희덕 거리거나 건물 뒷마당에 모여 담배나 피우다 돌아가는 게 일이었다. 하지만 나는 주어진 연습시간 가운데 단 1분 1초도 허투루 사용하지 않고 오로지 연습에만 매달렸다. 내게는 색소폰 연습이 이미 직업이자 절체절명의 과제였던 것이다. 그런 내 모습을 1주일 정도 지켜보던 원장님이 어느 날 나를 따로 불러 물으셨다.

"하루 한 시간 연습이 좀 부족하지?"

나는 긍정도 부정도 하지 못한 채 가만히 고개를 숙이고 있었다. 연습 시간을 늘려주면 좋겠지만 돈을 더 내라고 할지도 모르는 일이었기 때문이다.

"내일부터 너 하고 싶은 만큼 연습해도 된다."

그야말로 난데없는 호떡이 주어진 셈이었다. 나는 다른 학생들이 몰리는 틈을 비켜가며 하루 2시간도 연습하고 3시간도 연습했다. 때때로 원장님이 직접 연주 기법들을 설명해주기도 하셨는데, 지금 생각해도 색소폰의 기초에 대해 충실히 가르쳐준 것이었다. 덕분에 나는 누구보다 기본기를 충실히 익힐 수 있었다. 그렇게 한 달이 지났을 때였다. 다시 원장님이 나를 따로 부르더니 이런 얘기를 해주셨다.

"남들이 1년 공부할 분량은 해낸 것 같다. 확실히 아버지 피를 물려받았구나. 아무튼 열심히 하고 성실하게 살아야 한다."

그것으로 한 달 간의 교습이 끝이 났다. 색소폰 기초 교본을 한 권 마스터 한 뒤였다.

그렇게 한 달 간의 교습을 마치고 나는 어머니의 손에 이끌려 갑자기 목포로 내려가게 되었다. 거기서 신광서커스단이 공연을 하고 있었는데, 어머니의 소개로 임시 단원이 된 것이었다. 그저 먹여주고 재워주는 조건이었고 월급은 따로 없었다. 하지만 1개월 배운 색소폰 실력으로 월급까지 주는 취직자리를, 그것도 이제 막 중학교를 졸업한 아이가 찾는다는 것은 현실적으로 어려운 일이었다. 그나마 신광서커스에 연결이 된 것도 그곳의 밴드 마스터가 아버지의 제자였기 때문이다. 테너 색소폰을 부는 연주자였는데 우리 아버지에게 신세를 많이 진 사람이라고 했다. 덕분에 어머니와도 안면이 있었던 것이다.

그렇게 들어간 첫 직장에서 나는 서커스단 밴드 단원들의 양말을 빠는 것으로 첫 일을 시작했다. 다행히 밴드 마스터가 아버지의 제자여서 누구도 나를 함부로 대하지는 않았고, 밴드 마스터 역시 처음부터 나를 잘 키워주기 위해 나름 애를 썼다. 서커스단에서의 생활을 시작하자마자 당시 실제 공연에서 연주되던 노래 하나를 알려주며 일단 그 곡부터 충분히 연습을 하라고 일러주었다. 나는 새벽에 일어나 유달산에 올라가 색소폰을 연습했다. 그러다 공연이 시작되면 단원들 틈에 섞여 색소폰 부는 시늉을 하기도 하고 아는 곡이 나오면 다른 단원들의 음에 방해가 되지 않도록 거의 안 들릴 정도의 소리를 내보기도 했다. 그렇게 1주일이 지나자 밴드 마스터가 나를 부르더니 자기가 지시한 곡을 얼마나 연습했는지 연주를 해보라고 했다. 나는 유달산에 올라가 수백 번 연습한 곡을 자신 있게 연주했다. 밴드 마스터는 고개를 끄덕이더니 아무 말도 없이 자리에서 일어났다. 그리고 그날 저녁, 실제 공연이 진행 중인데 갑자기 밴드 마스터가 자리를 비우면서 다음 곡은 나더러 맡으라는 것이었다. 그것이 나의 첫 데뷔 무대가 된 셈이었다.

그리고 그렇게 한 달 정도가 지나자 내 색소폰 소리가 밴드 마스터의 소리보다 더 낫다는 말이 나오게 되었다. 단장까지 내 연주를 듣고 그런 얘기를 했다고 했다. 그런 소문이 돌 무렵, 우연인지 색소폰을 맡은 나의 스승이자 밴드 마스터가 병원에 입원을 하는 사태가 벌어졌다. 술을 먹고 동네 깡패들과 시비가 붙었는데 결국 크게 다쳐서 더 이상 일을 할 수도 없게 되었다고 했다. 자의 반 타의 반 나는 갑자기 밴드의 정식 단원이 되었고, 색소폰 파트를 혼자 맡아서 연주했다. 그렇게 정식 단원이 되자 단장이 첫 일당도 주었다. 정확한 액수는 잘 기억나지 않지만 천원 정도였던 것 같다. 다른 단원들은 나보다 서너 배 많은 돈을 받았다. 하지만 액수는 내게 중요한 것이 아니었다. 색소폰을 손에 들고 연습을 시작한 지 겨우 두 달 만에 정식 단원이 되고 첫 일당을 받았다는 자체가 내게는 기적이요 가장 신나는 일이었다. 남들이 1년, 2년 되어야 이룰 일을 2개월 만에 해낸 것이다. 역시나 색소폰 배우기를 잘했다는 생각이 들었다.

하지만 목포에서의 생활은 길지 않았다. 얼마 지나지 않아 서커스단이 다른 도시로 이전을 하게 되었고, 그 이전의 시기에 나는 다시 서울 집으로 돌아왔다.

목포에서의 짧은 서커스단 생활은 내게 많은 것을 가르쳐주었다.

첫째는 나도 할 수 있다는 자신감이었다. 그게 가족이 아닌 남들과의 공동생활이든, 남의 양말을 빨아주는 일이든, 색소폰을 부는 일이든, 나는 앞으로 내가 하게 될 일들에 대해 나름대로 자신감을 갖게 되었다.

둘째는 나의 선택에 대한 믿음이었다. 사회에서 처음 만난 밴드 마스터와 다른 단원들을 통해 나는 내가 색소폰에 소질이 있다는 사실을 알게 되었다. 특히 기술적인 문제가 아니라 음색 자체에서 남보다 못하지 않다는 걸 알게 되었다. 나의 선택이 잘못된 것이 아님을 확인한 셈이었다.

셋째는 연습만이 살 길이라는 진리의 확인이었다. 처음엔 들어본 적도 없는 곡이지만 1주일을 죽어라 연습하자 누구보다 잘 불 수 있었다. 한 곡을 배우고 나니 다음 곡은 더 쉬워졌다. 그렇게 실력을 키우기 위한 방법은 당연히 연습밖에 없었다. 목표를 달성하기 위해서도 연습이 필요했지만 연습 자체가 싫지 않았다. 점점 색소폰 연주자로서의 기틀이 다져지고 있다는 뜻일 터였다.

밤무대 진출

목포를 떠나 다시 서울로 올라온 뒤에 새로 다니게 된 곳도 서커스단이었다. 그곳에는 처음부터 색소폰 연주자가 없었고, 봄부터 시작하여 여름이 끝날 때까지 몇 달을 그 서커스단에서 정식 단원으로 색소폰을 연주하며 지냈다. 일당도 목포 시절보다는 서너 배 많이 받았다. 말하자면 수습 딱지를 떼고 정식 연주자로서의 길을 걷기 시작한 것이다. 하지만 서커스단에서의 연주자 생활은 금방 식상해졌다. 음악은 몇 곡 되지 않고 매일 반복될 뿐이어서 실력도 나아진다는 느낌이 들지 않았다.

그러던 차에 살롱에 자리가 있다는 연락이 왔다. 그 무렵 우리 가족은 미아리 대지극장 근처에 살고 있었는데, 가까운 곳에 있는 살롱이었다. 그곳의 밴드 마스터는 색소폰을 하다가 건반 연주로 바꾼 사람이었는데, 역시 아버지의 제자였던 사람이었다. 그런 인연으로 처음 밤업소에 출근을 하게 되었다.

　당시 살롱 간판을 단 술집들이 우후죽순 생겨났는데, 접대부 아가씨들이 나오는 술집이자 밴드의 연주에 맞추어 손님들이 즉석에서 노래도 부를 수 있는 곳이었다. 바꾸어 말하면 이곳의 밴드는 손님이 드문 초저녁 시간에는 경음악을 연주하여 술집 전체의 분위기를 돋우고, 손님의 요청이 있으면 신청곡을 연주해주는 것이 주로 하는 일이었다.

　낮이면 집에서 연습을 하고, 저녁이 되면 직장인 그 살롱으로 출근을 했다. 학교에 갔더라면 고등학교 1학년 2학기를 막 시작할 무렵이었다. 내 나이 겨우 열일곱이었다는 얘기다. 호스티스 아가씨들이 나오고 양주 병이 나뒹구는 술집에 출근하여 나는 색소폰을 불었다. 누구에게도 차마 내 실제 나이를 밝힐 수가 없어서 출근 첫날부터 나보다 다섯 살 많은 형의 나이를 내 나이라고 둘러댔다. 수입은 서커스단에서 일반적으로 연주자들이 받던 것보다 많았고, 어지간한 회사원들보다도 훨씬 많은 금액이었다.

　그런데 이 살롱에 출근하게 되면서 정말 좋았던 것은 돈이 아니었다. 우선 다른 연주자들의 실력이 서커스단의 밴드 단원들보다는 훨씬 나았다. 배울 게 많았다는 얘기다. 또 살롱에서는 초저녁에 경음악을 연주하는 시간이 꽤 길었는데, 곡도 다양할뿐더러 팝송이 주를 이루었다. 서커스단에서의 음악은 주로 트로트여서 단조롭기만 했는데 이처럼 다양한 곡들을, 그것도 팝송까지 연주하게 되니 이 또한 내게는 신세계였다. 게다가 살롱은 적당한 크기의 실내인 데다가 음향 설비가 좋아서 내 귀에 들리는 내 연주 소리조차 서커스 때의 그것과는 차원이 다르게 들렸다. 쉬는 시간이면 본래 색소폰을 연주하다가 건반으로 바꾼 밴드 마스터가 내게 "야, 너 정말 색소폰 잘 분다. 소리가 끝내준다" 하며 칭찬을 하곤

해서 어깨가 으쓱해지기도 했다.

그렇게 미아리의 살롱에서 이제껏 상상하지도 못했던 어른들의 어두운 세계를 구경하고, 색소폰 연주의 신세계를 경험하며 몇 달을 잘 지냈다. 날마다 새로운 곡들을 연습하며 색소폰 실력도 늘렸고 돈도 꽤 많이 벌었다. 그러는 사이 또 하나의 새로운 세계를 알게 되었는데, 종로의 낙원상가에 뮤지션들의 사랑방 겸 일자리 알선 복덕방이 있다는 사실이었다. 악기점들이 모인 곳이니 뮤지션들이 모이는 것도 당연했고, 뮤지션들이 모이니 일자리와 사람을 연결해주는 업자들이 생기는 것도 당연한 일이었다. 아무튼 나는 그런 곳이 있다는 사실을 알게 된 뒤로는 더 이상 아버지나 어머니의 연줄에 의존하지 않고 내 스스로 일자리를 찾을 수 있게 되었다.

우후죽순 살롱이 생기던 살롱의 전성기여서 마음만 먹으면 일자리를 구하는 것은 전혀 어렵지 않았다. 시간이 지날수록 소문도 멀리 퍼져서 몸값도 점점 올라갔다. 하지만 모든 가게들이 성공하는 것은 아니어서 본의 아니게 수시로 일자리를 옮겨야 했는데, 그때마다 오라는 곳이 많아서 고민을 해야 할 정도였다. 말하자면 색소폰 입문 1년여 만에 나는 낙원상가에서 제일 잘 팔리는 연주자 가운데 한 사람이 되어 있었던 것이다. 물론 타고난 재능 덕분에 저절로 그렇게 된 것은 아니었다. 대부분의 밤업소 연주자들은 일 끝나고 새벽까지 아가씨들과 어울려 술을 마시거나 포커를 하는 경우가 많았는데, 나는 일 끝나고 퇴근하면 집에 가서 곧장 자고 아침에 일어나 어김없이 색소폰 연습에 매달렸다. 생활이 다르니 삶도 점점 달라질 수밖에 없었다.

66

낮이면 집에서 연습을 하고,
저녁이 되면 직장인 그 살롱으로 출근을 했다.
학교에 갔더라면 고등학교 1학년 2학기를
막 시작할 무렵이었다.
내 나이 겨우 열일곱이었다는 얘기다.
호스티스 아가씨들이 나오고
양주병이 나뒹구는 술집에 출근하여
나는 색소폰을 불었다.

99

그룹사운드 한국 이글스팀의 추억

서커스단 연주자에서 살롱 밴드 연주자로의 변신이 나름대로 의미 있는 한 단계 업그레이드였다면, 그룹사운드 연주자로의 변신 또한 살롱에서의 그것과는 다른 한 단계 업그레이드의 기회가 되었다. 그 기회는 우연치 않게 찾아왔는데, 어느 날 낙원상가의 일자리 알선책으로부터 연락이 왔다.

어떤 호텔의 나이트클럽에서 연주하는 그룹사운드에 갑자기 색소폰 결원이 생겼는데, 어지간한 실력으로는 안 될 것 같아 나를 찾았다는 것이었다. 그러면서 며칠 정도만 일을 해줄 수 있겠느냐고 했다. 나는 당연히 가겠노라 대답했다. 그룹사운드에서는 한 번도 연주를 해본 적이 없었기 때문에 무엇보다도 도전정신이 불타올랐다. 사실 그 이전에 내가 자주 살롱을 옮긴 것도 비슷한 이유였다. 나는 손님들의 요청에 맞추어 반주를 해주는 일도 나름대로 좋아했지만 사실 각 살롱의 밴드 마스터들이 고른 초저녁의 경음악 연주를 더 좋아했다. 그래서 새로운 살롱에 일을 하러 가게 되면 그 악보부터 베껴서 연습에 매달렸고, 그 음악들에 자신이 붙으면 다른 살롱으로 옮기는 식으로 직장을 바꾸었던 것이다. 새로운 음악에 대한 일종의 탐식이었다.

아무튼 그렇게 해서 내가 처음으로 그룹사운드와 함께 연주를 하게 된 곳은 이태원 해밀턴호텔의 지하 나이트클럽이었다. 내국인도 많지만 미군들을 비롯하여 외국인들도 많이 찾는 곳이었다.

그런데 출근 첫날부터 나로서는 전혀 예상치 못한 일이 벌어졌다. 손님이 거의 없는 초저녁의 경음악 연주는 어찌어찌 다른 팀원들과 호흡을 맞출 수 있었는데, 막상 실제로 손님들이 몰려들고 결정적인 연주의 시간이 되자 내가 연주할 수 있는 곡이 전혀 없었다. 아바며 퀸 등의 음악이었는데, 내가 한 번도 연주를 해보거나 연습을 해본 적도 없는 최신 곡들이었다. 게다가 악보가 있긴 한데 살롱 음악의 악보와는 워낙 차이가 많아 거의 쓸모가 없었다. 당황하여 제대로 소리 한 번 내보지 못하고 거의 그냥 서 있기만 하다가 그대로 무대를 내려왔다. 그런 경험은 그야말로 충격이었다. 내가 얼마나 우물 안 개구리였는지 여실히 알 수 있었다. 그날 이후 원본 음악의 카세트테이프를 구해 실제 연주를 귀로 듣고 익히며 색소폰 연습을 해나가기 시작했다.

그런데 퍽 다행히도 이때의 연습 자체가 그렇게 어려운 것은 아니었다. 말하자면 그 전에 접해보지 않은 음악이어서 낯선 것이지, 어느 정도 익숙해지고 나니 역시 흥겹고 즐거운 음악일 뿐이었다.

그 후에 나는 제대로 된 그룹사운드를 찾았고, 그 무렵 만난 한국 이글스팀과는 여러 곳의 호텔에서 공연을 했다. 당연히 차원이 달라졌으니 받는 돈도 달랐고 노는 물도 달랐다. 멋진 제복을 입고 신나는 음악을 연주하는 공연팀에 환호하는 여자들이 부지기수였고, 다음 공연까지 쉬는 시간이면 단원들은 대기실에 모여 포커를 쳤다. 나도 이때 태어나서 처음으로 포커를 해봤고, 나보다 최소한 다섯 살은 많을 누나들과 부킹이라는 것도 해봤다.

한번은 특별한 경험도 있었다. 종로3가의 국일관 지하에 있는 흑마클럽이라는 미드 나이트클럽에서 연주를 할 때였는데, 고등학생이 된 중학교 때 친구들 몇몇이 가발을 쓰고 거기 놀러왔던 것이다. 무대 위에서 그들을 보며 나는 잠깐 고등학교에 대해 생각해보았다. 쓸쓸했다. 내가 가보지 못한 세상이 거기에 있었던 것이다. 그날 나는 포장마차에서 난생 처음으로 술이라는 걸 마셨다. 딱 소주 한 잔이었는데, 달콤하고 몽롱하고 아련하였다.

새로운 세상이었음에도 불구하고 나는 이내 나이트클럽에서의 그룹사운드 연주라는 것에도 싫증을 느꼈다. 유행하는 음악이 뻔해서 연주하는 음악도 뻔했고, 그 몇 곡의 음악들을 귀로 익히고 머리로 외워서 연주하는 것인지라 나중에는 식상해진 것이다. 딴 생각을 하면서도 연주하고 졸면서도 연주할 수 있었다. 그 지경에 이르자 다시 새로운 도전을 해야 한다는 각성이 스멀스멀 기어올라왔다. 게다가 아버지와의 마지막 약속도 새삼 기억에 떠올랐다. 그러면서 내가 왜 색소폰 연주자가 되었는지, 그 초심을 되살려야 한다는 생각도 다시 또렷하게 떠올릴 수 있었다.

한국 이글스 그룹사운드 시절. 1979년 종로 국일관 지하에 있는 흑마 미드나이트클럽에서

"

그날 나는 포장마차에서
난생 처음으로 술이라는 걸 마셨다.
딱 소주 한 잔이었는데,
달콤하고 몽롱하고 아련하였다.

"

아버지와의 약속

내가 목포에서의 첫 서커스단 생활을 마치고 서울에 올라와 다시 두 번째 서커스단 생활을 하던 무렵의 일이다. 하루는 일과를 마치고 퇴근을 준비하고 있는데 단원 가운데 한 사람이 내게 우리 아버지가 다녀갔노라고, 내가 연주하는 걸 몰래 보고 가셨노라는 말을 해주었다. 나는 그냥 그런가 보다 했다.

그런데 며칠 후, 아침상을 물린 뒤 아버지가 나를 부르셨다. 그러면서 내가 공연하는 서커스에 갔었다는 말을 꺼내셨다. 나는 조용히 고개를 끄덕였다. 이미 알고 있는 얘기였다. 그런데 아버지의 입에서 의외의 말이 튀어나왔다.

"잘 불더구나."

사실 그 한마디가 다였다. 나의 색소폰 연주에 대해 아버지는 더 가타

부타 말씀이 없으셨다. 하지만 나는 그 한마디로 처음이자 마지막으로 아버지에게 인정을 받은 것이라고 믿고 있다. 이어서 아버지는 내게 세 가지 부탁을 하셨다.

첫째는 검정고시를 통해 반드시 고등학교 과정을 마치고, 늦더라도 꼭 대학에 가라는 것이었다. 나는 그러겠노라고 대답했다.

둘째는 술과 도박과 여자를 조심하라는 것이었다. 잘못하면 뮤지션이 아니라 딴따라가 되기 십상이니 조심하라는 것이었다. 나는 이번에도 기꺼이 그러겠노라고 약속했다.

셋째는 재즈 공부를 꼭 하라는 것이었다. 그러면서 색소폰 연주의 마지막 단계는 재즈라는 음악이라는 얘기며 길옥윤 선생 얘기를 잠깐 꺼내셨다. 아마도 본인이 재즈를 공부하지 못한 한이 있었을 것이다. 나는 재즈가 뭔지도 몰랐지만 역시 그러겠노라고 대답했다.

당시 아버지가 앓던 병은 한두 가지가 아니었는데, 해소기침과 폐렴이 특히 심했다. 기침을 늘 달고 사셨고, 그래서 용각산이라는 약도 손에서 놓지 못하셨다. 하지만 무슨 약을 써도 아버지의 병에는 차도가 없었다.

그러던 어느 날, 눈발이 날리는 날이었는데 아버지의 병세가 갑자기 더 심해졌다. 나는 급한 마음에 아버지를 들쳐 업고 병원으로 달리기 시작했다. 집에서 1킬로미터쯤 떨어진 곳에 새한병원이라는 그 동네에서 꽤 큰 규모의 종합병원이 있었다. 그렇게 허겁지겁 병원 계단을 오를 무렵이었다. 힘없이 업혀 있던 아버지가 갑자기 내 목을 감싼 팔에 와락 힘을 주는 것이 느껴졌다. 하지만 아무 말씀도 없으셨다.

이어 응급실로 달려가 아버지를 등에서 내려놓았는데, 이미 운명하신 뒤였다. 나는 병원 계단에서 아버지가 마지막으로 내 목을 힘주어 잡던 바로 그 순간에 영원히 눈을 감으신 것이라고 생각한다. 나에게 색소폰을 물려주시고 내 등에 업혀서 돌아가신 아버지, 6.25 전쟁으로 한 많은 인생을 살며, 그렇게 가고 싶어 했던 그리운 고향땅을 뒤로한 채 내 등에서 돌아가신 아버지.

"아버지, 하늘나라에서는 그렇게 가고 싶었던 고향과 만나고 싶어 했던 부모님 만나서 꼭 소원을 이루세요."

나는 마음속으로 간절히 빌며 한참을 울었다.

아버지와 나는 세 가지 약속을 했는데, 나이트클럽에서 연주 활동을 하던 몇 달 동안에는 그 약속 가운데 하나를 지키지 못하고 있었다. 술, 여자, 도박을 조심한다던 약속이다. 어느 날 아버지와의 그 약속이 생각나자 나는 더 이상 나이트클럽에서의 활동을 계속할 수가 없었다. 거기에 있는 한 술, 도박, 여자의 유혹에서 완전히 초연할 자신이 없었던 것인지도 모르겠다.

아무튼 그런 생각이 들자 나는 미련 없이 나이트클럽에서의 연주 활동을 그만두었다. 그렇다고 다시 옛날의 살롱 생활로 돌아가고 싶은 생각도 나지 않았다. 나는 낙원상가에 일자리를 알아보러 나가는 대신 며칠을 집에서 뒹굴거렸다. 그런 내 모습이 안타까웠던지 이번에도 다시 어머니가 나서서 일자리를 구해오셨다. 당시 속칭 '쇼 프로덕션'이라는 회사가 꽤 여럿 서울에 있었는데, 주로 극장식 클럽과 연주자들을 매칭시켜 주는 회사였다. 〈월드컵〉, 〈초원의집〉이라는 이름으로 대표되는 극장식 클럽은 무대에서 악단과 가수가 어울려 공연을 하거나 무희들이 춤을 선보이고, 무대 밑에서는 손님들이 이를 감상하면서 술을 마시는 형태의 클럽이다. 한동안 꽤 유행하던 술집인데, 기본적으로 규모가 크고 공연이 충실해야 사람들을 모을 수 있었다. 호텔의 나이트클럽과는 또 다른 형태의 공연이 펼쳐지는 무대이기도 했다. 그런데 어머니가 어찌어찌 연줄이 닿아 전라도 광주에 새로 오픈하는 〈팔도강산〉이라는 극장식 클럽의 색소폰 연주자 자리를 알아봐가지고 오신 것이다.

그리하여 이번엔 광주로 내려가게 되었는데, 번화가인 충장로의 삼양백화점 지하에 200평도 넘는 초대형 극장식 클럽이 오픈을 준비하고 있었다. 명동 못지않게 사람이 많이 모이는 번화가였다. 당연한 얘기겠지만 사장은 지역 건달 왕초 출신이었고, 악단은 총 6명으로 구성되었으며, 트럼펫 연주자가 밴드 마스터였다.

처음 한두 달은 아무런 문제도 없고 가게 역시 장사가 너무나 잘 되었다. 그런데 얼마 지나지 않아 트럼펫 연주자인 밴드 마스터가 여자와 관련된 문제를 일으켜서 더 이상 같이 일을 할 수 없게 되었다. 게다가 밴드 마스터가 다른 단원들의 급여를 너무나 과도하게 착복했다는 사실까지 드러났다. 당시 단원들의 월급은 밴드 마스터가 밴드 전체의 몫으로 얼마를 받아서 이를 단원들에게 분배하는 형태로 지급되었다. 또 지방의 경우 생활비 등이 필요하므로 한두 달치 월급을 선불로 지불하는 것도 관례였다. 그러면 밴드 마스터가 다른 단원들의 두 배 정도를 자기 몫으로 챙기고 나머지를 단원들에게 골고루 나눠주는 것이 보통이었다. 그런데 우리의 밴드 마스터는 절반을 뚝 떼어 자기 몫으로 챙기고 나머지만을 나와 다른 단원들에게 나누어준 것이다. 게다가 미리 지급한 돈 중에 상당액을 아예 착복한 사실도 드러났다.

이렇게 밴드 마스터의 악행까지 알려지자 클럽의 사장은 아예 그를 해고하고 나를 새로운 밴드 마스터로 지목했다. 주먹 출신이지만 꽤 점잖은 사람이었는데, 나를 사장실로 부르더니 이렇게 말하는 것이었다.

"최 선생, 가수들한테 최 선생 얘기 많이 들었습니다. 우리 악단이 그나마 괜찮은 연주를 하고 가수들이 노래할 기분이 나는 게 다 최 선생의 색소폰 연주 덕분이라고 그럽디다, 밴드 마스터인 트럼펫 덕분이 아니고. 그런 얘기를 여러 가수한테 들었고, 손님들 반응도 비슷합니다. 그러니 이제부터 최 선생이 마스터를 하세요."

일목요연하고 단도직입적인 설명이었다. 나는 물론 연주에 관한 한은 자신이 있었다. 사장이 전한 가수들의 평가에 대해서도 이미 소문을 들어 눈치채고 있었다. 이미 그룹사운드에서 활동한 경력까지 있으니 나의 실력은 사실 의심할 여지가 없는 것이기는 했다.

"최광철 악단과 코메디언 백금녀의 환상적인 무대!"

망설이는 내게 사장은 다음 날 신문에 내보낼 광고 카피를 읽어주고 있었다. 실제로 다음날부터 그런 광고가 신문에 실렸고, 나는 스물이 되던 1980년에 규모로는 우리나라에서 둘째가라면 서러울 극장식 클럽의 밴드 마스터가 되었다. 다행히 단원들도 내가 밴드 마스터가 되는 일에 대해 아무도 이의를 제기하지 않았다. 오히려 당연하다는 반응들이었다.

이런 단원들의 전폭적인 지지에도 불구하고 나는 단원 가운데 두 사람을 바꾸었다. 전임 트럼펫 연주자까지 하면 총 세 사람이 바뀌는 것이었다. 서울에 연락해 최고의 연주자 세 사람을 광주로 불러왔고, 나는 이들에게도 최대한의 급여를 지급했다. 덕분에 단원들과 나의 월급에는 큰 차이가 없었다. 내가 밴드 마스터가 되면서 나는 두 배의 월급을 가져가는 대신 실력 있는 연주자를 쓰는 데 돈을 더 지출했던 것이다. 그 당시 내게 가장 중요한 것은 돈보다 최고의 음악이었기 때문이다.

백금녀 초청 특별쇼

하리케이백케이지쇼

백 금 녀

하리케이백케이지쇼

▲ 사회 · 박성미

일류연예인
교체출연 !

▶ 최광철과 그 악단

맥주홀 ————————

팔도강산

광주의 극장식 클럽 〈팔도강산〉에서 밴드마스터로 활동하던 시절과 단원들

80년 5월의 광주

광주에서의 생활은 대체로 즐겁고 무사하고 태평했다. 새로 꾸려진 악단은 손님들의 인기는 물론 가수들로부터도 호평을 받았다.

"사장님, 제가 전국을 다 다니는데 최광철 악단이 우리나라 최곱니다."

공연을 마치고 떠나는 가수들마다 그런 평을 내놓자 사장도 흡족해했다. 한 마디로 모든 게 좋은 시절이었다. 장사도 나날이 잘 되어 〈팔도강산〉은 광주뿐만 아니라 전국적으로 유명세를 탈 지경이 되었다.

하지만 우리의 희희낙락과 달리 세상은 즐겁지도 무사하지도 태평하지도 않았다. 5.18이 터진 것이다.

당시 우리의 숙소는 광주 금남로 궁동의 광주MBC 뒷담 너머에 바로 면해 있는 2층의 적산가옥이었다. 나와 다른 단원들이 2층을 이용하고, 1층에는 무용수들과 가수들이 머물렀다. 규모가 꽤 커서 사장의 집도 1

층에 있었다. 그날, 그러니까 5월 18일에 우리는 숙소에서 권투선수 박찬희의 타이틀매치 중계방송을 보고 있었는데, 갑자기 "광주 통행금지 8시부터"라는 자막이 떴다. 12시가 통행금지인 시절이어서 통행금지 자체가 낯선 것은 아니었다. 그런데 갑자기 8시부터라는 것이고, 광주만 그렇다는 것이었다.

물론 그 이전부터 낌새는 있었다. 충장로며 도청 앞에서는 연일 대학생들의 시위가 벌어졌고, 최루탄 연기가 가실 날이 없었던 것이다. 하지만 갑작스런 통금은 우리로서는 놀라운 소식이었다. 일단 업소가 문을 열지 못하게 되는 것이었다. 하지만 이는 시작에 불과했고, 광주항쟁의 진행 과정에 대해서는 이미 많은 사실들이 객관적으로 밝혀졌다. 우선 죽은 이들이 너무 많았다. 항쟁 초기에 시민군이 도시를 접수했을 때는 불안의 그림자가 곳곳에 넘쳐나긴 했어도 불미스런 사건 사고는 일절 없었다. 계엄군으로 공수부대가 투입되고 과잉진압이 이루어지면서 분개한 시민들이 거리로 쏟아져 나왔고, 결국 마찰은 수많은 시민들의 죽음으로 끝을 맺었다. 그 과정에서 나는 광주MBC가 불타는 장면을 숙소에서 똑똑히 보았고, 아주머니들이 김밥을 싸다가 학생들과 시민군들에게 나누어주는 모습도 목격했다. 전쟁터를 방불케 하던 충장로와 도청도 보았다. 그때 맡은 피비린내가 지금도 때때로 느껴질 정도로 참혹한 체험이었다.

그런데 최근 내게 이해되지 않는 것이 하나 생겼다. 광주광역시 가운데 최근 몇 년 사이에 소위 핫 플레이스로 뜬 곳이 상무지구라는 곳이다. 시청이 이곳으로 이전했고, 고급 아파트들이 들어서고 최신식 쇼핑타운이 늘어선 곳이다. 그런데 이런 광주의 핵심 지역에 상무지구라는 명칭을 붙인 이유를 나로서는 도저히 이해할 수가 없다. 상무대는 5.18

당시 계엄군이 주둔했던 곳이다. 왜 그때의 아픈 상처에도 불구하고 여전히 이런 이름을 앞세우고 있는지 나로서는 도무지 이해가 가지 않는 것이다.

아무튼, 광주가 폭력으로 진압된 직후 나와 단원들은 광주를 빠져나와 서울로 향했다. 클럽의 사장과는 6월 7일에 재오픈을 하기로 하고, 그 이전에 다시 내려오기로 약속을 정했다. 문제는 광주를 떠날 수는 있지만 떠날 차편이 전혀 없다는 것이었다. 말하자면 대중교통이 일절 재개되지 않았던 것이다. 우리는 하는 수 없이 비아라는 곳까지 걸어서 가기로 했다. 그곳에 가면 장성까지 가는 교통편이 있을 것이고, 장성에 가면 이리(익산) 가는 열차를 탈 수 있을 터였다. 그리고 이리에서 기차를 타면 대전에 갈 수 있고, 대전에는 서울로 가는 기차가 있었다. 우리는 고속도로변을 따라 실제로 비아까지 걸어서 갔는데, 중간에 여러 차례 공수부대가 만든 임시 검문소를 거쳐야 했다. 그렇게 비아까지 갔더니 전에 없던 교통편이 우리를 기다리고 있었다. 트럭을 이용하여 사람들을 장성까지 태워다주는 것인데, 당연히 돈을 받고 하는 장사였다. 그렇게 도착한 장성에서 몇 시간을 기다려 하루 두 번 다니는 이리행 기차를 탔고, 우리는 이리에서 배를 채운 뒤 흩어졌다. 물론 대다수는 나와 함께 대전으로 가서 다시 서울행 기차에 올랐다.

며칠 후, 사장과 재오픈을 위해 다시 모이기로 했던 6월 7일이 되었다. 나와 악단의 멤버들은 전원이 정확히 숙소에 모여들었다. 하지만 사회자, 가수, 무희들은 아무도 나타나지 않았다. 사장은 악다구니를 쓰는 한편으로 급히 광주에서 사람들을 불러 모았고 급한 대로 가게를 다시 열었다. 예전의 멤버들이 다시 모이는 데에는 그로부터 며칠이 더 걸렸다. 이후 5.18의 상처에도 불구하고 가게는 다시 문전성시를 이루었다.

군대를 기다리며

    광주에서는 1년 정도를 머물렀다. 더 있고 싶은 생각도 있었으나 내게는 남들 모르게 해결해야 하는 문제가 하나 있었다. 바로 군대 문제다. 어느새 나이가 되어 실제로 입영 영장을 기다려야 하는 시점이 되었던 것이다. 그런데 학력이 중졸인지라 나의 입영 날짜는 구체적으로 정해지지 않았고, 대신 대기하고 있으라는 통보만 내려왔다. 1년에 필요한 인원을 순차적으로 입영시키는데, 만약 고졸 이상의 입영자가 모자라면 그때 가서 내 순서가 돌아오게 되는 것이었다. 그게 언제가 될지는 아무도 알 수 없었다. 그럼에도 나라의 명령이니 따르지 않을 수가 없어서 나는 광주에서의 생활을 일단 정리했다. 내 덕분에 떼돈을 벌고 있던 사장은 당연히 난리였다. 하지만 그에게도 나는 군대 얘기를 할 수가 없었다. 내가 이미 군필자라고 알고 있었기 때문이다. 나는 하는 수 없이 어머니

핑계를 댔다. 어머니가 홀로 계시는데 많이 편찮으셔서 도저히 계속 혼자 계시게 할 수가 없다는 거짓 핑계를 댄 것이다. 어머니 얘기를 꺼내자 사장도 더는 말리지 못했다. 그 대신 그동안의 정이 있으니 자기와 1주일만 광주에서 쉬면서 놀다 가라고 붙잡았다. 그 사이에 나는 우리 팀을 해산시켰고, 서울에서 새로운 팀이 광주에 내려왔다. 당시 꽤나 유명한 팀이었다. 하지만 아쉽게도 이들의 공연은 며칠 지나지 않아 기존의 최광철 팀보다 너무 실력이 떨어진다는 혹평을 듣게 되었다. 손님들의 반응도 그랬고 가수들의 평도 그랬다. 화가 난 사장이 알아본 결과 이번에도 밴드 마스터의 농간이 있었다. 사장이 준 돈은 단원들에게 제대로 분배되지 않았고, 최소한의 금액으로 단원들을 모으다보니 실력이 떨어지는 연주자들밖에 모이지 않았던 것이다. 사장은 새로 온 밴드 마스터를 해고하고 총무 역할을 담당하던 드럼 연주자에게 어떻게든 색소폰 연주자를 한 사람 구해서 팀을 이끌어보도록 지시했다. 해고된 밴드 마스터가 바로 색소폰 연주자였던 것이다. 이때 졸지에 밴드 마스터가 된 드럼 연주자는 서울에 연락해서 비싼 연주자를 데려올 형편이 되지 않았으므로 지역에서 우선 급하게 연주자를 찾게 되었다. 그리하여 다급하게 찾아낸 젊은 색소폰 연주자 한 사람이 클럽에 새로 나오게 되었다. 사장으로서는 당연히 이 젊은 친구의 실력이 의심스럽고 불안했을 것이다. 내게 저녁에 가게에 들러 잠깐이라도 봐주면 좋겠다는 말을 전해왔다 저녁이 되어 가게에 갔더니 막 오픈 준비가 한창이었다. 무대에서 사회를 보는 친구며 가수, 무용단 아가씨들이 일제히 내게 "마스터님 나오셨습니까?" 하며 인사를 건네왔다. 새로 온 악단 멤버들도 어정쩡 인사를 건네왔다. 그러면서 악단의 새로운 마스터가 된 드럼 연주자가 한쪽 구석에서 색소폰을 불어보고 있던 새 멤버를 향해 소리쳤다.

"정식아, 이리와 봐. 여기 전임 마스터님께 인사드려라."

그랬다. 그렇게 처음 통성명을 하게 된 친구가 이정식이었다. 훗날 여러 평론가들이 이정식과 최광철을 길옥윤과 이봉조의 뒤를 잇는 맞수라고 평가하곤 했는데, 처음 만날 때는 잘 나가는 밴드 마스터와 풋내기 색소폰 연습생 정도의 차이가 있었다. 물론 나중에는 이 관계가 완전히 역전되기도 한다. 아무튼 호출을 받은 이정식이 내 앞으로 달려와 고개를 숙였다. 그런 그에게 나는 혹시 내게 가르침을 청할 곡이 있느냐고 물었다. 이정식은 〈대니 보이〉를 배우고 싶다고 했다. 색소폰 연주곡 중에 제일 유명한 곡이자 어려운 부분이 있는 곡이기도 했다. 나는 내가 아는 범위에서 필요한 기술들을 일일이 설명해주었고 이정식은 고맙다며 연신 고개를 숙였다. 그리고 우리는 당연히 헤어졌다. 이게 이정식과 나의 첫 만남이었다.

그렇게 광주 생활을 정리하고 서울로 올라왔지만 역시나 영장은 언제 나올지 짐작조차 할 수 없는 상태였다. 무작정 기다리며 놀고만 있을 수도 없어서 언제든 그만둘 수 있는 임시 일자리를 찾았고, 그러다 찾게 된 것이 카바레였다. 그래서 며칠 출근을 하고 있었는데 낯선 손님이 찾아왔다. 알고 보니 이리(익산)에 오픈한 초대형 극장식 클럽 〈왕궁〉에서 온 사람이었다. 사장이 광주 〈팔도강산〉에서 활동하던 최광철 밴드 이야기를 듣고 어떻게든 모셔오라고 해서 찾아왔노라고 했다. 나는 사정을 설명했다. 군대 얘기는 할 수가 없고, 〈팔도강산〉에서와 마찬가지로 집안 문제를 핑계로 둘러댔다. 하지만 상대도 요지부동이었다. 오래 계약을 할 필요도 없고, 한두 달만이라도 좋다고 했다.

절실한 부탁도 있고 해서 더 이상 거절하기가 어려웠다. 언제든 내가 원할 때 즉시 그만둔다는 단서를 달고 예전 광주 멤버들을 다시 모아 익산의 〈왕궁 클럽〉으로 내려갔다. 한동안 즐겁게 지낼 수 있었는데, 안타깝게도 가게의 장사는 신통치 않았다. 이리의 규모나 성격이 광주와는 다르다는 것을 실감하게 되었다. 나중에는 단원들의 월급까지 밀리는 상황이 되었고, 우리는 6개월 만에 이리에서 다시 철수했다. 그렇게 다시 서울로 올라와 여전히 영장을 기다리며 몇 군데 카바레를 전전했다. 그 무렵 알뜰하게 모은 돈이 꽤 되어서 우리 가족은 방이 3개나 있는 집으로 마침내 이사를 했다. 색소폰 연주자가 되어 돈을 벌면 엄마 집부터 사주겠다던 꿈 하나가 이룩되는 순간이었다.

태백에 묻힌 꿈

색소폰을 시작하면서 꾸었던 꿈 가운데 하나가 이루어진 그 무렵은 나로서는 개인적으로 다소 심란한 시기이기도 했다. 고등학교를 포기하는 바람에 군대마저 대기해야 하는 신세가 되어 있었고, 앞으로 어디서 무엇이 될지 쉽게 종잡을 수가 없었던 것이다. 마음이 갈피를 잡지 못하니 당연히 생활도 갈피를 잡지 못해서 그 무렵 꽤 자주 술을 마시고 여자들도 만났다. 이때의 여자들이란 당연히 술집 아가씨. 피차 남들에게 털어놓기 어려운 사연을 간직한 탓인지 그녀들과는 쉽게 친밀감을 느낄 수 있었다. 그들과 어울려 내 돈을 내고 술을 마시며 고단함을 달래곤 했다. 엄마에게서 느낄 수 없는 무언가를 그녀들에게서 찾았던 것 같다. 나름대로 방황의 시기였다.

지방에서 마스터 생활을 할 때 보면 팀원 가운데 이따금 연주가 이상하게 변질되는 경우가 더러 있다. 그런데 대부분의 경우 알고 보면 여자 문제가 끼어 있었다. 당시 우리 멤버 중에는 이미 살림을 차린 경우도 몇 있었는데, 연주가 이상해졌다고 느껴지는 날이면 소고기며 과일을 사 들고 그 집에 가서 사정을 알아보면 역시나 여자와 트러블을 겪는 경우가 많았다. 두 사람을 앞혀놓고 술잔을 기울이며 나는 진심으로 이야기를 들어주고 문제를 해결하려고 했다. 대체로 여자들 편을 들어주었다. 남자 하나 믿고 지방에 내려와 고생하는 것이 약자로 보였다. 그래서 우리 멤버들의 여자들이 멤버들보다 나를 더 신뢰하는 경우도 있었다. 언제나 자기들 편을 들어주었으니 당연한 일인지도 몰랐다. 게다가 나는 멤버들을 정말로 식구, 패밀리로 생각했다. 돈이 필요하다는 사람이 있으면 두 말 않고 빌려주었고, 술이 필요하다는 사람이 있으면 박스로 사 들고 가서 같이 마셨다. 보스 기질이 있어서라기보다는 어린 나이부터 외롭게 살아온 때문이 아니었나 싶다. 나는 누군가와 더불어 정말 가족같이 지내며 함께 음악을 하는 것 자체가 너무나 좋았다. 그랬기에 상대적으로 어린 나이임에도 불구하고 나는 마스터로서 내 역할에 최대한 충실하고자 하였다. 단원들을 볼 때마다 '건달 출신 술집 사장들이 왜 우리를 대우해주고 돈도 주겠느냐, 그건 우리가 연주를 잘하기 때문이고, 따라서 연주를 잘하기 위해서라면 프로답게 언제든 자기 컨디션을 유지하고 출근도 좀 일찍 해서 손가락도 풀어놓는 등의 노력이 필요하다'는 점을 늘 강조했다.

단원들도 실제로 내 말을 잘 따라주었기 때문에 우리 팀은 대체로 늘 최고의 연주를 할 수 있었고 그만큼 대우도 잘 받았다.

그런데 가끔은 여자 문제가 아니라 멤버들 사이에 반목이 생겨 더 큰 골치거리가 되는 경우도 있었다. 서로 상대를 탓하며 더 이상 같이는 못하겠다고, 그만두겠다고 할 때가 가장 큰 문제였다. 그럴 때면 나는 두 사람을 데리고 여관으로 갔다. 방 하나를 빌려놓고 소주를 박스로 사오게 했다. 그리고는 셋이 앉아 밤새 술을 마시며 타이르기도 하고 윽박지르기도 하며 어떻게든 문제를 해결하려고 했다. 다행히 대부분 해결되었고, 나중에는 '여관 잡자'라는 말만 꺼내도 알아서 화해하는 정도가 되었다. 아마 내가 무서워서가 아니라 잠을 재우지 않고 먹이는 소주가 더 무서웠기 때문일 것이다.

이리에서 서울로 돌아와 소속도 없이 지내던 어느 날, 나는 다시 낯선 이의 방문을 받게 되었다. 강원도 태백에서 역시 극장식 클럽 〈팔도강산〉을 운영한다는 사장님이 직접 서울까지 나를 찾아온 것이었다. 광주의 〈팔도강산〉이 크게 히트를 치더니 같은 이름의 가게가 태백에도 생긴 모양이었다. 당시 태백은 탄광촌으로 잘 나가던 시절이어서 돈이 많이 돌았다. 사장님이 서울까지 나를 찾아온 이유를 들어보니 거절하기가 좀 난감했다. 이 양반의 동생이 꽤 이름이 알려진 쇼 사회자였는데, 태백의 형님 가게에서도 직접 사회를 본다고 했다. 그런데 바로 그 동생이 밴드는 최광철 밴드가 아니면 안 된다고 극구 주장을 한다는 것이었다. 그래서 사장인 자신이 동생의 소원을 풀어주기 위해 서울까지 직접 찾아왔다는 것이었다. 그리하여 나는 다시 팀원들을 이끌고 태백까지 가게 되었다.

사장 동생이 그토록 모시고자 했던 마스터와 밴드가 왔으니 그야말로 대접이 극진했다. 게다가 우리가 공연을 시작한 이후 가게의 장사도 대박을 터뜨렸다. 우리에 대한 대우는 더더욱 극진해졌다. 무대에서 사회를 보던 사장의 동생은 나를 소개할 때마다 '길옥윤과 이봉조의 계보를 이을 대한민국 최고의 색소폰 연주자'라는 말을 후렴구처럼 붙이곤 했다.

이렇게 영업도 잘 되고 대우도 좋아서 태백에서의 생활은 더할 나위

없이 즐거웠다. 게다가 사장의 딸이 하나 있었는데, 그녀는 내가 술집 아가씨들을 제외하고 처음으로 연정을 품어본 여학생이기도 했다. 아무 일도 없었고 아무 말도 못했지만, 어쩌면 그것이 나의 첫사랑이었는지도 모르겠다.

66

나는 멤버들을 정말로
식구, 패밀리로 생각했다.
돈이 필요하다는 사람이 있으면
두 말 않고 빌려주었고,
술이 필요하다는 사람이 있으면
박스로 사들고 가서 같이 마셨다.
보스 기질이 있어서라기보다는
어린 나이부터
외롭게 살아온 때문이 아니었나 싶다.

99

이등병의 색소폰

태백에서 지내던 무렵, 마침내 입대 영장이 날아들었다. 대구에 있는 모 부대로 입소하라는 영장은 내 주소지인 서울의 어머니 집으로 일단 전달되었고, 이 영장 내용이 다시 태백에 있던 내게 전달된 것은 입대 바로 이틀 전이었다. 영장이 나오리란 건 알고 있었지만, 기다리다 지쳐 있던 순간이어서 너무나 황망했다. 현실적으로도 여러 문제가 있었다. 내가 일하던 태백의 〈팔도강산〉이 나 때문에 영업을 중단할 수도 없는 노릇이고, 미리 받아 쓴 돈도 있어서 이래저래 정산이 필요하기도 했다. 그런데 막상 급작스럽게 이런 일들이 닥치고 보니 어디서부터 어떻게 손을 대야 할지 막막하기만 했다. 어머니로부터 소식을 들은 당일 저녁까지 나는 아무런 조치도 취하지 못한 채 평소와 다름없이 공연을 했다.

그다음 날 새벽, 우리 밴드의 총무를 맡고 있던 드럼 연주자와 둘이서 서울 청량리 행 기차를 탔다. 〈팔도강산〉 측에는 서울에 볼일이 생겨 급하게 다녀오겠다는 말만 남긴 채였다. 기차 안에서, 나는 총무에게 몇 가지 사실들을 이실직고했다. 그동안 내가 나이를 속여 왔다는 것, 갑자기 영장이 나와 도망치듯 급하게 서울행 기차를 탔다는 것 따위의 얘기들이었다.

"미안해, 형."

나는 설명 끝에 처음으로 그를 '형'이라고 불렀다.

"알았어. 뒷수습은 내가 알아서 할 테니, 일단 잘 다녀와."

그렇게 말해주는 그가 너무나 고마웠다. 이제까지 가족처럼 지내온 덕분일 터였다. 만약 내가 그동안 리더로서의 역할을 제대로 해오지 않았더라면 그가 그렇게 반갑지 않은 짐을 떠맡아줄 리가 없었다. 우리는 기차 안에서 내 역할을 대신할 색소폰 연주자를 어떻게 구할 것인지 등등 두서없이 여러 이야기들을 나누었고, 내가 미리 받아 쓴 돈은 태백에 두고 온 나의 색소폰을 팔아서 충당하기로 했다. 악기를 팔면 아마도 내가 진 빚보다는 훨씬 많은 돈을 받을 수 있을 터였다.

아무튼, 총무에게 몇 가지 짐을 남겨두기는 했지만 나는 마침내 태백을 떠나 대구로 향했다. 문제는 입영 전날에야 태백에서 출발했고, 결국 입영 시간에 맞추지 못했다는 것이었다. 가뜩이나 고달플 군대의 시간이 내게는 그렇게 시작되고 있었다.

결국 첫날부터 연병장 뺑뺑이를 돌았다. 무덥던 여름이 지나고 막 가을이 시작되던 1982년 9월이었다. 이후 만 3년, 꼬박 36개월을 복무하고 나는 1985년 9월에 군에서 만기 제대했다.

개인적으로 더욱 심각한 문제도 있었다. 내가 입영한 부대는 일반적인 육군 부대가 아니라 전투경찰 양성 부대였던 것이다. 나는 사실 입대 전부터 은근히 해군에 갈 수 있기를 바랐다. 해군 군악대가 당시 가장 알아주는 군악대였기 때문이다. 해군이 아니라면 경찰 군악대도 괜찮을 것 같았다. 하지만 학력이 중졸인 내게는 선택의 기회가 주어지지 않았다. 말하자면 해군 군악대나 경찰 군악대에 미리 지원할 자격이 아예 주어지지 않았던 것이다.

그런데 우습게도, 내가 입대하게 된 전투경찰 부대 역시 지원자들로 구성된다는 것이었다. 말하자면 육군에 입영하는 장정 가운데 아무나 차출해서 조직하는 부대가 아니라, 사전에 지원하는 장정들을 대상으로 시험도 보고 심사도 진행하여 대원을 뽑는 부대였던 것이다. 이 부대에서 근무하고 전역을 하면 경찰관 채용 등에서 혜택이 주어졌기 때문에 상당히 인기가 있었다. 문제는 당시 대학생들의 데모가 워낙 심해서 전투경찰에 지원하는 장정이 턱없이 모자라게 되었다는 것이다. 결국 지원자 부족 문제를 해결하기 위해 육군에 입영하는 장정 가운데 아무나 무작위로 대원을 차출하기 시작했고, 그렇게 모집된 제1기 징집 전투경찰 부대에 나 역시 차출된 것이었다.

문제는 우리 선배들, 그러니까 스스로 자원하고 시험도 거쳐서 의무경찰이 된 선임들이었다. 이들이 보기에 나와 같은 징집 장정들은 의무경찰의 자격도 없이 무임승차를 한 것이나 마찬가지였고, 자기들과는 출신 성분 자체가 다른 3류 병사들이었다. 훈련소에서 조교를 맡고 있던 이들 선임들은 실제로 제1기 전투경찰로 징집된 우리를 무척이나 가혹하게 대했다. 당시 훈련소 생활의 절반은 통상적인 훈련이 아니라 기합이나 매질이었는데, 그 강도가 상상을 초월할 정도로 심했다. 전투경찰 부대의 군기는 이후에도 그 강도가 높기로 유명했다. 나름대로 특수한 임무를 수행한다는 자부심과 육군 전체와 동떨어진 폐쇄적인 구조 때문이었을 것이다.

　훈련소에서의 육체적인 피로와 고통도 문제였지만, 전투경찰 조직에는 군악대가 아예 없다는 점이 내게는 더욱 큰 문제였다. 기본적으로 경찰 조직에 속하는 부대이니 경찰악대와 연결이 될 터인데, 경찰악대의 대원은 처음부터 시험으로만 뽑게 되어 있어 내게는 아예 기회가 없었다. 따라서 일반적인 경우로 보자면 나는 영락없이 군악대와는 인연이 없고, 도심에 나가 데모하는 대학생들과 대치를 하는 것으로 3년 내내 군 생활을 하게 될 처지였다. 색소폰 연주자로 평생을 설계하고 있던 내게 그것은 실로 막막한 일이 아닐 수 없었다. 3년이나 색소폰과 멀어져서 지낸다는 것은 프로 연주자를 꿈꾸는 사람에게는 도저히 상상하기 어려운 것이었다. 운동선수들이 3년간 운동을 쉬는 것과 다를 바가 없는 것이다. 단순히 3년이라는 시간만 날아가는 것이 아니라, 가장 높은 수준으로 기량을 끌어올려야 할 시기를 놓치는 것이고, 이는 영원한 낙오를 의미하는 것이다. 다급해진 나는 꼼수라도 동원하지 않을 수 없다고 판단했다. 내게는 마침 꽤 비싼 금반지 하나가 있었는데, 나는 그 반지를 빼내어 귀향하는 장정에게 편지와 함께 맡겼다. 훈련소에 일단 입소는 했지만 건강 상의 이유 등으로 다시 집으로 돌아가는 장정들이 더러 있었던 것이다. 그런 귀향자 가운데 한 명에게 나는 반지와 편지를 맡기고, 내 어머니의 주소로 꼭 좀 보내달라고 신신당부를 했다. 훈련소 안에서 내가 직접 편지를 보낼 방법도 없고, 반지를 보낼 방법은 더더욱 없는 상황이었다. 편지에는 당연히 어머니의 시급한 행동을 촉구하는 내용이 절절이 담겨 있었다. 지금의 이 부대에 계속 있다가는 3년 동안 색소폰 연주를 할 수 없을 것이고, 3년 뒤 굳어버린 손가락으로 다시 색소폰을 불게 된다면 결국 실패자가 되고 말리라는 내용, 그러니 하루라도 빨리 경찰악대 쪽으로 선을 대야 하며, 그 과정에서 필요한 돈은 우선 반지를 팔아 해결하라는 내용 따위였다. 지금 생각해보면 당연히 위법하고 부당한 얘기들이다. 하지만 당시에는 흔한 일이기도 했고, 나의 간절함도 스스로 무시할 수준이 아니었다. 그런데 다행인지 불행인지, 나나 어머니가 불법을 저지를 수도 있었던 일은 아무것도 일어나지 않았다. 나의 반지와 편지가 어머니에게 전달되지 않았던 것이다. 먹고살기 어려운 시대였으니 반지는 그렇다 치더라도, 그 귀향 장정이 왜 편지조차 부치지 않았는지는 지금도 의문이다. 세상에는 선한 사람들이 더 많고, 재즈를 하는 나 역시 선한 사람들과 선한 세상을 위해 기여해야 한다고 항상 믿지만, 세상의 모든 이가 선한 사람은 아닌 모양이다. 아무튼, 그 결과로 나는 애초의 훈련소에서 끝까지 훈련을 마치게 되었다.

그렇게 훈련을 마친 병사들은 최종적으로 어느 지역에 있는 어느 부대에서 근무할 것인지 정해지게 되는데, 이런 배치를 위해 사전에 자세한 신상명세서를 작성하여 제출한다. 혹시나 하는 희망을 품고 나는 짧은 학력에 이어 나의 기나긴 색소폰 연주자 경력을 자세히 첨부했다. 그렇게 자대 배치를 기다리던 어느 날, 내무반에서 쉬고 있는데 스피커에서 갑자기 내 이름이 튀어나왔다.

"최광철 훈련병, 즉시 교관 사무실로 와라."

영문도 모른 채 나는 잽싸게 튀어서 사무실로 갔다. 그런데 나를 기다리고 있는 사람은 늘 보아오던 훈련소 교관이나 조교가 아니라, 육군의 제70사단 마크를 단 나이 지긋한 상사 계급의 사내였다. 그가 나를 찾은 이유는 물론 내가 색소폰 연주자 출신이기 때문이었다. 당시 나를 포함한 제1기 징집 전투경찰 훈련병들이 모여 있던 훈련소는 사실 육군 제70사단의 훈련소였다. 말하자면 남의 집에 세를 살고 있었던 셈이다. 그런

82. 11. S.K.CO

훈련병 시절(위)과 이등병 시절(아래)

데 이 70사단에서 훈련병 가운데 70사단 군악대에 데려갈 병사가 있는지 파악해보기 위해 우리 전투경찰 훈련병들의 신상명세서까지 살펴보게 되었고, 결국 나를 찾아내게 되었던 것이다.

"사회에 있을 때 밤업소에서 일한 경력이 얼마나 되지?"

훈련병인 내가 보기에는 까마득하게 높은 상사 계급장을 단 호랑이 인상의 그가 내게 물었다.

"광주, 이리, 태백의, 어, 제일 큰, 어, 업소에서 밴드, 어, 밴드 마스터까지 했습니다."

말을 더듬었다기보다는 약간 혀가 꼬이고 있었는데, 훈련소 생활 일주일을 남겨놓고 근심과 불안을 느낀 나머지 마침 낮에 민간인 동네에 사역을 나갔다가 막걸리를 거나하게 얻어먹은 날이었기 때문이다. 다행히 그 상사는 그런 내 말투 따위에는 크게 신경을 쓰지 않는 눈치였다.

"자, 제일 자신 있는 곡으로 한번 불어봐."

짧은 문답 뒤에 상사는 내게 악기를 내밀었다. 오랜만에 만져보는, 하지만 내 것은 아닌 테너 색소폰이었다. 물론 당시의 내게는 전용 피스도 없었다. 그러거나 말거나 나는 색소폰을 입에 물고 연주를 시작했다. 테너 색소폰으로 연주할 수 있는 가장 어려운 곡이자 가장 아름다운 곡이라고 평가되는 〈대니 보이〉였다. 그 무렵 가장 알려진 곡이기도 해서, 밤업소에서 이 곡을 연주하면 언제 어디서든 최고의 박수가 터지곤 했다. 늘 하던 곡이어서 나는 아무런 어려움 없이 연주를 마쳤다. 상사는 눈을 감고 조용히 내 색소폰 소리를 듣고 있었다.

"됐다, 가봐."

연주가 끝나고 나는 내무반으로 돌아와 회심의 미소를 지었다. 마침내 군악대 쪽으로 옮겨갈 수 있게 되었다고 내심 확신했던 것이다. 그런데 어쩐 일인지 이틀이 지나고 사흘이 지나도록 아무런 연락이 없었다. 근심과 불안의 연속이었다.

"아, 어떻게 하지? 이제 곧 퇴소인데 나는 앞으로 어떻게 될까?"

내 인생의 큰 시련이었다. 밤잠을 못자고 계속 고민을 하고 있는데, 하늘이 도왔는지 훈련소 퇴소를 이틀 앞둔 날 드디어 교관이 나를 다시 호출했다. 교관실로 달려갔더니 이번엔 한둘이 아니라 한 개 소대 병력은 될 만한 숫자의 군인들이 나를 기다리고 있었다. 그런데 70사단 마크가 아니라 모두 2군사령부 마크를 부착하고 있었다. 내가 색소폰 연주를 너무 잘해서, 보물을 찾았다며 70사단을 관할하는 2군사령부 소속 군악대장에게까지 보고가 올라간 때문이었다. 그들 중에 제일 계급이 높은 사람은 소령 계급장을 단 2군 군악대장이었다. 소령은 의자에 앉아 있고, 그 주위로 상사 중사 하사며 병장 상병 계급장을 단 군인들이 에워싸고 있었다. 70사단 군악대에 있을 재목이 아니라며 2군 군악대장에게 알렸던 나이 지긋한 70사단 상사도 공손한 자세로 옆에 서 있었다. 나로서는 그 앞에 서는 것만으로도 오금이 저릴 지경이었다. 구호와 함께 거수경례를 하자 바로 소령의 질문이 떨어졌다.

"지난번에 뭐 불었었다고?"

그런데 그건 내게 던지는 질문은 아니었다. 지난번의 그 상사가 곧장 자세를 바로잡으며 대답했다.

"〈대니 보이〉입니다."

소령은 내 쪽으로 시선을 돌려 잠시 내 얼굴을 바라보더니 다시 입을 열었다.

"어디 편하게 한번 불어봐."

나는 전에 본 그 상사가 건네주는 색소폰을 받아들고 연주를 시작했다. 편하게 불어보라는 2군 군악대장의 지시도 있고 해서 나는 긴장을 풀고, 술집에서 연주할 때 하던 버릇 그대로 짝다리를 흔들며 신나게 〈대니 보이〉를 연주했다. 훗날의 얘기지만, 이날의 일 때문에 나는 한동안 선임들에게 몹시 시달리기도 했는데, 군대에서의 연주는 어떤 경우에든 차렷 자세를 엄격히 유지한 채로 해야 하기 때문이었다. 그런데 사회에서처럼 박자에 맞추어 건들건들 다리를 흔들며 연주를 했으니 당연히 책을 잡힐 수밖에 없었다.

그렇게 연주를 끝내고 나자 소령은 내게 짧은 지시를 내렸다.

"너는 퇴소하면 육군 2군사령부 군악대로 소속을 옮긴다. 그렇게 알고 있도록."

이로써 나는 마침내 전투경찰 훈련소 생활을 마치고 육군 2군사령부 군악대의 색소폰 연주자로 새로운 군대 생활을 시작하게 되었다. 나중에 들은 얘기에 따르면, 당시 소령은 내 연주에 크게 감동을 받았다고 했다.

"내가 보기에 저 놈은 우리 육군 군악대 역사상 최고의 색소폰 실력자다. 초특급 병사니 아무도 함부로 건드리지 마라. 괜히 군기 잡는다고 건드리는 놈은 내가 가만두지 않는다."

덕분에 나는 졸병으로 군악대 생활을 시작하고도 구타나 가혹행위에 그다지 많이 시달리지 않았다. 그렇다고 특별대우를 받은 것도 아니지만, 군기 세기로 유명한 군악대에서의 생활치고는 비교적 무난하게 지낼 수 있었다. 물론 초창기에는 짝다리를 흔들며 〈대니 보이〉를 연주했던 일 때문에 몇 차례 선임들에게 얻어맞기도 하고 얼차려도 당했지만, 그런 세월은 금방 지나갔다.

군대에서의 생활 가운데 보람 있었던 기억이 하나 있다. 내가 이등병 계급장을 달고 막 부대에 배치되었을 때, 우리 내무반에는 분대장보다

군악대 시절

제대를 앞둔 병장 시절, 후배들과 함께

더 일찍 입대한 고참이 한 명 있었는데 우연찮게도 색소폰 담당이었다. 그 병장이 처음부터 나를 감싸고돌았는데, 얼마 지나지 않아 내게 이런 부탁을 해왔다.

"최 이병! 6개월 후면 나는 제대해서 사회로 나간다. 사회에 나가면 어떻게 해서든 색소폰 연주로 먹고살아야 하는데, 사실 실력이 모자란다."

한마디로 색소폰 개인 과외를 좀 해달라는 부탁이었다. 부탁이든 명령이든, 실제로 나는 6개월 가까이 그 병장에게 제대 후 먹고 살 수 있게 정성껏 색소폰을 가르쳤다. 그런데 그런 개인 과외는 그 병장 하나로 끝나지 않았다. 그 병장의 과외가 끝나갈 무렵이 되니 벌써 군악대 안에 여러 명이 순번을 정해 차례를 기다리고 있었던 것이다. 군대의 순번이란 당연히 계급순이어서 나는 늘 최고 고참들만 전담으로 가르치는 개인 교사가 되었고, 그런 생활이 내 스스로 병장을 달 때까지 계속되었다. 당연히 부대 안에서의 내 생활은 상대적으로 수월할 수밖에 없었다.

군에 있는 동안 돈을 벌지는 못했지만, 다행히 군악대에 소속되어 연주를 계속할 수 있었던 점, 그리고 색소폰 실력 덕분에 남들보다 상대적으로 편하게 지낼 수 있었던 점은 그나마 큰 행운이었다고 여겨진다.

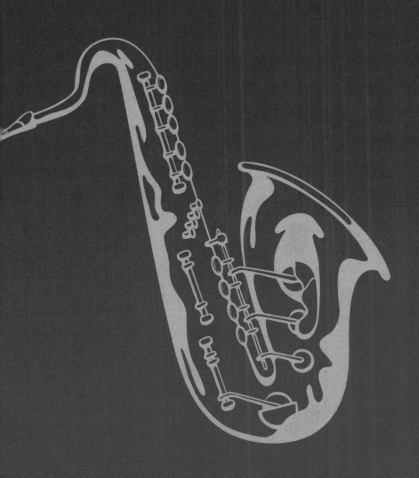

제 3 부

나의 재즈 시대

재즈 이야기를 시작하며

재즈에 관한 여러 책들을 보면 그 기원에 관한 내용이 서로 조금씩 다른 것을 볼 수 있다. 내가 공부하고 생각한 내용들을 종합하여 이 부분에 대한 내 나름의 설명을 제시해보면 대략 이렇다.

우선 재즈는 대부분의 연구자들이 인정하듯이 미국에서 탄생한 음악이다. 오늘날 미국은 세계의 모든 인종이 어울려 사는 유일한 국가다. 그런데 1900년대 초반의 미국은 크게 백인과 흑인 그리고 백인과 흑인 사이에서 태어난 크레올(Créole), 이렇게 셋으로 구성되어 있었다. 이들 가운데 유럽에서 건너온 백인들의 음악인 '랙타임(ragtime)', 그리고 흑인 노예들의 음악인 '블루스(blues)'가 혼합된 음악이 바로 재즈이다. 이런 재즈를 활성화시킨 사람들은 백인들의 도움을 받은 '크레올'이다. 그래서 재즈는 미국의 상류층, 중류층, 하류층 등 모든 미국인들의 지지와 사랑을 받아왔다.

미국에서 탄생하고 발전하기 시작한 재즈에는 미국인 특유의 개척정신과 자유정신이 깃들여 있다. 그리고 재즈는 할리우드 영화와 더불어 미국 역사와도 함께해왔다. 재즈의 역사를 알면 미국의 역사가 보인다.

재즈의 출발지는 미국 남부의 도시 뉴올리언스다. 1900년 당시의 뉴올리언스는 큰 항구도시로서 세계의 많은 사람들이 드나들던 관문이었다. 여기서 출발한 재즈는 나중에 시카고, 뉴욕으로 향했고, 지금은 세계 곳곳에 스며들어 클래식과 함께 세계 음악의 양대 산맥을 이루고 있다.

재즈에 대한 이야기를 꺼낸 김에 내가 생각하는 재즈에 대한 이야기도 조금 해보기로 한다.

내 생각에 재즈는 우선 하드웨어적이기보다는 소프트웨어적인 음악이다. 이는 연주를 어떻게 하느냐가 중요하지, 연주곡이 어떤 곡이냐 하는 것은 중요치 않다는 의미다.

재즈는 또 억지로 술을 따라주는 선배들 같은 강압이 없고, 자신의 주량에 따라 마실 수 있게 해주는 음악이라고 생각한다. 연주자의 판단에 따른 음악이 있을 뿐이다. 재즈를 처음 접하는 사람들은 재즈 역사가 10년 단위로 바뀌었기 때문에 10년 단위 순서대로 음악을 들어보고, 또 영화나 CF에 나온 곡들 그리고 악기 파트를 중심으로 들어보면 재즈를 이해하는 데 큰 도움이 될 것이다.

마지막으로 이 자리를 빌어 기록해두고 싶은 이야기가 하나 있다. 우리나라 재즈 음악의 대중화와 활성화를 위해 큰 역할을 담당하고 있는 잡지 《재즈 피플》에 대한 것이다. 월간지 《재즈 피플》은 이미 우리 재즈 발전에 큰 역할을 해왔고 앞으로도 그러리라고 생각한다. 지면을 통해서나마 그동안 적자를 무릅쓰고 오직 재즈에 대한 사랑으로 10년 이상을 버텨오고 있는 김광현 발행인 겸 편집국장에게 격려와 고마움의 뜻을 전한다.

기다려, 재즈

군대에서 제대할 무렵이 되자 전국의 여러 업소들에서 만나자는 전갈이 오기 시작했다. 당연히 자기네 업소에 와서 밴드 마스터로 일을 해달라는 것이었다. 3년을 꼬박 군대에 있었지만 그 업계에서는 나름대로 내명성이 유지되고 있다는 것을 확인할 수 있었다. 남들이 고등학교에 다닐 열일곱 나이에 돈을 받고 업소에서 연주를 시작했고, 친구들이 대학에 들어갈 나이에 이미 국내 최대 규모의 업소들에서 밴드 마스터로 활동하던 나였다. 광주와 태백의 〈팔도강산〉을 비롯하여 내가 일하던 곳들은 대체로 손님들이 만원사례를 이루었고, 서울에서 내려온 가수들 역시 우리 밴드를 최고의 실력파 밴드로 인정해주었기 때문에 나는 사실제대 후에 대해서도 전혀 걱정을 하지 않았다. 나와 우리 밴드를 기다리는 업소들이 줄을 서고 있었던 것이다.

그런데 그 무렵, 이정식이라는 신진 색소폰 연주자가 나타나 크게 인기를 얻고 있다는 소식을 우연히 듣게 되었다. 색소폰으로 재즈 음악을 연주하는데 그 실력이 워낙 뛰어나서 여기저기서 모셔가려고 난리라고 했다.

"재즈를 해야 한다."

그런 소문을 듣는 순간 내가 떠올린 것은 아버지의 유언과도 같은 부탁이었다. 나 역시 속으로는 계속해서 재즈를 공부해야 한다는 생각을 하고 있던 참이기도 했다. 하지만 군대 이전에는 일이 바쁘다는 핑계로, 군대에서는 군에 있다는 핑계로 재즈 공부를 미루고만 있었다. 그러다가 재즈 색소폰 연주자 이정식의 소식을 듣게 되었던 것이다.

처음엔 그가 누구인지 전혀 감을 잡지 못했다. 그러면서도 그가 연주한다는 재즈 음악이 어떤 것인지 직접 들어보고 싶다는 생각만은 몹시 간절했다. 마지막 휴가를 틈타 이태원에 있는 〈올 댓 재즈〉라는 클럽을 찾았고, 거기서 실제로 이정식의 재즈 색소폰 연주를 들을 수 있었다. 그야말로 충격이었다.

우선 연주자 이정식이 내가 만난 적이 있는 친구라는 사실이 놀라웠다. 입대하기 한참 전, 그러니까 내가 광주의 〈팔도강산〉에서 밴드 마스터로 활동하다가 그만두고 상경을 준비하고 있을 때 잠깐 만난 적이 있는 그 친구였던 것이다. 내 후임 색소폰 연주자로 〈팔도강산〉이 급하게 찾아낸 인물이 그였고, 그에게 나는 잠깐이지만 〈대니 보이〉의 어려운 파트 몇 부분을 가르쳐주기도 했다. 당시의 수준으로 보자면 이정식과 나는 제자와 스승 정도의 레벨 차이가 있었다고 해도 무리가 아니다. 실제로도 처음 만났을 때 이정식은 나를 선생님이라고 불렀었다. 그 당시의 나는 이미 밴드 마스터를 맡고 있었고, 나이도 실제보다 다섯 살이나 많은 것처럼 꾸미고 있었으니 무리도 아니었다.

그런데 몇 년의 시간이 흐르는 사이 이정식과 나의 입장은 완전히 뒤바뀌어 있었다. 이정식은 재즈 연주자로 탈바꿈하여 최고의 인기와 전성기를 누리고 있는 반면, 나는 여전히 큰 진전 없이 전과 다름없는 연주자로 남아 있었던 것이다.

〈올 댓 재즈〉에서 들은 이정식의 재즈 연주는 내게 전율을 일으켰다. 그의 능수능란해진 기교도 놀라웠지만, 무엇보다도 재즈 특유의 애드립이 충격적이었다. 색소폰 연주에 대해 조금이라도 아는 사람이라면 누구나 그의 연주가 얼마나 출중한지 인정하지 않을 수 없을 것이라고 여겨졌다.

'아, 이래서 재즈를 해야 하는구나.'

그런 충격과 전율에 휩싸인 채 나는 포장마차에 앉아 혼자서 여러 병의 소주를 들이켰다.

군대 제대 후, 당시 이정식이 일하던 또 다른 업소로 찾아갔다. 두 번째로 듣는 그의 재즈 색소폰 연주 역시 내게는 놀랍고 신비로웠다. 연주가 끝나고 쉬는 시간에 나는 웨이터를 통해 이정식을 내 테이블로 불러달라고 부탁했다.

"아니, 최광철 선생님 아니십니까."

그는 나를 기억하고 있었다. 광주에서 처음 만났을 때처럼 나를 선생님이라고 불렀다.

"정식 씨, 우선 사과부터 하겠습니다."

어안이 벙벙해진 표정의 그에게 나는 우선 몇 가지 자초지종을 설명했다. 미성년의 어린 나이에 업소에서 일을 하려니 나이를 속일 수밖에 없었고, 실제로는 나보다 나이 많은 형들을 데리고 밴드 마스터 역할을 하려니 역시 이래저래 신분을 속일 수밖에 없었노라고 먼저 고백했다. 그러면서 사실은 그와 내가 동갑내기라고 말해주면서 주민등록증을 보여주었다.

"그랬군요. 그렇게 어린 나이였는데도 연주 실력이 그렇게 좋았다니, 놀랍습니다."

조용히 내 이야기를 듣다가 그렇게 반응하는 이정식의 표정에는 전에 없던 여유가 흐르고 있었다. 이미 장안에서 최고의 연주자로 평가받고 있다는 점, 알고 보니 나와 동갑내기 친구라는 사실 등에서 얻어지는 여유일 터였다.

"정식 씨! 그 사이에 이렇게 일취월장한 비결이 뭡니까?"

나는 그에게 비결을 물었다. 연습 외에 무슨 비결이 있으랴만, 그에게는 어쩐지 내가 짐작조차 할 수 없는 비결이 있을 것만 같았다. 그렇지 않고서야 몇 년 사이에 실력이 그렇게까지 좋아질 수는 없을 것이라고 여겨졌다.

"운이 좋았습니다."

그렇게 운을 뗀 이정식은 지난 몇 년 사이에 자신에게 일어났던 일들을 간추려서 설명해주었다. 요약하면 이런 내용이다.

그가 광주의 〈팔도강산〉에서 연주를 할 당시 밴드 마스터는 드럼을 맡은 인물이었는데, 이 사람이 KBS악단의 김강섭 단장과 친한 사람이었다. 그런 인연으로 김강섭 악단과 함께 서울의 타워호텔 클럽에서 연주를 할 수 있게 되었다고 했다. 그런데 이때의 연주자 멤버들이 그야말로 화려하기 그지없었다. 색소폰의 김수열, 트럼펫의 강대관 등 신촌의 재즈클럽 〈야누스〉 멤버들이 그대로 거기 모여 있었던 것이다. 이들을 통해 재즈에 입문하게 되었고, 나중에는 재즈 이론가인 이판근 선생님에게 본격적으로 재즈를 배울 수 있었던 것이 자기에게는 최고의 행운이 되었노라고 이정식은 말했다. 나는 그의 말이 모두 사실일 것이라고 생각했다. 하지만 그가 말하지 않은 것도 하나 있는데, 본인의 노력에 대한 부분이 그것이다. 처음 만났을 때의 실력을 바탕으로 유추해보면, 그가 그동안 얼마나 많은 땀과 노력을 쏟아 부었을지 충분히 짐작할 수 있는 일이었다. 지금도 나는 이정식이야말로 땀과 노력으로 자신의 세계를 이룩한 연주자라고 생각한다. 존경하지 않을 수 없는 친구인 것이다.

야누스와 이판근 선생님

재즈 연주자로 변신한 이정식을 만나고 난 뒤부터 재즈에 대한 열정이 본격적으로 불타올랐다. 하지만 3년의 군대 생활을 마치고 돌아온 내게는 가진 것이 별로 없었다. 하는 수 없이 세상 구경도 할 겸 제천과 평택에 있는 업소에서 다시 밴드 마스터 생활을 했다. 일을 하는 동안 꽤 열심히 돈을 모았는데, 오로지 재즈 공부를 위해서였다. 사실 그 이전의 나는 돈을 모으는 일에는 그다지 열의가 없었는데, 어린 나이에 남들보다 많은 돈을 너무 쉽게 벌었기 때문이다. 색소폰만 불면 언제든 돈은 어렵지 않게 벌 수 있었고, 색소폰을 불 곳은 전국에 널려 있었던 것이다. 실제로도 적지 않은 돈을 벌었고, 덕분에 일찌감치 어머니의 집을 마련해드릴 수 있었다. 하지만 딱 거기까지였다. 돈은 마음만 먹으면 언제든 벌 수 있는 것이어서 그다지 나의 관심을 끌지 못했던 것이다. 선배든 후배든 만나는 사람마다 밥이며 술을 사주고 마음껏 즐기며 한동안을 살았다.

하지만 제대 후 막상 재즈 공부를 시작하려니 가장 걸리는 부분이 돈이었다. 나 자신과 어머니의 생활비 걱정이라도 하지 않으려면 돈을 모아두어야 했고, 그래서 제천과 평택으로 달려갔던 것이다.

그렇게 2년 가까이를 밤업소에서 일하고 난 대가로 얼마간의 돈이 모이자 나는 미련 없이 그 업계를 떠나기로 했다. 그리고 드나들게 된 곳이 대학로의 〈야누스〉였다. 우리나라 재즈 음악의 역사를 말할 때 결코 건너뛸 수 없는 클럽이 바로 1978년에 박성연 선생이 세운 〈야누스〉다. 이판근, 강대관, 김수열, 최세진, 이동기 같은 1세대 재즈 뮤지션들이 이곳을 거쳐 갔고, 이들 1세대에게 배운 세대가 지금 현재의 우리 재즈계를 이끌고 있다. 그야말로 우리나라 재즈 음악의 '산실'이다. 최근 우리나라에서 가장 널리 이름이 알려진 재즈 연주자 가운데 세계적인 피아니스트 조윤성이 있는데, 그 부친 조상국 선생도 드러머이자 〈야누스〉에서 연주를 하던 1세대 재즈 음악인이었다.

나 역시 제대 이후 이정식의 소개로 〈야누스〉에 드나들게 되었고, 우리나라의 1세대 재즈 작곡가이자 이론가인 이판근 선생님으로부터 본격적으로 재즈를 배우게 되었다. 1987년 무렵이었고, 한동안 오로지 재즈 공부에만 몰입했다. 당시 나는 강남의 역삼동에 살고 있었는데, 매일 한강 고수부지에 나가 색소폰을 불었다. 앞에서도 언급한 것처럼 철저한 색소폰 연습을 위해서는 큰 물가가 제격이었기에 아침 먹고 고수부지로 나가면 하루 10시간씩 거기서 색소폰을 불었다. 입이 부르트고 입술에서 피가 흘렀다. 그야말로 재즈에 미친 시절이었다. 덕분에 나는 이때를 전후로 음색 좋고 테크닉 뛰어난 색소폰 연주자에서 재즈를 하는 예술인

군대 제대 후 제천의 극장식클럽 〈명보타운〉에서 밴드 마스터를 하던 시절. 단원들과 함께

으로 변화되기 시작했다. 많은 것이 이전과는 차원이 달라졌는데, 이 길을 이끌어준 분이 바로 이판근 선생님이었다. 작곡가이자 재즈 이론가인 이판근 선생님은 우리나라 1세대 재즈 뮤지션을 대표하는 음악인이자 내게는 새로운 예술의 경지를 보여준 스승이었다.

불광동에 있는 이판근 선생님의 음악실을 처음 찾았을 때부터 나는 선생님의 박학다식과 재즈에 대한 남다른 애정에 큰 감동을 받았다. 서울대학 상대를 나온 선생님은 음악과 재즈 외에도 문학이며 미술 등 온갖 분야에 조예가 깊었고, 재즈 교육에 있어서도 자기만의 경지를 개척한 분이었다. 이정식의 소개로 선생님을 처음 만난 뒤부터 나는 선생님의 가르침과 지시라면 무엇이든 토를 달지 않고 그대로 실행하려고 나름대로 애를 썼다.

하지만 본격적인 재즈 입문은 내게도 쉬운 일이 아니었다. 하루 10시간 넘게 연습을 하는데도 200개 넘는 다양한 스케일의 벽을 넘기가 우선 쉽지 않았다. 사실 대부분의 재즈 입문자들이 이 단계에서 좌절하는 경우가 많은데, 아마추어 연주자들이 모든 스케일을 익힌다는 것은 사실 불가능한 목표에 가깝다. 하지만 내 경우는 달랐다. 아니 달라야 했다. 나는 연주자로서의 마지막 관문이자 아버지와의 약속을 지키기 위해 재즈를 선택한 것이고, 그 이전부터 색소폰 연주자로 활동을 해왔던 것이다.

다행히 하루 10시간 넘게 연습을 계속한 결과 1년여 만에 스케일의 벽을 통과하고 화성학에 대한 공부도 어느 정도 마칠 수 있었다. 나를 지도하던 이판근 선생님도 나의 일취월장에 깜짝 놀라셨는데, 그 분 역시 내가 얼마나 많은 시간과 노력을 들였는지는 다 알지 못했다. 아무튼 그리하여 나는 재즈 입문 1년여 만에 이판근 선생님의 문하에서 물러 나오게 되었다.

당시 〈야누스〉에서 연주할 기회가 없었던 것은 아니지만 나는 다른 곳을 물색했다. 〈야누스〉의 경우 1세대인 선배 연주자들이 너무 많아서 내게 주어지는 기회가 적기도 했고, 선배들에 비해 나는 상대적으로 다른 곳을 찾기가 수월하기도 했다. 어린 나이부터 산전수전 몸으로 겪어가며 사회생활을 배운 이력이 있었던 것이다.

그리하여 처음 재즈 연주자로 무대에 서게 된 곳이 서울역 앞에 있는 힐튼호텔의 지하 바였다. 평소에는 맥주나 음료를 파는 매장으로 운영하다가 주말에만 외국인을 대상으로 바베큐 파티를 여는 곳이었는데, 파티가 열리는 날 딕시랜드 재즈를 연주하는 팀원으로 합류하게 된 것이다.

이때부터 재즈 색소포니스트 최광철의 새로운 음악 인생이 시작되었다.

"

나는 이때를 전후로
음색 좋고 테크닉 뛰어난 색소폰 연주자에서
재즈를 하는 예술인으로
변화되기 시작했다.
많은 것이 이전과는 차원이 달라졌는데,
이 길을 이끌어준 분이
바로 이판근 선생님이었다.

"

방송과의 인연

재즈에 입문하고 마침내 1년여 만에 스승의 인가를 받아 하산하던 날, 나는 스스로 몇 가지 새로운 삶의 이정표를 세웠다. 나 스스로를 위한 다짐이었다.

그런 다짐들 가운데 하나가 재즈 아티스트 답게 살자는 것이었다. 돈이나 명예나 그 무엇도 목표로 삼지 말고, 예술로서의 재즈만 생각하고 예술가로서의 고결함을 지키자는 것이었다. 그 이전의 내가 기능인이었다면 이제는 예술가가 되어야 한다고 생각한 것이다. 이때의 예술가란 물론 영세불멸토록 거창한 이름을 남기는 위대한 인물을 말하는 것은 아니다. 그보다는 재즈의 정신을 삶에서 체화함으로써 어느 국면에서든 당당하고 깨끗하며 정직하고 바른 삶을 사는 예술인이 되어야 한다는 것이었다. 내가 이해한 재즈는 자유로운 가운데 질서정연하고, 개인주의적인 가운데 상대를 배려하는 음악이었다.

이런 정신을 삶에서 실제로 실천하고 체화하려면 무엇보다 먼저 우선은 뛰어난 연주자가 되어야 했다. 실력이 받쳐주지 않는 연주자의 재즈 예찬은 자칫 공염불이 될 가능성이 컸다. 말보다 실력이 앞서는 연주자가 되지 못한다면 재즈에 대한 나의 사랑과 열정도 그 가치를 인정받기 어려울 터였다. 연주 실력 못지않게 중요한 또 하나는 재즈 자체에 대한 공부라고 생각했다. 애드립과 임프로비제이션을 특징으로 하는 재즈만의 독특한 음악성과 예술성을 살려낼 수 있는 곡을 만들고, 이를 통해 내 삶을 조금 더 예술과 일치시킬 수 있을 것이라고 생각했다. 그래서 이판근 선생님의 문하에서 나온 뒤에도 내가 할 수 있는 공부를 게을리 하지 않았다.

또 다른 목표 가운데 하나는 재즈를 통해 사회에 기여해야 한다는 것이었다. 이전의 색소폰은 내게 목표라기보다는 사실 수단에 가까웠다. 특히 돈을 벌기 위한 수단이었다. 하지만 재즈를 통해 예술에 입문한 이상 오로지 돈을 위해 음악을 한다는 것은 있을 수 없는 일이었다. 재즈 자체를 목표로 삼고, 재즈를 통해 사회에 기여할 수 있을 때 예술가의 존재 가치도 있는 것이라고 나는 생각했다. 역으로, 사회에 기여하지 못한다면 나의 존재 가치도 그만큼 보잘것없는 것이 되고, 재즈 색소폰 연주자가 된 의미도 그만큼 퇴색될 것이었다. 하지만 이런 거창한 생각들에도 불구하고 구체적으로 내가 음악과 사회를 위해 무엇을 할 수 있을지 구체적으로 잡히는 것은 없었다.

주변에서 나를 이정식과 쌍벽을 이루는 최고의 재즈 색소폰 연주자로 평을 하곤 했지만, 어쩐지 공허한 기분이 완전히 가시지는 않았다.

그러다가 나름대로 사회적 활동으로서의 의미를 부여할 수 있는 것을 시작한 것이 1990년이다. 이때부터 방송과 인연을 맺게 되었던 것이다. 이후 몇 년 동안은 방송국에 드나드는 일로 세월을 보내게 되었다. 지금까지 가장 기억에 남는 프로그램으로는 당시 최고의 인기를 누리던 KBS의 〈가요톱텐(10)〉이 있다. 아나운서 출신 손범수의 사회로 매주 수요일 저녁 7시에 최고의 인기가요를 선정해서 발표하는 생방송 프로그램이었다. 내가 출연하던 무렵에는 '서태지와 아이들'이 최고 인기를 누리고 있었다. 그리고 김원준, 강수지 등이 인기 있었고 나중에 김건모가 제대하고 와서 '잠 못 이루는 밤에'로 인기가수가 된다. 1990년대 가요계는 조용필, 이문세, 변진섭으로 이어지면서 한국 가요의 새로운 시대를 맞이하고 있었다. 우선 작곡가들의 세대교체가 일어나고 대부분 피아노, 건반으로 컴퓨터 음악을 하였으며 녹음실 엔지니어들의 기술도 발전하여 녹음실 전성시대였다. 그만큼 많은 가수들이 녹음 작업을 많이 하였다. 1년에 1천 개 이상의 음반이 나오던 시대였고, 새로운 가수들의 히트곡을 내기 위한 경쟁이 그만큼 치열했다.

〈가요톱10〉은 그 시대의 최고 인기가수가 누구인지를 알게 해주는 프로그램이다. 각 소속사와 가수들은 KBS의 이 〈가요톱10〉에 들고자 좋은 곡을 만들기 위해 노력하고 치열한 로비활동도 해야 했다. 나는 그 프로그램에서 주로 전주나 간주 그리고 오블리가토 애드립을 색소폰으로 연주해주었다. 그때 당시에는 굉장히 혁신적인 것이었다. 오리지널 음반에 없는 음들을 임프로비제이션 해서 연주했기에 큰 호응이 있었다. 그래서 나는 두 번의 리허설 중에 낮 12시의 밴드음악 리허설은 빠지고 내 얼굴을 원 샷으로 비춰주는 오후 5시의 카메라 리허설에만 참석하였다. 색소폰이든 다른 악기든, 연주자가 이처럼 텔레비전 화면에 원 샷으로 얼굴을 비춰주는 것은 이전에 없던 일이어서 길거리에서 나를 알아보는 사람들이 많았고 그야말로 인기가 좋았다.

이밖에 허참 씨가 진행하던 KBS의 〈올스타 청백전〉, 개그우먼 조혜련 이나 송은이의 데뷔 무대가 된 KBS의 〈청춘 스케치〉, 영화배우 이혜영씨가 사회를 본 KBS의 〈토요일 밤의 쇼〉 같은 프로그램도 기억에 남는다. 대부분 즉흥적으로 흥을 띄울 필요가 있는 프로그램들이어서 재즈로 단련된 나와는 궁합이 잘 맞았고 프로그램들 자체의 인기도 좋았다. 당시 KBS의 음악 프로그램을 하면서 알게 된 전진국 PD(부사장으로 퇴직), 경명철 PD(본부장으로 퇴직)는 지금도 KBS의 전설적인 연출가로 알려져 있다. 그런데 경명철 PD가 〈토요일 밤의 쇼〉 프로를 만들고나서 첫 녹화 때 나에게 이런 이야기를 했다.

"광철씨, 이제 마음껏 연주해도 돼요!"

KBS 2TV 〈토요일 밤의 쇼〉 윤시내 편

이 분은 출연자들에게 나이를 떠나 항상 존대를 해주는, 존경할 수밖에 없는 그런 분이다. 그리고 이 프로는 지금으로 따지자면 MBC의 〈나는 가수다〉와 비슷한 스타일이었다. 가창력이 좋은 가수들을 출연시켜서 가요나 팝송, 혹은 스탠다드 재즈곡 등을 새로운 스타일로 노래하게 해서 젊은 세대와 중년 세대가 같이 볼 수 있는 그런 멋진 음악프로였다. 나는 이 프로에서 나의 임프로비제이션 즉 애드립을 가수들의 노래를 더 빛내기 위해 마음껏 연주하였다. 이런 스타일의 음악프로를 꼭! 다시 해보고 싶다.

그리고 KBS 위성TV의 〈재즈 클럽〉 방송을 연출했던 김상기 PD도 멋진 사람이고 고맙게 생각하는 분이다. 재즈 불모지인 한국에서 그나마 재즈방송을 제작하여 세계로 내보냈으니 말이다.

MBC에서는 아나운서 황인용 씨와 탤런트 겸 DJ인 김현주 씨가 공동 사회를 보는 토크쇼 〈세상사는 이야기〉 프로의 '최광철과 음악세상'팀 밴드 마스터로 참여했다. 밤업소 밴드 마스터에서 방송국 밴드 마스터가 된 것이다. 이 프로는 너무 애착이 가는 좋은 프로였다. 스타들이 출연하는 토크쇼와는 달리 사연이 많은 일반인들이 출연하여 시청자들에게 감동의 눈물과 웃음을 주었던 그런 프로였다. 이 프로도 꼭! 다시 하고픈 프로다. 〈세상사는 이야기 2〉를 소망해 본다.

MBC의 윤영관 PD(광주MBC 사장으로 퇴직)는 〈세상사는 이야기〉에서 만났으며 MBC의 '시사정보국'을 만들어 아침 토크 프로를 활성화시킨 분이다.

서정창 PD는 〈세상사는 이야기〉 프로 끝날 때까지 같이했던 분인데 항상 남을 배려해주는 착한 사람으로 기억된다.

김윤영 PD는 1998년에 정부수립 50주년 기념 특별기획 'MBC 남북이

🎧 직접 감상해보기 04

신효범, 〈난 널 사랑해〉 세션연주(KBS, 〈가요 TOP 10〉)

윤시내, 〈몬테카를로의 추억〉 세션연주(KBS, 〈토요일 밤의 쇼〉)

KBS 위성TV, 〈재즈 클럽〉 출연 영상

MBC 토크쇼, 〈세상 사는 이야기〉 출연 영상

MBC 토크쇼 〈세상 사는 이야기〉 출연 장면

산가족 찾기' 〈이제는 만나야 한다〉 프로를 만든 분이다. 내게 그 프로를 TV로 시청하면서 감동을 받아 울면서 '남북 이산가족 상봉' 주제곡인 〈이제는 만나야 한다〉 제목으로 작사와 작곡을 하게 만든 장본인이다. 그러한 좋은 프로를 만들어 남북 이산가족들의 상봉에 큰 도움을 준 분이어서 실향민 2세로서 지금도 고맙게 생각하는 분이다.

SBS는 나중에 개국해서 인연이 닿지 않았다. 아쉽게 생각한다.

언제 기회가 온다면 멋진 프로에서 멋진 연주를 하고 싶다.

그리고 여러 가수들이 음반을 낼 때 색소폰 세션으로 참여하기도 했다. 룰라, 신효범, 한스밴드, 김수희, 윤시내, 김창열 같은 가수들이 기억에 남는다. 1990년 전에는 가수들 음반에 실제 색소폰 소리 대신 작곡가들이 건반에 들어있는 색소폰 톤으로 녹음들을 했었다. 그만큼 그들을 만족시킬 수 있는 색소폰 연주자들이 없었기 때문이다. 그러나 1990년대에 나와 이정식 그리고 김원용 선배가 나온 후로는 많은 작곡가들이 우리 세 사람 중에서 80~90%를 녹음 세션으로 불러주었고, 우리가 색소폰으로 전주나 간주를 연주한 것이 타이틀곡으로 선정되고 히트곡들이 나오면서 방송이나 녹음실에서 색소폰의 전성시대를 맞이하기도 했다. 특히 한샘이 색소폰을 연주한 한스밴드는 지금도 데뷔 무렵의 일들을 또렷하게 기억할 정도로 나로서는 애정을 많이 쏟은 밴드였다.

충청북도 영동의 시골에서 자란 중학생 세 자매가 만든 그룹이 한스밴드로, 연주와 노래를 동시에 하는 우리나라 최초의 여성 밴드라고 할 수 있다. 83년생 한나, 84년생 한별, 85년생 한샘의 세 자매가 밴드를 결성하고 첫 음반을 낸 것이 1998년이었다. 당시 이들의 음반을 낸 회사는 예당으로, 내 후배이자 작곡가인 최준영이 이곳에서 일을 하고 있었다. 그

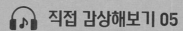

직접 감상해보기 05

MBC 남북이산가족상봉 특별 프로그램, 〈이제는 만나야 한다〉 출연 영상

MBC 남북이산가족찾기 〈이제는 만나야 한다〉 출연 모습

의 부탁으로 그야말로 중학생 아이들 셋을 만나게 되었고, 색소폰을 맡은 셋째 한샘의 연주를 지도하는 한편으로 음반 녹음에도 참여하게 되었다.

당시 한샘은 너무 어린데다가 숫기가 부족하여 그야말로 제작사의 애를 태우고 있었는데, 나는 나름대로 내 경험담을 들려주며 무대에서의 매너며 카메라 앞에서의 요령까지 성심으로 지도했다. "한샘 너는 이제 스타다. 많은 또래 친구들이 너를 자랑스럽게 생각하니, 부끄럽게 생각하지 말고 너의 팬들에게 희망과 용기를 준다는 마음으로 무대에 서야 한다, 서태지와 아이들을 생각해봐!"라고 이야기 한 것이 생각난다. 이들이 낸 1집 음반이 〈선생님 사랑해요〉인데, 타이틀곡을 비롯하여 〈오락실〉이 큰 인기를 얻으며 한스밴드는 단박에 스타덤에 올랐다. 내가 지도하고 돕고 참여한 음반이 대성공을 거두는 것을 보면서 그야말로 무언가 기여를 했다는 뿌듯함을 느낄 수 있어서 나 자신의 성공 못지않게 기쁘고 즐거웠다. 물론 재즈를 한 보람도 느껴졌다.

한화그룹 DK의 질문

한스밴드 이야기를 하다 보니 문득 생각나는 인물이 한 사람 더 있다. 한스밴드 멤버들과 같은 중학생이던 한화그룹 김승연 회장의 장남이자 장차 이 그룹을 이끌게 될 김동관 사장이 그 주인공이다. 나와는 길지 않지만 사제의 인연을 맺었던 친구고, 스승인 내게 오히려 작지 않은 깨우침을 준 친구이기도 하다. 우리 주변에는 재벌가 사람들에게 곱지 않은 시선을 보내는 이들도 적지 않은데, 그런 사람들을 만날 때면 나는 곧잘 내가 만나고 경험한 김동관 사장의 어린 시절 이야기를 들려주곤 한다.

그 이야기를 본격적으로 꺼내기 전에 약간의 사전 설명이 필요할 수도 있겠는데, 우선 김동관 사장이 대단히 뛰어난 머리의 소유자란 사실을 알아두어야 한다. 그 아버지 김승연 회장도 당시 최고의 명문인 경기

고등학교를 졸업하고 유학을 다녀온 수재였고, 어머니는 한발 더 나아가 서울대학교 약대를 수석으로 졸업한 분이었으니 그의 뛰어난 머리는 부모님 덕분이라고 해도 좋을 것이다. 실제로도 김동관은 어린시절부터 성적이 탁월했고, 중학교에 다니던 시절에는 전교 1등을 놓친 적이 없었다고 한다. 미국의 명문 사립 고등학교를 거쳐 하버드대학교 정치학과를 졸업했는데, 하버드 재학 시절에는 한인학생회장을 지내기도 했다. 석사과정이나 MBA에 진학할 것이라는 주변의 예상과 달리 졸업과 동시에 귀국하여 학사장교로 입대하고 공군 중위로 전역했다. 군대 문제만 불거지면 꼬리를 감추기 바쁜 일부 지도층 인사들의 자녀들과는 완전히 다른 길이었다. 제대 직후인 2010년부터 한화그룹에 입사하여 본격적인 경영자 수업을 시작했고, 입사 이듬해인 2011년 한화 솔라원 기획실장을 시작으로 최근까지 세계 최고 수준에 이른 한화그룹의 태양광 사업을 주도해 왔다. 2020년 9월 28일 인사에서 한화솔루션 대표이사 사장으로 승진했다.

한화그룹을 이끌어갈 후계자로서의 능력과 자질을 보여주는 외에 김동관 사장은 여러 미담의 주인공으로도 언론에 자주 오르내린다. 2019년 11월에 연애결혼을 한 신부가 알고 보니 10년 전 같이 입사했던 회사 동기였다거나, 한 달에 한 번씩 직원들에게 책을 박스째 나눠주는 독서광이라거나, 남 몰래 연탄 나눔 봉사활동을 다니거나 새벽의 종로어학원에 앉아 중국어를 배우는 학구파라는 등등의 얘기들이다.

그런 김동관 사장을 내가 처음 만난 것은 그가 중학생일 때였다. 어느 날 지인 가운데 한 분으로부터 '귀한 집 자제가 색소폰을 배우고 싶어 하는데, 기왕이면 최광철 선생 같은 분한테 배우기를 원한다'는 말을 듣고 누구의 집인지도 모르는 채 가회동으로 찾아가게 되었다. 서울 한복판에 그렇게나 큰 개인 주택이 있다는 사실에 새삼 놀라며 응접실에 들어섰더니 얼마 지나지 않아 안주인인 듯한 한 여인이 나타났다.

"우리 아들이 중학생인데, 학교에서 개인별로 악기 하나씩을 꼭 배우도록 권장하고 있습니다. 아이가 기왕이면 색소폰을 배우고 싶다고 해서 최 선생님께 연락을 드리게 되었습니다. 모쪼록 잘 부탁드립니다."

"가을에 학교에서 실기 시험이 있고, 그 무렵에 아이 할머니의 생신도 있습니다. 할머니 생신 때 아이가 색소폰으로 축하 연주를 해드리고 싶답니다."

대강 그런 얘기였다. 그 간단한 이야기를 들으면서 속으로 여러 생각들이 스쳤는데, 무엇보다 놀라운 것은 중학생 아이가 스스로 색소폰을 배우고 싶어 한다는 것이었다. 학교에서 아이들에게 특정한 운동이나 악기를 권장하는 것은 흔한 일이었는데, 중학생이 색소폰을 선택하는 경우는 퍽 드문 일일 터였다. 음대나 실용음악과에 지원하려는 학생이라면 혹 모를까. 지금은 우리나라가 색소폰 열풍이 불어 나이 불문하고 취미로 많이 하지만 그때 당시 색소폰은 솔직히 그렇게 대중적이거나 아이들이 좋아할 만한 악기는 결코 아니었다. 피리, 하모니카, 피아노 정도가 당시 대부분의 아이들이 배우는 악기였던 것이다. 나는 속으로 '역시 제대로 교육을 시키는 집안의 아이는 수준이 달라' 하는 생각을 잠시 했다. 아이가 중학교를 마치면 미국에 있는 고등학교를 거쳐 대학에 진학하게 될 것이라는 얘기도 들었는데, 그런 미래까지 염두에 두고 선택한 악기가 색소폰인 모양이었다. 미국의 유수한 대학에 다니는 학생들 중에 색소폰을 특기로 하는 학생들이 적지 않다는 얘기는 나도 들어서 잘 알고 있었다. 미국에서 가장 유행하던 음악이 재즈고, 재즈 연주의 최고봉은 역시 색소폰으로 구현되기 때문일 것이었다. 아이 혼자서 결정한 것인지 아니면 부모와 상의해서 함께 정한 것인지는 알 수 없지만, 앞서 나가는 교육의 한 모델을 보는 느낌이었다.

아이 어머니와의 짧은 면담에서 또 하나 인상적이었던 것은 그 어머니 자체였다. 사전에 그 어머니에 대한 아무런 정보가 없었음에도 나는 그분이 그야말로 재색을 겸비한 여인임을 한눈에 파악할 수 있었다. 서울대 약대를 수석으로 졸업했다거나 그 부친이 전직 내무부장관이었다는 것은 나중에야 알게 된 것이다. 그런 정보들이 전혀 없는 상태에서 만났지만 나는 그 분이 현명하고도 겸손한 사람이란 걸 쉽게 짐작할 수 있었다. 사회적 지위나 재물로 보자면 얼마든지 도도하고 깐깐해도 되는 위치지만 전혀 그런 낌새를 느낄 수 없었다. 아직 만나보지 못한 아이가 만약 그 어머니를 닮았다면 굉장히 지혜롭고 조숙하지 않을까 하는 생각까지 들 정도였다.

당시의 나로 말하자면, 세상에 무서울 게 없는 시절이었다. 방송이며 녹음 일정이 수첩에 빼곡하게 적혀 있고, 남부러울 게 전혀 없는 시절이었던 것이다. 그럼에도 가회동까지 찾아갔던 것은 지인의 부탁이 있었기 때문이기도 하지만, 귀한 집 아들이라니 얼마나 귀한 집 아들인지 보자는 내 특유의 궁금증이 유발되어 일단 만나나 보자는 심보도 없지 않았다. 그래서 다짜고짜 그 어머니에게 이렇게 물었다.

"이렇게 있는 집 애들은 고상하게 클래식, 그러니까 바이올린 같은 거 배워야 하는 거 아닌가요? 왜 딴따라 음악 소리를 듣는 색소폰을 가르치시려는 건지 잘 모르겠네요."

그러자 즉시 대답이 돌아왔다.

"선생님, 그게 무슨 말씀이십니까. 색소폰이 왜 딴따라 음악입니까. 잘 아시겠지만, 미국이나 유럽에서는 요즘 최고의 음악으로 각광을 받고 있잖아요. 재즈 색소폰은 엄연한 예술로 인정을 받고 있고요. 우리 아이 사촌형 하나가 지금 하버드에 다니는데, 그 아이도 색소폰에 빠져 있답니다. 우리 아이도 그런 형을 보면서 초등학생 때부터 색소폰 배우고 싶다는 말을 해왔답니다. 차일피일 미루다가 이제야 시작하려는 겁니다."

그 어머니의 설명을 듣는 순간, 이런 집안의 아이라면 한번 가르쳐보는 것도 나쁘지 않겠다는 생각이 단박에 들고 말았다. 그녀의 짧지만 조리 있는 설명과 당당하면서도 너그러운 태도가 나를 그렇게 생각하도록 만들었다.

그렇게 나 역시 한결 너그러워진 태도로 아이 어머니의 뒤를 따라 거실을 지나쳐 아이의 방으로 향했다. 그런데 거실 벽면 한쪽에 큼지막하게 걸린 사진 하나가 눈에 확 들어왔다. 벽에 다른 장식이 없었기 때문에 사진은 더욱 도드라지게 눈에 띄었는데, 한화그룹의 김승연 회장과 미국의 레이건 대통령이 손을 맞잡고 악수를 나누는 모습이었다. 그제야 내가 누구의 집에 왔는지 알 수 있었다. 더불어 내가 만나게 될 아이가 얼마나 철저히 현대식 세자 교육을 받았을지도 어렴풋이 짐작이 되었다.

실제로 내가 만나본 아이, 그러니까 중학생 김동관도 내 짐작과 크게 다르지 않았다. 일단 첫인상부터가 딱 '어른들이 좋아할 모범생' 스타일이었다. 중학교 내내 강남 최고의 학교에서 한 번도 1등을 놓치지 않은 아이라는 얘기는 나중에야 듣게 되었는데, 그 말을 듣자마자 고개가 절로 끄덕여졌다. 내가 본 중학생 김동관은 그만큼 똑똑하고 사려 깊은 아이였다.

그가 받은 일종의 세자 교육 역시 내 짐작과 크게 다르지 않았다. 아이가 학교를 마치고 집에 돌아오면 요일별로 국영수를 비롯한 과목별 개인교사들이 대기하고 있었고, 내가 가르치는 색소폰이나 바둑을 비롯하여 일종의 전인교육을 위한 커리큘럼까지 아이의 시간표를 빼곡하게 채우고 있었다. 어른인 내가 보기에도 숨이 막힐 것 같은, 학교 성적을 올리기 위한 일반적인 과외와는 결도 다르고 수준도 다른 다양한 교습들을 아이는 줄기차게 받고 있었다. 훗날을 위해 아이에게 그런 교육을 시키는 부모의 마음은 충분히 헤아릴 수 있지만, 아이 스스로 그런 교육을 기꺼이 받아들인다는 것은 내가 보기에는 보통 어려운 일이 아닐 터였다. 게다가 중학생 동관이는 자신이 특별한 대우를 받고 있으며, 그 대우는 일반적인 것이 아니라 매우 특별한 혜택이라는 것도 잘 알고 있었다. 소화불량에 걸리더라도 자기에게 주어진 몫을 거부해선 안 된다는 것을 아이는 알고 있는 눈치였다.

한창 어리광을 부리거나 사춘기를 앓아도 좋을 나이에 아이가 묵묵히 감당해야 하는 짐이 너무 커 보여서, 나는 내게 할당된 시간 가운데 일부를 아이와 놀면서 보냈다. 다행히 아이는 색소폰 연습에도 열정적이어서 진도를 걱정할 필요는 없었다. 정해진 목표를 달성했다는 핑계를 대고 우리는 마당에서 공놀이를 하기도 하고 때로는 지하의 연습실에서 나름의 인생 상담을 하기도 했다.

"한편으로는 혜택을 받고, 한편으로는 남들보다 무거운 짐을 져야 하는 것이 너의 숙명이다. 기꺼이 그 숙명을 받아들이고, 남들이 옮기지 못하는 짐을 옮길 수 있는 사람이 되어야 한다. 그러자면 남들과 달라야 하는데, 아는 것과 생각하는 것과 말하는 것과 행동하는 것이 모두 평범한 사람들과는 차원이 남달라야 한다. 그러니 배울 것도 많고 포기해야 할 것도 많을 것이다. 나중을 위해서 지금을 희생해야 한다거나, 나중에 떠맡게 될 회사를 위해 너 개인을 희생하라는 말이 아니다. 지금을 즐기면서 나와 회사가 둘이 아니라는 것을 점차 배워나가야 한다."

"사람은 누구나 착하게 살아야 한다. 그래야 복을 받는다. 도덕책에 나오는 얘기가 아니라 인류가 수만 년의 역사를 통해 유일하게 깨달은 진리가 이것이다. 착한 사람은 남에게 피해를 주지 않을 뿐만 아니라 나아가 남에게 혜택을 주는 법인데, 너는 큰 그룹의 장남으로 태어났으니 그럴 수 있는 기회가 남들보다 훨씬 많을 것이다. 그 기회를 저버리면 안 된다."

"재즈는 슬픔과 분노를 녹여주고 자유와 평화를 부르짖는 음악이다. 재즈를 하는 사람은 타인의 고통에 더 민감해야 하고, 인류 전체의 자유와 평화를 위해 작은 일부터 실천할 줄 알아야 한다."

대강 그런 개똥철학을 몇 번 풀어놓았던 것 같다. 나는 우리의 이런 일과를 아이의 어머니나 다른 식구들에게 비밀로 부친 것도 아니었다. 대놓고 놀거나 대놓고 연습을 쉬었다. 그럼에도 아이의 어머니가 내게 지급하는 레슨비를 아까워하지는 않으리라고 생각했는데, 내 나름으로는 아이에게 색소폰 연주법뿐만 아니라 재즈의 정신에 대해서도 몸으로 가르치고 있다고 생각했기 때문이다. 게다가 아이는 한화그룹의 황태자였다. 그 부모가 가정교사를 판단할 때 돈과 연관지어 계산하리라고는 짐작되지 않았다.

아무튼 그렇게 중학생 동관이와 놀며 배우며 한동안을 즐겁게 보냈는데, 어느 날 아이가 다소 당황스런 질문을 던져왔다. 늘 의젓하고 어른스러운 아이가 그날따라 더 심각한 얼굴로 내게 이렇게 물었다.

"만약 선생님의 어머님께서 매우 심각한 병이 생겨 급하게 수술을 해야 생명을 살릴 수 있는 지경인데, 선생님에게는 수술비가 없다고 해보죠. 그런데 마침 길에서 수술비로 쓸 수 있는 액수의 돈이 들어 있는 지갑을 주웠다면, 선생님은 그 지갑을 어떻게 처리하시겠어요?"

중학교 1학년 아이가 왜 그런 고민을 하는지, 나로서는 사실 짐작조차 되지 않았다. 도덕 선생님이 내준 숙제인 걸까 싶기도 했지만 아이의 표정은 자못 심각하기만 했다. 정말로 깊이 고민을 하고 있다는 반증이었다. 나는 천천히 입을 열어 대답했다.

"우선 선생님의 결론부터 말한다면, 그 지갑은 주인에게 돌아가는 것이 옳을 것 같구나. 나와 어머니의 딱한 사정은 어떻게든 나와 어머니가 감당해야 할 몫이고, 하느님이 나를 도와주기 위해 누군가의 지갑을 몰래 빼내서 길바닥에 버려두지는 않았을 테니까 말이다."

아이는 얼굴에 희미한 미소를 지었다. 아마도 자기 생각과 크게 다르지 않은 모양이었다. 그러면서 다시 이렇게 물었다.

"다른 선택도 가능할까요?"

나는 다시 천천히 입을 열었다.

"워낙 다급한 상황이니 많은 사람들이 우리와는 다른 선택을 할 것 같다. 그 중에는 스스로 착하다고 생각하는 사람도 있어서, 일단 지갑의 돈을 수술비로 쓰고 나중에 주인을 찾아가 무릎을 꿇고 빌거나, 스스로 경찰서에 찾아가 교도소에 보내달라고 할 사람도 있을 수 있겠지. 하지만 그렇게 한다고 해서 그 어머니가 기뻐하거나 하느님이 좋아할 것 같지는 않다."

거기까지 말하고 나서 나는 아이의 생각이 어떤지 확인 차 물었다. 그러자 아이는 본래부터 가진 생각을 털어놓는 것인지 아무런 망설임 없이 이렇게 대답했다.

"제 생각도 선생님 생각과 비슷해요. 어떤 핑계로든 지갑에 손을 대서는 안 된다고 생각해요. 제 어머니가 사는 대신 지갑 주인의 어머니가 돌아가실지도 몰라요. 저에겐 작은 효도가 되겠지만 그 사람에겐 씻을 수 없는 불효가 되겠죠."

아이의 대답을 들으면서, 나는 선생 노릇도 참 할만하다 하는 생각이
들었다. 아이의 생각이 내 가르침 덕분인 것은 아니지만, 누군가와 함께
배우고 가르치며 성장하는 일만큼 보람된 일도 없으려니 싶었다. 실제로
이후에 나는 몇몇 중학생 아이들을 더 가르치기도 했다. 하지만 동관이
를 가르칠 때와는 사뭇 느낌이 달라서 오래 지속할 수는 없었다. 대나무
밭에서는 대나무가 자라고 쑥 덤불 속에서는 쑥이 자라는 이치이리라.

7개월 동안 나는 색소폰을 처음 만져보는 중학교 1학년 동관이에게 생
일 축하 노래인 〈Happy Birthday to You〉와 〈어머니 은혜〉와 〈선구자〉
를 가르쳤는데, 그 후에 색소폰을 계속했는지 어떤지는 알지 못하겠다.
한화그룹을 이끌어가게 될 그의 삶에 재즈의 정신이 더해진다면 참으로
멋진 장관이 연출될 수도 있을 텐데 하는 생각을 혼자서 해볼 따름이다.

우리나라의 기업인들 가운데 재즈 마니아가 적지 않은데, 내가 아는
사람 가운데에는 파라다이스 그룹을 이끌고 있는 전필립 회장이 특히 기
억에 남는다. 버클리 음대 출신의 전필립 회장은 기업인인 동시에 재즈
드러머이며 우리나라의 대표적인 재즈 마니아다. 버클리 시절 방학 때
일시 귀국하여 나와 공연을 같이 한 적도 있는데, 각종 재즈 페스티벌 등
에 후원을 아끼지 않는 인물이기도 하다. 재즈를 아는 기업인이 많아질
수록 더 유연하고 다이나믹한 회사, 더 인간적인 기업도 많아질 것이라
고 나는 믿는다. 경쟁력이 강화되는 것은 물론이요, 직원과 고객의 행복
도 증대될 것이다. 그런 면에서 보자면 재즈는 경영자를 위한 최고의 취
미요 예술 활동이 아닐 수 없다. 재즈의 정신으로 굴러가는 회사가 더 많
아질 때 우리나라 기업의 경쟁력도 더 강화될 것이라고 나는 생각한다.

"

재즈는
슬픔과 분노를 녹여주고
자유와 평화를 부르짖는 음악이다.
재즈를 하는 사람은
타인의 고통에 더 민감해야 하고,
인류 전체의 자유와 평화를 위해
작은 일부터 실천할 줄 알아야 한다.

"

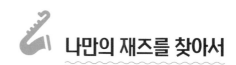

나만의 재즈를 찾아서

어려운 형편 때문에 고등학교 교과서 대신 색소폰을 집어든 뒤로 나는 누구보다도 치열하고 누구보다도 바쁘게 젊은 시절을 보냈다. 입술이 부르터 피가 나고 손가락이 마비될 정도로 연습에 몰두했고, 천막 안에서 서커스단과 함께 공연을 했으며, 온갖 종류의 술집과 클럽과 무대를 누볐다. 겨우 스무 살이 되면서 밴드 마스터가 되어 악단을 이끌었고, 그토록 소망하던 어머니의 집을 마련해드렸으며, 일자리든 돈이든 내가 원하는 대로 가질 수 있는 특권도 누렸다. 군대에 가서도 색소폰 덕분에 남다른 대우를 받았고, 색소폰을 계속할 수 있었기에 사회에 복귀할 때도 아무런 문제가 없었다.

그러다가 나의 음악에 대하여 진지한 전환을 모색하게 된 것은 제대를 얼마 앞두지 않고서였다. 앞에서도 얘기한 것처럼 재즈 색소폰 연주자

이정식이 발단이 되어 나는 악사와 밤업소 생활을 청산하고 마침내 재즈에 입문했다. 색소폰 연주자로서 최고의 경지에 오르려면 결국 재즈를 할 수밖에 없다는 절박한 깨달음, 내 아버지가 미처 공부하지 못해 한으로 남은 것이 바로 재즈였고 그래서 아들만은 반드시 배우기를 열망하신 것이 또한 재즈였다는 절절한 뉘우침이 나를 이전과는 전혀 다른 삶으로 이끌었다. 이판근 선생님의 지도를 받으며 나는 바람 부는 한강 고수부지에서 1년을 보냈고, 마침내 하산을 해도 좋다는 선생님의 인가를 받고 다시 사회에 복귀했다.

재즈를 공부하는 기간의 공백에도 불구하고 다시 음악계로 돌아왔을 때, 나는 이전과는 다른 세상에서 살게 되었다. 88년부터는 하성호 선생이 이끄는 서울팝스 오케스트라와 협연을 하기 시작했으며, 예술의 전당과 여러 대기업이 만든 무대에서 공연을 펼쳤다. 단순한 색소폰 연주자가 아니라 예술가로 대접을 받기 시작했고, 마침내는 방송 쪽으로도 진출하게 되었다. 〈가요 톱 10〉, 〈청춘 스케치〉, 〈토요일 밤의 쇼〉, 〈황인용의 세상 사는 이야기〉 등등의 프로그램에 출연했고, 변진섭, 신효범 등의 최고 인기 가수들과 공연을 하고 앨범 제작에도 참여했다. 엄청나게 바쁘고, 엄청나게 많은 돈을 벌고, 엄청나게 잘나가던 시절이 한동안 이어졌다. 그러나 그렇게 바쁘고 정신없고 유명세를 타는 동안에도 가슴 한쪽에는 알 수 없는 미련 같은 것이 있어서, 혼자서 술이라도 마시고 있을라치면 울컥 눈물 같은 게 솟구치곤 했다. 처음엔 그 허탈감과 아쉬움의 정체를 제대로 알지 못했다. 남들이 보기에는 더 오를 고지가 없었고, 내 스스로 보기에도 더 이룰 목표가 없었다. 하지만 가슴에 있는 멍울 같은 미련은 쉽게 사라지지 않아서 나는 자주 허탈하고 우울했다.

"너무 빨리 성공해서 그래."

누군가 그렇게 말해주어서 한동안 나는 그런 줄로만 생각했다.

그러던 어느 날 재즈가수 김준 선생으로부터 이런 질문을 받게 되었다.

"음반은 언제 낼 생각이야?"

그 질문을 듣는 순간 망치로 뒤통수를 얻어맞은 것처럼 머릿속이 하얘졌다. 그렇다고 대놓고 티를 낼 수는 없어서 얼렁뚱땅 이렇게 대답하고 말았다.

"아직 준비가 덜 돼서……."

생각은 하고 있는데, 아직 완벽하게 준비가 되지 않아 미루고 있다는 투였다. 하지만 사실 나는 미루고 있는 게 아니었다. 아예 음반을 내야 한다는 생각 자체가 거의 없었다.

"케니지의 음반 정도 될 때까지 기다리시게?"

90년대의 세계적인 색소폰 열풍을 일으킨 사람이 케니지였다. 〈다잉 영〉을 비롯하여 자신이 작곡한 음악들을 색소폰으로 연주한 음반을 냈는데, 세계에서 그야말로 선풍적인 인기를 끌었다. 색소폰을 배우려는 아마추어들이 기하급수로 늘어날 정도로 막강한 영향력을 발휘했다. 1990년대는 캐니지의 시대였다고 해도 과언이 아닐 것이다.

김준 선생이 그런 케니지를 끌어들인 것은 나를 조롱하기 위해서는 아니었다. 그의 말투에서 분명히 알 수 있었다.

"완벽한 준비는 없어. 때가 되면 아이를 낳듯, 때가 되었으면 음반을 내야 하는 거라구. 누구는 벌써 두 번째 음반이 나왔더라."

두 번째 음반을 냈다는 사람은 다름 아닌 이정식이었다. 하지만 그와 경쟁하거나 보조를 맞추기 위해 음반을 내야 한다는 생각은 들지 않았다.

"그 친구야… 실력이 되니까… 내는 거고. 저는 아직….."

나는 대답이 궁해서 다시 그렇게 얼버무리는 것으로 그날의 대화를 끝냈다. 그리고 그날 이후 나는 가슴속에 돌덩이처럼 남아 있는 미련의 정체가 무엇인지 조금은 분명히 알 수 있게 되었다.

'남의 흉내로는 안 된다. 남들이 흉내 낼 수 없는 나만의 음악이어야 한다.'

그런데 거기에 생각이 미치자 가슴이 더 답답해지는 것이었다. 그러자 방송국의 화려한 무대도 날이 갈수록 식상해지고, 유명 가수들의 노래에 반주를 해주는 일도 점점 심드렁해지게 되었다. 그야말로 돈도 명예도 관심 밖이었다.

그렇게 다소의 무기력과 회의감에 빠져 그럭저럭 시간만 축내고 있던 93년 가을이었다. 내가 가장 많은 시간을 할애하던 MBC의 토크쇼 〈황인용의 세상사는 이야기〉가 이듬해 봄 개편 때 폐지될 것이라는 소식을 듣게 되었다. 실제로 이 프로그램은 94년 봄에 폐지되고 그 후속으로 생긴 프로그램이 〈오변호사 배변호사〉인데, 프로그램 이름에 나오는 오변호사가 바로 나중에 서울시장을 지낸 오세훈 변호사였다. 아무튼, 프로그램 폐지 소식을 듣자마자 나는 구체적인 계획도 없으면서 다른 프로그램들에도 하차를 요청했다. 공연 일정도 일절 잡지 않았고 매니저도 그만두게 했다. 말하자면 모든 방송과 공연을 때려치우기로 한 것이다.

"미쳤냐? 메뚜기도 한철인데, 이렇게 잘 나가는데 왜 방송을 안 해? 왜 공연을 안 하고 가수들의 음반 녹음에도 참여를 안 해?"

대부분의 주위 사람들이 미친 놈 취급을 했다. 갑자기 방송과 공연과 일체의 활동을 중단한다니 그럴 만도 했다. 그러거나 말거나 나는 마지막 방송이 끝나기만을 학수고대 기다렸다. 그 무렵 신효범의 〈난 널 사랑해〉를 경기도 문산의 한 스튜디오에서 녹음했는데, 그 해 겨울에 크게 히트를 쳤다. 그로써 가수들의 음반녹음 참여도 마무리가 되었다. 그 때가 되어서야 위궤양과도 같던 가슴속의 미련이 조금씩 없어지기 시작했다.

오대산 가는 길

열일곱 어린 나이에 사회생활을 시작하여 곧바로 밤무대에 서게 된 나는 부득이 나이를 속이지 않을 수 없었다. 덕분에 색소폰으로만 따지자면 남보다 일찍 성공의 단맛을 보게 되었는데, 지금 생각해보면 그게 꼭 좋았던 것만은 아니었다. 너무 일찍 돈을 벌고 명성을 얻고 자만에 젖은 나머지 당연히 밟아야 할 다음 단계의 스텝을 제대로 밟지 못했던 것이다. 처음 색소폰을 배우기 시작할 때의 목표는 오로지 돈 하나였다. 예술이니 음악이니 하는 건 너무 먼 얘기일 뿐이었다. 다행히도 이 첫 번째 목표는 무난히 성취되었다. 그 다음 단계로 나는 재즈에 도전했다. 더 이상 돈을 목표로 삼지 않았고 대신 재즈를 통해 예술을 하고 싶었다. 그것이 나의 목표였고 내 아버지의 못다 이룬 꿈이자 내게 남긴 유언이기도 했다. 피나는 연습과 노력 덕분에 나는 남들보다 일찍 기본기를 익히고 누구보다 재즈 색소폰 연주에 자신을 가지게 되었다. 그러자 방송국과 가수와 밴드들이 나를 찾았다. 매니저를 두고 시간 관리를 해야 할 정도로 바빴고 애초 목표가 아니었던 돈과 명예까지 한꺼번에 주어졌다. 하지만 딱 거기까지였다. 나는 재즈를 하고 있었으나 그것은 나의 음악이 아니었다. 케니지를 가장 그럴 듯하게 흉내 내거나 현란한 기교와 나만의 장기인 고운 음색으로 잠시 청중들을 사로잡았을 뿐이었다. 재즈 색소폰을 전문으로 하는 프로 음악인이 소수였기 때문에 나의 연주는 그런대로 인기를 끌고 환대를 받았으나 나의 만족감은 날이 갈수록 오히려 희석되고 엷어지기만 했다. 그러다가, 왜 음반을 내지 않느냐는 김준 선생의 말을 듣고 갑자기 깨달았던 것이다. 나만의 재즈, 나만의 음악이 아니면 내가 애초에 목표로 삼았던 예술과는 한참 거리가 멀다는 사실을 말이다. 그리하여 나는 어느 날 그야말로 홀연히 속세를 등지고 산으로 갔다. 1년에 아파트 한 채씩을 살 수 있을 정도로 돈을 잘 벌던 시절이어서 나의 선택은 불행하게도 누구의 지지도 받지 못했다. 마침 내가 전주와 간주를 색소폰으로 연주한 신효범의 〈난 널 사랑해〉가 인기차트 1위까지 올라가면서 덩달아 내 몸값도 올라가고 있는 참이었다. 그러니 다들 내게 미친 거 아니냐는 반응이었다. 하지만 나는 알고 있었다. 더 늦어지면 다시는 기회가 없을 것이라는 걸 말이다.

처음부터 오대산에 가려던 것은 아니었다. 그저 막연히 강원도 쪽이 좋겠다는 생각을 하고 있었고, 마침 속초에 군대시절 친하게 지냈던 군악대 후배 임상철이 있어 연락을 해봤더니 양양 쪽 설악산 밑에 빈집이 많다고 했다. 그런 빈집에 모여 아이돌 스타를 꿈꾸는 젊은이들이 밤낮으로 연습을 많이들 한다고도 했다. 후배를 만나 답사 겸 실제로 빈집들을 보러 갔고, 그나마 나아 보이는 집 한 채를 찾아내 후배와 하룻밤을 같이 보냈다.

"선배, 대체 무슨 생각인 거요?"

서울에서 지겹게 듣던 질문을 후배도 했다. 그런데 이번엔 실제로 서울을 떠나서 그런지 그런 질문에도 짜증이 나지는 않았다. 대신 후배와의 대화를 통해 내가 무얼 하려는 것인지 스스로 정리를 좀 해봐야겠다는 생각마저 들었다.

"음악을 해보려고."

"지금까지는 미술 했나?"

"나만의 재즈, 나만의 예술을 해야지."

"그걸 어떻게 해야 되는데?"

"우선 남들이 쓰지 않은, 남들이 이미 개발하지 않은 나만의 임프로비제이션을 개발해보고 싶어."

"세상에는 엄청나게 많은 재즈 색소폰 연주자들이 있고, 내로라하는 사람들도 많아서 이런저런 임프로비제이션을 이미 수없이 많이 만들었을 텐데, 그런 걸 어떻게 다 피하지?"

"다 들어봐야지."

"전부 다?"

"응. 다행히 미국에서 재즈 음반이랑 비디오테이프를 수집해서 내게 보내주는 분이 있어서 많이 모아는 놨어. 다 들어보려고."

"그래서 자유자재로 즉흥연주가 되면 목표 달성인가?"

"아니, 그건 중간 목표야."

"그럼 더 큰 목표가 따로 있다?"

"내가 만든 곡을 내가 연주해서 음반을 내보려고."

"그럼 작곡도 해야겠네?"

"그래야겠지."

"하긴, 선배도 음반 낼 때가 되긴 했지. 선배만 못한 사람들도 내던데…."

"남들의 음반엔 별로 관심 없어. 들어보긴 하겠지만."

"……."

"나만의 재즈, 나만의 음악을 해보려고."

그게 어떤 것인지 구체적으로 그려지지는 않았다. 하지만 그래서 시간이 필요했고, 그래서 산으로 온 것이었다.

하지만 불행히도 하룻밤을 뜬눈으로 지새고 우리는 그 빈집에서 철수했다. 난방은 고사하고 물조차 해결하기 어려울 정도로 낡은 폐가여서 몇달을 지내기에는 도저히 불가능할 것이라는 판단이 들었기 때문이다.

양양의 빈집에서 철수한 뒤에 나는 다시 서울의 아는 형님에게 연락을 취했다. 속초에서 호텔을 운영하고 있는 분인데 나와는 역시 색소폰을 매개로 인연을 맺고 있었다. 나는 오대산에 별로 자주 사용하지 않는 그의 별장이 있다는 것을 알고 있었다. 소금강이라는 곳에 있는 별장으로, 전에 한두 번 가본 적도 있는 곳이었다.

"너니까 빌려준다. 너만의 재즈를 완성하지 못하면 나중에 사용료 다 청구할 거야."

이로써 일차 준비가 완료되었다. 콩코드 승용차에 필요한 짐들을 다 실으니 차축이 몇 센티미터는 가라앉을 정도였다. 악기와 재즈비디오 테이프들과 컴퓨터가 포함되었다. 그중에 아타리 컴퓨터가 가장 무거운 짐이었는데, 음악 전용 컴퓨터이자 데모 작업을 위해 꼭 필요한 물건이었다.

안녕, 오대산 처녀귀신님

1994년 4월 초였다. 나는 먼저 별장 주인을 만나 열쇠를 건네받고 그가 설명해준 말만 믿고 서울을 출발하여 소금강으로 향했다. 강릉을 지나자 월정사 가는 길과 진고개 가는 길 표지판이 보였다. 진고개 방면으로 차를 몰아 달리는데 고개가 생각보다 험준했다. 지금은 개발이 많이 되어서 곳곳에 관광지가 생기고 숙박시설과 상가들이 늘어서 있지만 당시에는 그야말로 첩첩산중일 뿐이었다. 험준한 고개를 넘자 좁은 도로가 더욱 으슥해졌는데, 도로 옆으로는 맑은 개울이 흐르고 있었다. 그렇게 한참을 가자 주인의 설명대로 주유소가 하나 있고, 이어 살림집인지 식당인지 알기 어려운 작은 식당 하나가 보였다. 닭을 잡아서 파는 식당이었는데, 이 식당을 찾으면 별장은 다 찾은 것이나 마찬가지라고 주인은 말했었다. 거기서 개울을 건너 몇 백 미터만 더 들어가면 된다는 것이었다. 실제로 개천을 건너는 좁은 다리가 있었고, 얼마 가지 않아 별장이 나타났다. 2층으로 지은 집인데, 1층에 거실과 부엌이 있고 2층에 서너 개의 방이 있었다.

거실에 대강 짐을 부려놓고 밖으로 나오니 봄비가 보슬보슬 내리고 있었다. 하늘은 맑아서 환한데 비가 내리는 게 신기했다. 추운 산속이라 그런지 아직 꽃들은 피지 않았고 새들의 노래도 들리지 않았지만, 어쨌든 공기 좋은 숲속에 봄비가 내리니 모든 것이 차분해지는 기분이었다. 이렇게 마음이 안정되고 작업에 몰두할 수 있다면 조만간 목표를 달성할 수 있지 않을까 하는 기분 좋은 예감마저 들었다. 경치 좋은 숲속에 있고 기분까지 좋았지만 고픈 배는 참기 어려워서 나는 차를 끌고 다시 도로 가의 그 작은 식당으로 향했다.

"안녕하세요?"

낡은 문을 밀고 들어서며 인사를 건네자 머리가 하얗게 센 노파가 반색을 하며 맞았다. 언제 마지막 손님이 왔었는지 짐작하기가 어려운 집이었다. 주변에 민가가 있는 것도 아니고 도로를 지나는 차들이 많은 것도 아니었다.

"저 개울 건너 별장 아시죠?"

그렇게 물었더니 노파는 고개를 크게 끄덕이며 아노라고 대답했다. 나는 그 별장에 6개월 정도 머물 예정이며, 혼자서 음악을 할 것이라고 설명했다. 그러면서 김치든 무어든 반찬을 좀 만들어주시면 사다가 먹겠노라고, 앞으로 잘 부탁드린다고 인사를 건넸다. 말하자면 한동안 유일한 이웃이 될 노파였다. 노파는 굵은 주름살 사이로 사람 좋은 미소를 띠며 알겠노라 대답했다.

거기서 닭곰탕 하나와 소주 한 병을 시켜 점심인지 저녁인지 모를 식사를 하고 있는데, 창밖을 내다보던 노파가 갑자기 이상한 얘기를 꺼냈다.

"젊은이, 이렇게 비 오는 날엔 각별히 조심하시우."

나는 무슨 말인지 도통 감을 잡을 수가 없어서 숟가락을 든 채 멍하니 노파 쪽으로 시선만 돌렸다.

"고개가 가팔라서 교통사고가 자주 난다우."

겨우 그런 얘기였나 싶었는데 이내 노파의 다음 말이 이어졌다.

"몇 해 전에도 아가씨 하나가 차에 치어 죽었는데… 비 오는 날이면 그 아가씨가 나타난다는 소문이 돌아다닌다우."

나는 "허허" 하고 헛웃음을 흘렸다. 어려서부터 한동안 음습하고 어둡다고 할 수 있는 골목을 주로 누비며 살던 내게 그런 얘기는 씨알도 먹히지 않을 얘기, 전혀 두려울 게 없는 얘기일 뿐이었다.

나는 노파가 싸주는 김치와 몇 가지 반찬들을 받아들고 다시 별장으로 돌아와 짐을 정리하기 시작했다. 여전히 비는 내리고 있는데 마침내 해가 져서 주위가 어두워졌다. 산중의 밤이 그렇게나 깜깜하다는 걸 태어나서 처음 알았다. 비가 오는 탓에 하늘에도 별 하나 보이지 않았다. 낮엔 들리지 않던 부엉이 울음소리가 거리를 가늠할 수 없는 곳에서 이따금 들리기도 했다.

1층의 넓은 거실만 사용하기로 하고 나는 2층에서 침대 매트리스 하나를 가져다가 깔았다. 책상은 낮에 오대산이 가득 들어차던 창문을 바라보는 자세로 배치하고 그 위에 컴퓨터를 올려놓았다. 그렇게 짐을 정리하고 책상에 앉아 가져온 음반들을 찬찬히 들여다보기 시작했을 때였다. 소리에 민감한 나에게 분명히 사람의 기척이 들렸다. 누군가 젖은 낙엽을 밟으며 지나가는 소리였다. 당연히 반사적으로 일어서서 창문 쪽을 쳐다보았다. 현관의 미등이 켜져 있어 창밖이 어렴풋이 보였지만 사람은 없었다. 소리도 더는 들리지 않았다. 잘못 들었으려니 생각하고 다시 자리에 앉았다. 그런데 이번에는 내 뒤의 출입문 쪽에서 소리가 났다. 누군가 손잡이를 억지로 돌리려 할 때 날 법한, 끽끽 거리는 쇳소리 같았다. 이 산중에 찾아올 사람이 전혀 없다는 걸 알기에 나는 가만히 고개를 돌려 출입문을 노려보았다. 문의 손잡이는 미동도 없었다. 잠시 후 이번에는 다시 창밖에서 그 젖은 낙엽 밟는 소리가 들려왔다. 수만 개의 털들이 일제히 곤두서고 뒷목이 뻣뻣해지면서 공포가 엄습하기 시작했다. 갑자기 식당 노파의 말이 떠올랐던 것이다.

"비 오는 날엔 각별히 조심하시우."

앞뒤로 다가서는 정체불명의 소리와 노파의 말이 결합되자 공포 지수가 최고치로 치솟고 나는 도저히 자리에 앉아 있을 수가 없는 지경이 되고 말았다. 나는 재빨리 겉옷을 꺼내 입고 밖으로 나가서 차에 올랐다. 집 안의 불도 끄지 않은 채 차에 시동을 걸고 재빨리 속초 쪽으로 차를 몰았다. 아마 현관문도 잠그지 않은 채였을 것이다. 그날 밤엔 속초에서 후배를 만나 밤새 술을 마셨다.

다음날 한낮이 되어서야 다시 별장으로 돌아왔는데 다행히 비도 그쳐 있었고 누군가 별장에 다녀간 흔적도 없었다. 나는 간단히 끼니를 때우고 몇 시간 동안 다시 여러 음반들을 들었다. 이미 들었던 음반도 있고 처음 듣는 음반도 있었는데, 임프로비제이션에 특히 신경을 써가며 몰두했다. 그러는 사이 다시 저녁이 왔다. 욕실에서 몸을 씻고 거실로 나왔더니 창밖 하늘에 별들이 모래알처럼 빽빽이 박힌 풍경이 펼쳐져 있었다. 저 별들만큼이나 많은 색소폰 연주자들이 세상에는 있을 터인데, 그 가운데 유난히 빛나는 별이 되지 못한다면 무슨 의미가 있으랴 싶은 심정이 들었다. 감상인지 결기인지 스스로도 잘 알 수 없었다. 나는 책상에 앉아 컴퓨터 음악 작업을 시작했다. 그리고 바로 그때였다. 어제와 똑같은 발자국 소리가 창밖에서 들렸다. 나는 재빨리 자리에서 일어나 창가로 가서 창문 너머로 보이는 마당을 샅샅이 훑어보았다. 하지만 아무 것도 보이는 것은 없었다. 그런데 바로 그때, 이번에는 다시 내 등 뒤에 있는 출입문 쪽에서 발자국 소리가 들리며 누군가가 나를 쳐다보며 서 있는 것 같은 느낌이 들었다.

드디어 다시 내 자신과의 싸움이 시작되었다.

"누군가 서 있는 것 같으니 뒤로 고개를 돌려서 확인하자!"

"아니야 아무것도 아니니까 신경 쓰지 말고 할 일이나 해!"

내 안의 긍정과 부정, 내 안의 선과 악이 계속 싸우고 있었다. 그러던 어느 순간, '에라 모르겠다!' 하고 고개를 뒤로 돌려 쳐다보았는데, 역시나 아무도 없었다. 내 자신과의 싸움에서 진 것이다. 새로운 각오를 다지며 삭발까지 한 나로서는 더 이상 음악을 듣거나 무언가를 끼적거릴 기분이 나지 않았다. 그리하여 나는 두 번째 날에도 차를 몰고 속초로 나가 후배와 술을 마시고 여관에서 잤다.

같은 일이 두 번이나 반복되자 점점 더 단순한 우연이나 착각이 아닐 것이라는 생각마저 들었다. 귀신이 분명히 있고, 그 별장 주변을 배회하고 있음이 틀림없다는 확신마저 들 지경이었다. 셋째 날에도 별장으로 가서 오후 동안에는 그럭저럭 음악도 듣고 색소폰도 불었다. 하지만 밤이 되자 어김없이 다시 환청인지 귀신의 소리인지가 들려오는 것이었다. 발자국 소리는 더욱 대범해지고 있었고 문을 열기 위해 덜컥덜컥 흔드는 소리까지 났다. 다시 내 자신과의 싸움을 하게 되고 결국 뒤를 돌아보면 아무도 없다.

"에라 모르겠다. 포기!"

그리하여 셋째 날에도 다시 속초로 갔다. 사흘 연속 밤에 불려나오게 된 후배가 혼자 중얼거리듯 이렇게 투덜거렸다.

"머리는 왜 깎았대? 머리나 깎지 말던가."

나는 손으로 내 민머리를 만져보았다. 차가운 맨살이 그대로 만져졌다. 그러고 보니 나름 입산수도의 심정으로 머리를 삭발한 게 고작 닷새 전이었다. 그런데 뜻하지 않게 시작부터 귀신에 홀려 있는 것이었다. 미치고 환장할 노릇이기도 하고 남 보기에 부끄러운 일이기도 했다.

그 다음 날, 속초의 슈퍼마켓에서 소주를 한 박스 사서 차에 실었다. 귀신에게 접대를 하든지 아니면 그 소주를 혼자 다 마시고 기절을 하든지, 어떻게든 결판을 내야 한다고 생각한 것이다. 귀신과의 싸움에서 소주의 힘을 빌기로 한 건 단순히 용기가 부족해서만은 아니었다. 사실 소주는 그간의 내 삶에서 없어서는 안 될 벗이자 위기의 순간에 해결책을 제시해주는 최고의 선생이기도 했다. 어린 나이에 부모와 떨어져 머나먼 지방에서 홀로 지낼 때, 한 잔의 소주는 위안을 주는 유일한 친구였다. 실제로는 나보다 나이 많은 형들이 서로 싸우고 밴드를 그만두겠다고 난리를 피울 때, 밴드 마스터의 자격으로 여관방에 그들을 붙잡아 놓고 화해를 시킬 때도 소주는 최고의 재판관이자 해결사 노릇을 해주었다. 아버지가 돌아가시고 어머니와는 상의하기 어려운 문제가 생겼을 때도 홀로 마시는 소주가 늘 해결책을 찾아주는 스승 역할을 했다. 말하자면 나는 큰 문제에 부닥칠 때마다 소주를 이용해서 어떻게든 해결하곤 해왔던 것이다. 그래서 이번에도 소주가 그런 해결책을 제시해 주리라는 기대가 은근히 있었다. 그리하여 나는 별장에 도착하자마자 거실에 퍼질러 앉아 혼자서 소주를 마시기 시작했다. 안주는 냉장고에 있던 김치 하나가 전부였다. 스무 살이 되기 전부터 소파에 앉아 아가씨들이 따라주는 양주를 마시던 나였지만 그날은 안주 따위를 챙길 게재가 아니었다. 소주를 마시면서 어떻게든 해결책을 찾아야 했던 것이다. 그런데 대낮부터 홀로 소주를 마시고 있자니 문득 내 스스로 자괴감이 먼저 들기 시작했다. 머리를 삭발하고 오대산 깊은 산중에까지 찾아온 것은 이전의 나를 버리고 새로운 나를 찾기 위함이었는데, 고작 귀신인지 아닌지도 모르는 소리에 놀라, 해야 할 일들을 제대로 하지 못하고 있는 내 모습이 참으로 한심스럽고 통탄스러웠다.

"이제까지 겪어온 산전수전이 얼마더냐. 그런데 이깟 귀신에 휘둘려서 할 일을 못한다면 앞으로 더 큰 일들은 어떻게 한단 말인가."

아무도 듣는 이 없는 말을 중얼거리며 연신 소주잔을 기울였다. 해가 지기 전에 이미 서너 병의 소주를 마시고 있었다. 이어 어둠이 사방에서 안개처럼 포위망을 좁혀왔고, 나는 거실과 현관의 불을 컸다. 그리고는 마당에 서서 내가 불을 밝혀놓은 건물을 가만히 노려보았다. 그러고 보니 영화에 나오는 귀신의 집과 닮은 집이라는 생각이 들었다. 이때도 나는 분명 귀신에게 지고 있었다. 그래서 다시 거실로 돌아와 연거푸 소주를 들이켰다. 이제는 실제로 귀신이 나타난다고 해도 차를 타고 줄행랑을 칠 수는 없을 것이었다. 어떻게 하든 그 자리에서 끝장을 봐야 했다. 이미 술에 취한 채 나는 누구에게랄 것도 없이 이렇게 중얼거렸다.

"귀신 있으면 나와 보시오. 억울한 사정이 있으면 나한테 다 말해요. 내가 당신 한을 풀어줄게요."

물론 대답하는 사람, 아니 대답하는 귀신은 없었다. 그러거나 말거나 나는 계속 중얼거렸다. 그것은 일종의 주문이었다.

"내가 여기까지 온 건 놀러온 게 아닙니다. 한 달에 몇 백 만원, 아니 일천만원도 벌 수 있는데…… 그걸 다 포기하고 여기까지 왔단 말입니다. 이게 장난으로 보이나요? 나는 목숨을 걸었어요. 그러니 뒤에서 바스락거리지 말고 나와서 얘기합시다."

물론 나타나는 귀신은 없었다. 나는 계속해서 중얼거렸다. 자기 최면이었다.

"제발 저를 가만히 놔두세요. 할 일이 태산이라구요. 여기서 목표로 한 일들을 끝내지 못하면 저는 서울과 오대산 사이에 갇혀서 아무 존재도 아닌 사람이 되고 말 겁니다. 그러니 제발 제가 일을 할 수 있게, 저를 좀 가만히 놔두세요."

그 무렵이나 지금이나 나는 귀신이 실제로 존재할 수도 있다고 생각한다. 종교는 가지지 않았지만 눈에 보이는 존재들만 이 세상에 있는 것은 아니라고 생각하는 것이다. 그게 어떤 기운이든 영혼이든 혹은 그냥 보이지 않는 그 무엇이든 말이다. 그러므로 그 날의 나는 자못 진지했고, 정말로 귀신과 얼굴을 대면하고 담판을 짓고 싶었다.

"자, 이제 나와 보세요. 나와서 얘기를 해보세요. 답답하게 그러지 말고."

다행인지 불행인지, 귀신이 나타나기 전에 나는 잠에 곯아떨어졌다. 낮부터 술을 대여섯 병이나 안주도 없이 마셨으니 당연한 일이었다. 밖에서 부는 낮은 바람소리를 자장가 삼아 나는 속초에서보다 깊은 잠을 잤다.

다음날 아침, 지끈거리는 머리를 감싸 쥐고 자리에서 일어난 나는 찬물로 얼굴을 씻고 마당으로 나가서 군대에서 배운 체조를 했다. 얼마 지나지 않아 땀이 흘렀고, 다시 욕실에 가서 찬물로 샤워를 했다. 그제야 술이 깨고 정신이 맑아졌다. 창문으로 들이치는 4월의 아침 햇살을 바라보며 나는 다시 혼자서 중얼거렸다.

"안녕, 오대산 처녀귀신님. 잘 가요."

그날부터 다시는 속초에 갈 일이 없었고, 하루 12시간 이상 연습과 작업에만 몰두할 수 있었다. 그동안 어렴풋하게만 목표로 삼았던 나만의 재즈, 나만의 음악이 한 줄기씩 바람처럼 몸 안으로 스며들기 시작했다.

66

나는 손으로 내 민머리를 만져보았다.
차가운 맨살이 그대로 만져졌다.
그러고 보니 나름 입산수도의 심정으로
머리를 삭발한 게 고작 닷새 전이었다.
그런데 뜻하지 않게
시작부터 귀신에 홀려 있는 것이었다.

99

국악과의 만남

소주를 마시고 뻗어버린 그날 밤 이후, 신기하게도 귀신의 기척을 전혀 느낄 수가 없었다. 대신 동물들이 지나다니는 소리와 낙엽이 뒹구는 소리, 별이 회전하는 소리 따위가 들릴 뿐이었다. 참으로 신기한 일이긴 한데, 그날 밤 무슨 일이 있었던 것인지 나는 더 이상 설명할 길이 없다. 소주가 무슨 치료제가 되었던 것인지, 아니면 실제로 귀신과 만나 무슨 타협을 했는데 내 필름이 그만 끊겨서 생각이 나지 않게 된 것인지, 나로서는 알 수가 없다. 중요한 문제도 아니었다. 드디어 내가 꿈꾸던 산에서의 일상이 회복되었다는 것만이 중요했다. 나는 내게 주어진 장소와 시간을 최대한 활용했다. 아침에 눈을 뜨면 구보와 체조를 하고, 아침을 간단히 먹은 후 네 시간쯤 연습을 했다. 점심을 먹고 다시 여덟 시간쯤 연습을 하거나 곡을 썼다. 저녁을 먹은 후에는 늦게까지 컴퓨터 작업에 매달렸다. 그런 일상을 매일 반복했다.

그렇게 한 달쯤이 지나자 정말로 재즈가 무엇인지 알 것 같았다. 어떤 곡이든 연주할 자신도 생기고, 어떤 상황에서든 적절한 임프로비제이션을 해낼 수 있겠다는 나만의 판단도 생겼다. 케니지의 음악을 케니지보다 더 부드럽고 유장하게 연주할 수 있는 수준에 도달한 것이고, 장르와 상대를 불문하고 협연을 할 수도 있게 된 것이다. 하지만 엄밀히 말해 거기까지는 누구나 노력으로 도달할 수 있는 수준이었다. 말하자면 나만의 재즈라고 말하기는 어려운 것이다. 이전의 세상에 없던 나만의 재즈가 일차 목표였고, 이는 재즈의 테크닉을 더 세련되게 연마한다고 될 일은 아니었다.

그런 고민을 하던 어느 날 바다가 보고 싶어 강릉의 경포대에 나갔다가 저녁에 민속주점 한곳에 들르게 되었다. 당시 서울이든 어디든 민속주점 간판을 내건 술집들이 꽤 많았는데, 여러 가지 종류의 전에 막걸리를 기본 메뉴로 하고 벽이나 천장을 예전 시골 초가집 스타일로 치장하는 것이 기본이었다. 내가 들른 경포대의 그 민속주점 역시 이런 기본형에서 크게 벗어나지 않는 집이었다.

나는 동태전을 비롯한 전 종류를 퍽이나 좋아해서 이런 민속주점에 곧잘 다니곤 했는데, 그날 경포대의 그 민속주점에 들른 것도 순전히 동태전이 너무나 그리웠기 때문이었다. 매일 삼시 세 끼를 밥과 김치로만 때우던 시절이라 민속주점 간판을 보고 도저히 그냥 지나칠 수가 없었다.

그리하여 막걸리에 동태전이 들어간 모듬전 하나를 시켜놓고 자리에 앉았는데, 그 주점은 전에 내가 흔히 다니던 민속주점과는 어딘지 분위기가 확연히 달랐다. 나는 이내 그 원인을 찾아냈는데, 틀어주는 음악이 달랐던 것이다. 그 당시 대개의 민속주점들에서는 빠른 댄싱음악을 틀어주고 있었다. 그런데 경포대의 그 민속주점에서는 우리의 국악, 가야금 연주를 틀어놓고 있었다.

　다른 테이블이 모두 비어 있어서 나는 한동안 제법 그 소리에 집중했는데, 예전과 달리 가야금 연주 소리가 착착 귀에 감기는 느낌이 들었다. 음악에 집중하고 있자니 술맛도 더 좋게 느껴졌다. 사람마다 좋아하는 음악의 기준은 다를 터인데, 나는 일찍부터 술집에서의 연주에 익숙해진 탓인지 술맛을 더 좋게 해주는 음악은 일단 좋은 음악으로 인정해주는 편이었다. 문제는 가야금 연주나 다른 국악 음악이 술맛을 더 좋게 해준다는 느낌을 이전에는 별로 받지 못했다는 것이었다. 그런데 왜 갑자기 가야금 소리에 그렇게 꽂혔던 것일까.

　이 얘기를 하자면 조금 먼 과거의 일화 하나를 소개하지 않을 수 없는데, 내 친구이자 작곡가인 김정욱의 오랜 벗이기도 한 박재천이란 친구 이야기다. 중앙대에서 작곡을 전공했고, 한동안 가요 작곡과 드럼 연주자로 생활하다가 나중에는 국악에 심취하게 되었다. 그런데 어느 날부터인지 이 친구가 아예 보이지를 않았다. 나중에 알고 보니 6개월 정도 지리산에 들어가 국악 수련을 했다고 하였다. 그렇게 산에서 국악 공부를 하고 돌아온 지 얼마 지나지 않아 그 당시 유명하던 방배동의 까페 골목에서 이 친구와 다시 만나게 되었다. 이런저런 인사와 그동안의 얘기들이 오가는 사이 몇 병인가의 술이 비워졌고, 조금 취기가 오른 그 친구가, 당시의 내가 듣기로는 좀 도전적인 어조로 내게 물었다.

　"광철씨! 음악을 할 거면 당연히 우리 음악을 해야지요. 재즈라니…, 그건 미국놈들 음악 아니요?"

　나 역시 술기운이 조금 오른 상태여서 곧장 응수하지 않을 수 없었다.

　"그 무슨 무식한 얘기요? 재즈는 클래식과 더불어 세계음악을 양분하는, 국적을 가리지 않는 세계인의 음악이에요. 지금 어느 나라 사람들이 재즈를 미국 음악이라고 무시합니까? 보편적인 예술을 나라나 민족으로 나누는 건 다분히 편협한 국수주의나 민족주의처럼 들립니다."

대강 그런 얘기였다. 주거니 받거니 약간의 논쟁이 더 이어졌지만 애초부터 결론이 날 문제는 아니었다. 당시 박재천은 우리 국악에 깊이 젖어 있는 상태였고, 나 역시 재즈의 매력에 푹 빠져 있던 무렵이어서 접점을 찾기가 쉽지 않았다. 그리하여 우리의 논쟁은 열띠게 시작되었다가 조금 싱겁게 끝나고 말았다. 그게 89년인가 90년 무렵의 일이었다.

하지만 박재천이란 친구가 제기한 문제만은 내 뇌리에 오래도록 잔상으로 남아 있었다. 재즈도 좋지만 우리 국악에도 관심을 가져야 하는 게 아닌가 싶은 약간의 관심이 생겨난 것이다. 문제는 당시의 국악이 장르를 불문하고 내게는 지루하고 졸리기만 한 음악이었다는 것이다. 더 쉽게 말하면 술맛을 좋게 해주는 음악이 아니었던 것이다. 나는 그 원인을 궁상각치우의 5음계로 구성되는 국악의 단순성 때문이라 치부했다.

그렇게 한동안 국악에 대한 나의 관심은 가슴 저 깊은 밑바닥에 그대로 잠들어 있었다. 그런데 남들이 만들어놓은 재즈를 그대로 연주하는 것이 아니라 나만의 스타일, 나만의 임프로비제이션을 찾아 헤매게 되면서 국악이 다시 소환되었다. 그 전단계로 나는 사실 인도 음악에 크게 매료되기도 했다. 우리 국악이 대체로 5음계, 서양 현대 음악이 12음계로 이루어지는 반면 인도의 음악은 상대적으로 무척 복잡하면서도 섬세한 것이 특징이다. 당연히 인도의 음악은 같은 동양권 음악이면서도 중국이나 우리의 그것과는 확연히 다르고, 서양의 음악과는 더더욱 다르다. 나는 인도의 이 섬세하고 미묘한 음계를 활용한 음악에 매료되어 한동안 그 공부에 열심히 매달렸다. 인도 음악을 공부하기 위해 인도의 역사와 철학을 공부하는 것은 물론 카레를 주식으로 삼기까지 했다. 어쩐지 카레를 열심히 먹어봐야 인도인들의 생각과 그 음악을 제대로 이해할 수 있을 것만 같았기 때문이다.

그 과정에서 작곡을 비롯한 음악 이론 공부에도 제법 진지하게 매달렸다. 그러면서 세계 각국의 민속음악들과 현대의 다양한 음악 장르들에 대해서도 차례로 섭렵을 하게 되었다. 재즈 이외의 음악을 모르면서 오로지 재즈에만 몰두하는 것은 클래식을 무시하고 오로지 재즈에만 몰두하는 것만큼이나 편협한 아집이라고 생각했던 것이다.

그런 공부는 대체로 내가 머리를 깎고 오대산에 들어갈 때까지 계속되었는데, 이 끝나지 않을 것 같은 공부의 와중에 경포대의 허름한 민속주점에서 마침내 우리 국악의 아름다움, 그 매력에 빠져들게 되었던 것이다. 그런데 사실 국악에 대한 이런 관심은 그날의 민속주점에서 아무런 맥락 없이 갑자기 생겨난 것은 아니었다. 그동안 졸린 음악으로만 여겨지던 국악이 갑자기 술맛을 돋워주는 멋진 음악으로 내 귀를 파고들게 된 것은 어디까지나 당시의 내가 다양한 음악 장르에 두루, 그리고 깊이 빠져 있었기 때문이다. 다행히 나는 국악에 대해서도 거부감이나 편견을 가지고 있지는 않았고, 우리 국악과 같은 음계를 사용하는 재즈의 펜타토닉 스케일에도 충분히 익숙해져 있는 상황이었다. 말하자면 국악을 이해하고 받아들일 만반의 준비가 된 상황에서 경포대의 그 민속주점에 갔던 것이고, 거기서 마침 가야금 연주를 듣게 되었던 것이다. 나뭇가지에 쌓인 눈이 갑자기 쿵 하고 마당으로 떨어져내리는 소리를 듣고 갑자기 도를 통했다는 옛 스님의 이야기나 별로 다를 게 없는 얘기다. 눈덩이 떨어지는 소리 자체는 우연한 것이지만, 그 스님의 득도는 당연히 우연이 아니다. 그 이전에 그만큼 준비가 되어 있었던 것이고, 이는 99도까지 조용하던 물이 100도에 이르면 갑자기 끓어 넘치는 것과 마찬가지 이치다.

아무튼, 민속주점의 평범한 가야금 연주에서 전에 알지 못하던 매력을 발견한 나는 이튿날 곧장 강릉의 번화가로 나갔다. 그리고는 우선 음반이며 테이프를 파는 레코드점에 들러 국악 관련 테이프들을 모조로 사들였다. 민요, 판소리, 가야금이나 해금 등의 연주였다. 이어 서너 군데의 서점에 가서 국악과 관련된 책들도 모두 사 모았다. 그렇게 사 읽은 책 중에 백대웅 선생의 책은 실제로 많은 도움이 되었다. 이 분은 한예종 학장까지 지낸 국악 작곡가로, 나중에 내가 직접 찾아가 만나 뵙기도 하였다. 내가 재즈의 펜타토닉과 우리 국악의 궁상각치우를 결합시켜 새로운 재즈 음악을 만들고 있노라고 말씀드렸더니 몹시 놀라셨다. 재즈와 국악의 결합을 나처럼 진지하게 고민하는 사람은 본 적이 없다시며 성공을 빌어주셨는데, 내게는 큰 격려가 되었다.

끝으로 한 가지 사실을 더 밝혀두자면, 내게 미국놈들 음악을 한다고 다분히 비웃던 내 친구 박재천은 훗날 국악을 지나 재즈의 세계에도 결국 발을 들여놓았다. 세월이 한참 흐른 뒤의 얘기지만, 내가 대구에서 재즈 공연을 할 때 그와 내가 한 무대에서 프리 재즈 공연을 하기도 했었다. 박재천이 국악을 지나 재즈로 왔다면, 나는 재즈에서 출발하여 국악으로 간 셈이라고 할 수 있겠다. 이렇게 출발과 여정은 서로 달랐지만 우리는 결국 한 무대에 섰고, 재즈와 국악이 둘이 아니라는 것을 저마다 증명한 셈이 되었다.

직접 감상해보기 06

박재천과의 프리재즈 공연실황

66

나뭇가지에 쌓인
눈이 갑자기 쿵 하고
마당으로 떨어져내리는 소리를 듣고
갑자기 도를 통했다는 옛 스님의 이야기나
별로 다를 게 없는 얘기다.
눈덩이 떨어지는 소리 자체는
우연한 것이지만,
그 스님의 득도는
당연히 우연이 아니다.

99

소금강에서 나는 울었네

다양한 국악의 장르 중에서도 그 무렵의 나를 사로잡은 것은 판소리, 그중에도 서편제로 불리는 남도소리였다. 사물놀이 연주나 대금 연주도 많이 들었는데, 한동안 빠져 있던 인도 음악의 미세하고 섬세한 음계와 판소리 사이에 유사성이 있다는 걸 알아채게 되면서는 판소리에 특히 매료되었다. 공부를 계속하는 와중에 나는 판소리의 소위 '꺾기' 기법에 주목하게 되었다. 높은 음에서 갑자기 낮은 음으로 툭 떨어질 때, 게다가 그 사이의 간격이 매우 길 때 판소리의 창자들은 이 꺾기 기법을 많이 사용하는데, 온음의 반 정도가 아니라 반음의 반음 정도까지 미세하게 음의 변화를 만들어내게 된다. 인도의 음악도 그렇지만 이런 판소리의 꺾기를 12음계를 기본으로 하는 서양식 악보로는 표현하기가 매우 어렵다. 악보로는 그리기 어렵지만 거기에는 분명 음의 고저와 배열이 있는 것이고, 그 미세한 꺾음과 변화가 판소리만의 독특한 매력을 만들어내는 것이다.

나는 여러 명창들의 음반을 구해 판소리들을 듣고 또 들었다. 그러면서 궁상각치우로 표현되는 우리의 국악과 서양 음악 가운데 하나인 재즈의 펜타토닉 스케일 사이에 존재하는 공통점에 특히 초점을 맞추었다. 그 과정에서 재즈의 펜타토닉 스케일이란 것이 아일랜드를 비롯한 서양 여러 민족의 전통음악에서 비롯된 것이고, 이것이 동양의 5음계와 다를 바가 없음을 분명히 알게 되었다. 비록 명칭은 전혀 다르지만, 수천 년 동안 동양과 서양에서 각각 사람들의 심금을 울리던 음계의 원리는 다르지 않다는 걸 명확히 인식하게 된 것이다.

이어서 본격적인 재즈와 국악, 특히 판소리와의 융합에 매달리게 되었다. 판소리의 독특한 분위기를 유지하면서 재즈의 펜타토닉 스케일을 접목한 곡을 만들어 연주해보고 싶었던 것이다. 이때의 가장 큰 난관은 당연히 판소리 창자의 목을 통해 구현되는 섬세한 '꺾기'를 서양악기인 색소폰으로 어떻게 구현할 수 있는가 하는 점이었다. 말하자면 이전에 없던 색소폰 '꺾기' 주법의 개발이 필요해진 것이다. 만약 그게 완성될 수 있다면, 이전에 없던 나만의 재즈를 완성하겠노라던 내 오랜 꿈도 이루어질 가망이 높아질 터였다.

이후 오대산 숲속에서 한동안 실제로 이 작업에 매달렸다. 무수히 많은 판소리 음반들을 반복해서 듣고, 일반적인 부분을 색소폰으로 연주하는 것은 물론 '꺾기' 부분도 색소폰으로 계속해서 불어보았다. 하지만 판소리의 꺾기를 색소폰으로 구현한다는 것은 결코 쉬운 일이 아니었다. 무수한 연습과 실패가 반복되었다. 하지만 색소폰 연주의 각종 테크닉에 자신감이 충만해 있던 나는 실패를 두려워하지 않았고, 느리지만 서서히 목표를 향해 나아갈 수 있었다. 그러다가 마침내 선승들이 어느 순간 갑자기 대오각성을 하듯 나만의 꺾기 주법을 찾아내게 되었다. 그 순간의 기쁨과 성취감은 말로 표현하기 어려운 것이었다. 나는 혼자서 춤이라도 추고 싶을 지경이었다.

그렇게 판소리의 꺾기를 색소폰 연주로 구현하기 위해 입술이 부르트게 연습을 하고 있던 어느 날이었다. 입술이 너무 심하게 붓고 피가 멈추지 않아 하루를 쉬기로 하고 집을 나섰다. 내가 묵는 주변 지역을 사람들이 소금강이라고 불렀는데, 소금강이 도대체 어떤 곳인지 알고 싶어서였다. 지도를 찾아보니 근처에 소금강 유원지가 보였다. 무작정 그곳으로 차를 몰았다. 깊은 산중의 물가 계곡에 유원지가 조성되어 있었는데 매점이 하나 보였다. 매점에 들어가 다짜고짜 물었다.

"소금강이라는 이름이 왜 붙게 된 건지 아시나요?"

내 질문에 주인은 잠시 어리둥절한 표정이었다. 그것도 모르고 왔느냐고 다소 질책하는 표정인 듯도 싶었다. 잠시의 침묵 후에 주인은 짧게 설명했다.

"작은 금강산이라는 말이지요. 이 물줄기가 금강산에서부터 여기까지 흘러온 거랍니다."

그 말을 듣는 순간, 갑자기 돌아가신 아버지 생각이 났다. 전혀 예기치 못한 반응이었다. 금강산에서 북한을, 북한에서 아버지의 고향을 떠올렸던 것이리라.

매점을 나와 바위에 걸터앉아 흐르는 물을 바라보고 있노라니 아버지 생각이 점점 더 간절해졌다. 아버지 때문에 색소폰을 시작하게 된 일이며, 꼭 재즈를 하겠노라 아버지와 약속했던 일들이 어제 일처럼 되살아났다. 그러면서 내가 소금강에 온 이유 가운데 하나 역시 아버지와의 약속 때문이었음을 상기하게 되었다. 아버지가 미처 하지 못했던 재즈를, 그것도 나만의 재즈를 반드시 만들어야 한다는 생각에 나는 주먹을 움켜 쥐었다. 그런데 그러고 앉아있자니 갑자기 어떤 악상이 하나 떠오르기 시작했다. 그야말로 임프로비제이션 같이 문득, 자연스럽게 떠오른 악상이었다. 게다가 나도 모르게 그 리듬에 맞추어 가사 한 소절까지 저절로 내 입에서 흘러나왔다.

"소금강에서 나는 울었네."

눈물이 조금 날 것도 같았는데, 나는 성급히 자리를 털고 일어나 자동차로 달려갔다. 그리고는 곧장 별장으로 돌아와 떠오른 악상을 색소폰으로 불어보고, 그걸 악보에 그대로 옮겨 적었다. 나의 1집 음반에 실린 〈소금강〉이란 곡이 그렇게 태어났다.

당연히 재즈의 펜타토닉, 아니 우리 국악의 궁상각치우 음계로만 된 곡이었다. 나의 색소폰 소리를 소금강에서 금강산까지 올려 보낸다는 느낌을 곡에 담고 싶었고, 그걸 표현하기 위해 순환호흡으로 색소폰소리가 끊어지지 않게 불었다. 한 많은 남북 이산가족들의 상봉을 기원하며 말이다. 그것은 돌아가신 아버지의 소원이기도 했다.

이로써 수 개월에 걸친 음악 이론 공부와 국악 공부, 재즈의 펜타토닉과 국악의 궁상각치우에 대한 탐구, 판소리의 꺾기를 활용한 색소폰 연주 음악이 첫 번째 성과를 만들어내게 되었다. 〈소금강〉은 실향민 아버지의 설움과 간절함을 표현한 음악으로, 내가 만든 첫 색소폰 연주 음악이 아버지에 대한 그리움을 담은 것이어서 나로서는 적잖은 의미를 두고 있다. 내게 색소폰 연주를 하도록 만든 것도 아버지였고, 재즈를 공부하도록 시킨 것도 아버지였으니, 그 첫 음악은 당연히 아버지에게 헌정하는 음악이 될 수밖에 없었던 것이라고 나는 혼자서 생각한다. 그렇게 나만의 첫 음악을 완성하고나자 창작의 봇물이라도 터진 듯 연이어 곡들이 만들어졌다. 하지만 유사한 부분들이 많아서 대부분의 작품은 결국 사장되었고, 〈천년 사랑〉 정도가 끝까지 살아남아 1집 음반에 실리게 되었다.

이로써 새로운 나만의 재즈를 완성해야 한다는 나의 목표 가운데 하나가 다시 성취되었다. 이 새로운 재즈를 사람들은 훗날 '된장 재즈'라고 명명했다. 이렇게 재즈 연주자나 창작자로서 자기만의 음악을 갖게 된다는 것은 곧 자기만의 세계를 완성한다는 의미이고, 이것이야말로 진정한 의미에서의 예술에 속하는 것이라고 할 수 있겠다. 그런 의미에서 나는 오대산에서 지내는 동안 마침내 단순한 연주자나 테크니션이 아니라 예술가의 경지를 맛보게 된 셈이었다.

이제는 국악과 재즈의 만남이 일반인들에게도 생소하지 않을 정도가 되었지만, 내가 〈소금강〉을 만들던 무렵만 해도 국악 스타일의 재즈 음악을 만들어 색소폰으로 연주한다는 생각 자체가 사실은 굉장히 낯선 것이었다.

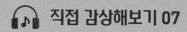

자작곡 〈소금강〉 색소폰 연주

자작곡 〈천년 사랑〉 색소폰 연주

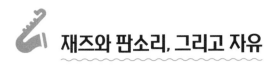

재즈와 판소리, 그리고 자유

재즈를 공부하고 판소리를 연구하게 되면서 나는 두 음악 사이의 공통점과 이질성에 대해서도 내 나름의 생각을 갖게 되었는데, 특히 민중적 성격과 자유를 향한 열망이라는 공통점에 주목하게 되었다.

재즈가 20세기 초에 노예로 아메리카 대륙에 팔려온 흑인들의 음악을 기반으로 형성되었다는 사실은 널리 알려져 있다. 이후 흑인과 백인의 혼혈인 크레올에 의해 흑인 노예들의 단순한 노래를 넘어 엄연한 음악의 한 장르로 자리를 잡게 되었고, 가난한 노동자와 흑인들의 정서와 희망을 대변하는 예술로 발전하였다. 물론 나중에는 백인들의 감성이나 클래식 음악의 악기와 기법까지 수용하게 되면서 단순한 저항 음악을 넘어서게 되었지만, 재즈가 노예와 가난한 서민들을 대변하는 음악으로 출발했다는 사실은 변치 않는다. 그리하여 재즈는 짧은 시간의 다양한 변신과 발전에도 불구하고 여전히 저항과 자유를 향한 갈망을 그 이상으로 삼는다. 그런 면에서 질서와 안정을 추구하는 클래식 음악과 자주 대비되며, 자유를 이상으로 삼은 탓에 음악적 구성에서든 연주법에서든 제한이 적다는 특징이 있다. 된장 재즈는 가능하지만 된장 클래식은 불가능한 이유가 이것이다.

그런데 판소리의 경우에도 그 시작에서는 서민들의 애환을 달래고 희망을 노래하는 경우가 많았다. 창자와 고수 2인만으로 이루어지는 악극단의 구성이나, 자리만 깔면 어디에든 무대가 마련될 수 있다는 판소리의 속성 역시 이 음악의 서민적 성격을 보여주는 것이다. 서민들이 모이는 시장 등에서 즉각 소리를 시작할 수 있는 즉흥적 음악이 판소리였다. 애초에는 열두 종류나 있던 판소리 마당이 나중에는 다섯 종류로 정리되는데, 이때 살아남은 판소리의 사설 내용은 사실 다분히 양반들의 정서와 철학을 반영하는 것들이었다. 그럼에도 판소리는 형식성과 무대성을 중시하지 않는 서민적 성격을 여전히 유지했고, 고달픈 백성들의 애환을 위로하는 최고의 음악으로 오늘에 이르고 있다.

판소리가 그 작사자나 작곡가가 아니라 소리를 하는 창자를 중심으로 하는 것처럼, 재즈 역시 연주자를 중심으로 한다는 것도 눈여겨 볼 공통점이다. 두 음악은 언제 어떤 장소에서 어떤 청중을 대상으로 공연을 하는가에 따라 공연되는 음악이 얼마든지 달라질 수 있다. 그리고 그 결정권이 연주자와 창자에게 주어져 있다. 즉흥적으로 판단하고 얼마든지 변주가 가능한 음악이 재즈고 판소리인 셈이다.

이처럼 서로 닮은 재즈와 판소리를 동시에 공부하며 둘의 결합을 본격적으로 모색하게 되면서 나는 새삼 조선이라는 사회와 양반들의 유교문화에 대해서도 생각을 해보게 되었는데, 대체로 부정적인 판단이 많았다. 양반으로 불리는 지배계급이 그 권위를 유지하기 위하여 내세운 첫 번째 덕목은 강상(綱常)의 윤리로 대변되는 질서였다. 이들의 과도한 권력의식과 낡은 윤리의식은 상복을 어떻게 입느냐 따위의 비현실적인 문제를 두고 서로 죽고 죽이는 파벌싸움과 당쟁을 낳았고, 이것이 결국 조선 망국의 화근이 되었다는 생각을 지우기 어려웠다. 당시의 백성들이 이런 고난과 고통의 세월을 이어갈 때, 그나마 이들을 위로하고 이들에게 희망을 준 것은 공자님의 고귀한 말씀이 아니라 광대의 연희와 판소리 한마당이었을 것이다. 그런 면에서 보더라도 음악이 역사의 전개에서 얼마나 큰 역할을 수행하는지 짐작할 수 있다.

클래식이 질서와 권위를 중심으로 하는 귀족들의 음악이라면, 재즈는 자유와 해방을 갈망하는 민중들의 음악이라고 할 수 있다. 클래식과 재즈의 모든 차이가 이런 기본 속성과 연결되어 있다. 재즈는 질서와 권위를 부정하고, 인간의 평등과 자유를 노래하는 음악이다. 청중들의 호응과 반응을 연주자가 즉석에서 받아들이고 해석해서 새로운 무대를 이어가는데, 이 역시 이미 주어진 질서와 권위에 대한 재해석의 한 형태이다.

그런데 조선에도 이런 재즈에 필적할만한 역할을 해낸 음악이 있었다. 그것이 바로 판소리다. 말하자면 판소리는 조선의 재즈요 조선 민중들의 애환을 담아낸 음악이었다. 질서와 권위가 아니라 인간의 평등과 자유를 지향한다는 점에서도 판소리는 서양의 재즈에 뒤지지 않는 음악이었다고 할 수 있다.

그런 재즈와 판소리의 결합, 판소리의 재즈화가 한동안 나의 화두가 되었다.

"

클래식이
질서와 권위를 중심으로 하는
귀족들의 음악이라면,
재즈는
자유와 해방을 갈망하는
민중들의 음악이라고 할 수 있다.
클래식과 재즈의 모든 차이가
이런 기본 속성과 연결되어 있다.

"

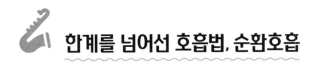

한계를 넘어선 호흡법, 순환호흡

오대산에서 지내는 동안 내가 작곡과 꺾기 주법의 개발 못지않게 심혈을 기울인 것은 순환호흡의 완성이었다. 순환호흡이란 기본적으로 일반적인 연주자가 낼 수 없을 정도로 길게 음을 낼 수 있도록 해주는 호흡법이다. 사람의 호흡에는 일정한 한계가 있기 때문에 아무리 들숨을 참고 날숨만 내쉬면서 색소폰을 분다고 해도 일정한 시간을 넘길 수가 없다. 누구나 손바닥을 입 가까이 대고 날숨만 쉬어보면 자기의 한계가 얼마나 되는지 쉽게 알 수 있다. 그런데 어떤 연주자들의 경우 이런 기본적인 인간의 한계를 넘겨 더 긴 음을 내기도 한다. 단순히 옅은 숨을 내쉬기만 하는 것이 아니다. 색소폰에서 분명한 소리가 나도록 힘차게 숨을 내쉬는데 그 길이가 인간의 한계를 넘어서는 것이다. 특별한 훈련을 거쳐 순환호흡법을 익히지 않으면 불가능한 경지다. 이런 순환호흡을 가장 자연스럽게 구사한 대표적인 연주자가 케니지다. 그렇다고 케니지가 순환호흡을 창시한 것은 아니고, 프리재즈 색소폰 연주자들이 효시다. 그 뒤에 케니지가 이를 가장 잘 활용하면서 세계 최고 인기의 색소폰 연주자로 1990년대 이후 각광을 받았던 것이다.

오대산에 들어가기 훨씬 전부터 나는 케니지의 음악을 자주 연주했는데, 당시 청중들이 가장 좋아하는 것이 케니지의 음악이었기 때문이다. 케니지의 음악만 연주하면 박수가 터지고 앵콜이 쏟아졌다. 하지만 나는 케니지의 연주를 비슷하게 흉내 낼 수 있을 뿐 케니지처럼 능수능란하게 연주할 수는 없었는데, 한마디로 순환호흡이 되지 않았기 때문이다. 오대산에 들어가면서 나는 이 핸디캡을 어떻게든 극복해보고 싶었다. 그래서 순환호흡을 할 줄 아는 색소폰 연주자들인 케니지, 소니 롤린스, 그로버 워싱턴 주니어 등의 비디오들을 수없이 돌려보며 그들의 애드립을 공부하고 순환호흡에 대해 연구했다. 그러면서 내 나름의 순환호흡 연습법을 찾아내게 되었는데, 물컵에 빨대를 꽂아놓고 바람을 불어넣어 물방울이 계속 일어나도록 연습하는 방식이었다.

이렇게 물 컵에 빨대를 꽂아놓고 계속 불다보면 당연히 어느 시점에 이르러 숨이 차서 끊어지게 된다. 그걸 몇 분이고 끊어지지 않게 만드는 것이 훈련의 일차 목표였다. 최소한으로만 숨을 내쉬는 방법을 배우자는 것은 아니었다. 내쉬어진 숨만큼 들이쉬는 방법을 배워야 했는데, 숨을 내쉬면서 동시에 들이쉴 수는 없는 노릇이어서 처음엔 막막하기가 그지없었다. 그러다가 어느 순간 순환호흡을 하는 연주자들의 볼이 미세하게 실룩거린다는 사실을 알게 되었는데, 그건 입으로 숨을 내쉬는 동안 코로는 숨을 들이쉬기 때문이었다. 말하자면 순환호흡의 비법은 입 따로 코 따로 숨을 쉰다는 것이었다. 입으로는 계속 숨을 토해내면서 코로 별도의 숨을 쉬는 것이다.

이렇게 이론적으로 방법을 터득했다지만 실제로 그렇게 숨을 쉴 수 있게 되기까지는 엄청난 연습과 노력이 필요했다. 나는 눈알이 튀어나오고 볼에 경련이 일어날 정도로 연습에 연습을 거듭했다. 작은 빨대로 어느 정도 자신감이 생기자 다음에는 빨대가 아니라 호스로 바꾸었다. 그 정도는 되어야 실제로 색소폰으로 소리를 낼 수 있기 때문이었다. 실제로 호스를 통해서도 물방울이 끊어지지 않을 정도가 되어서야 겨우 색소폰에 적용할 수가 있었다.

이렇게 순환호흡 수련까지 마치고 나자 애초 계획했던 6개월의 시간이 쏜살같이 사라지고 없었다. 나는 서울로 돌아가기 위해 다시 짐을 꾸리기 시작했다. 이번에 만나는 세상은 6개월 전의 그 세상과는 또 다른 세상일 터였다.

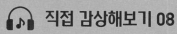 직접 감상해보기 08

순환호흡 연주곡, 〈이등병의 편지〉 공연실황

재즈 시대가 열리기까지

돌아보면 내 음악 인생의 중반기까지 모두 세 차례의 중요한 변곡점이 있었던 듯하다. 첫 번째 변곡점은 당연히 고등학교 진학을 포기하고 색소폰을 배우기 시작한 일이다. 여러 이유와 사연을 댈 수 있겠지만 사실 그 길을 선택한 이유는 돈 때문이었다. 이때의 선택이 나를 색소폰 연주자가 되게 하고, 재즈 음악인이 되게 했음은 물론이다. 하지만 누구나 짐작할 수 있는 것처럼 이때의 선택은 결코 평범하고 일반적인 것이 아니었다. 고등학교에 가는 대신 색소폰 연주자가 되어서 돈을 벌겠다는 생각은 열일곱 아이가 선택할 법한 평범한 길은 아니었던 것이다. 하지만 어린 나이였음에도 나는 스스로 그런 선택을 했고, 이후 그 선택을 후회해본 적도 없다. 색소폰 연주자로서의 삶이 만족스러워서가 아니라 그 당시 그것이 내가 선택할 수 있었던 최선의 길이었다고 여전히 믿기 때문이다.

그 선택 이후 나는 나름대로 최선을 다해 미래를 개척하려고 온갖 애를 썼다. 음악적인 소질을 물려받았는데도 남들보다 더 많이 연습하고 남들보다 더 많이 배우려고 했으며, 남들보다 아껴 쓰고 남들보다 정직하게 살려고 했다. 중졸이라는 핸디캡을 극복하기 위해 노심초사 했으며 음악 외에 많은 책들을 보며 지식을 늘려나갔고 선배들 중에 고학력이면서 지식이 많다고 생각되는 사람들에게도 밥과 술을 사며 내가 볼만한 책을 추천 받았으며 나중에는 내가 직접 골랐다. 지금도 서점에서 책을 둘러보며 종이냄새를 맡고 책을 사러오는 사람들과 같이 있는 것을 즐긴다.

밤에 여는 술집을 비롯하여 내가 일한 곳들은 대체로 건달들이 주름잡는 동네여서 잘못된 길로 빠질 위험이 높았다. 살아남기도 물론 쉽지 않았다. 그런 곳에서 살아남고 돈을 벌기 위해 최선을 다하는 한편으로 나는 내가 상대하는 사람들과 같은 사람이 되지 않기 위해서도 적지 않은 노력을 기울여야 했다. 유혹에 약한 십대 소년에게 그건 결코 쉬운 일이 아니었다. 하지만 운명은 바뀔 수 있다는 신념으로 전력투구를 한 덕분에 나는 살아남을 수 있었고 앞길을 개척할 수 있었다.

중간에 포기하거나 때려치우고 싶은 유혹이 왜 없었겠는가. 하지만 나는 그럴 수가 없었다. 항상 초심을 생각했고 한 많은 삶을 살다 가신 아버지를 생각하면서 이겨냈다. 반은 자발적으로, 반은 피치 못해서, 나는 배우고 일하고 싸우기를 멈출 수가 없었던 것이다.

두 번째 변곡점은 제대 이후 재즈에 입문한 것이다. 음악을 돈이나 출세의 수단이 아니라 목적 그 자체로 삼아야 한다며 들어선 길이었다. 실제로 나는 상당 기간을 돈도 벌지 못하면서 재즈 연주에만 매달렸다. 다행히 놀던 가락이 있어서 남들보다 빠르게 재즈 색소폰 연주 실력을 쌓을 수 있었고, 덕분에 이전과는 다른 곳에서 다른 방식으로 돈과 명예를 얻을 수 있었다. 방송국을 누비고 유명 가수들의 녹음실에 들락거리며 한동안 신나게 살았던 것이 사실이다.

무대 위에 올라가면 팝송이든 가요든 거침없이 재즈 스타일로 반주를 해낼 수 있었다. 찾는 사람도 많았고 나름대로 이름도 알렸다. 당시 방송 등에 출연해서 색소폰으로 가요나 팝송 등을 재즈 스타일로 연주할 수 있는 사람은 나와 이정식, 그리고 정성조 선배 정도밖에 없었다.

누구보다 바쁘게 살고 그 자체로 보람도 있었다. 재즈를 하지 않았더라면 생각할 수 없는 것들이었다. 하지만 내게는 남들 앞에서 표현하기 어려운 또 하나의 욕망이 자리 잡고 있었다. 나만의 재즈, 나만의 음악을 해야 한다는 것이었다. 무대 위에서 케니지보다 더 케니지처럼 멋지게 연주를 하고 난 다음 날이면 여지없이 갈증이 찾아왔는데, 왜 나를 포함하여 우리나라에는 케니지와 같이 멋진 음반을 내는 연주자가 없는가 하는 데서 오는 자괴감이 원인이었다. 당시 국내 최고의 연주자 가운데 한 사람으로 내가 꼽히고 있었으니 누구를 탓할 처지가 아니었다. 내가 아니면 안 된다는 오만에서가 아니라, 나라도 하지 않으면 안 된다는 절박함이 있었다.

오대산에 간 것은 그래서였고 이것이 세 번째 변곡점이 되었다. 돈과 명예를 모두 버리고 떠난 수행의 길이었고, 스스로에게 다짐을 두고자 머리까지 삭발한 채 감행한 모험이었다. 남들이 미쳤다고 비웃을 때 나는 이 모험을 감행했고, 다행히도 된장 재즈와 꺾기 주법과 순환호흡을 가지고 하산할 수 있었다. 말하자면 이때의 변화는 내 음악 인생에서 결정적인 탈바꿈이 되었다. 이미 한 세계를 이룩한 사람들에게 이런 탈바꿈은 사실 결코 쉬운 일이 아니다. 예컨대 피카소를 생각해보라. 그 그

림의 스타일에 결정적인 변화가 있는가? 없다. 이미 피카소 스타일이 완성된 이상 이를 다시 바꾸기란 이처럼 불가능한 것이다. 오대산 이전에도 나는 재즈 색소폰 연주로 이미 상당한 명성을 얻고 있었다. 말하자면 내 나름의 세계가 있었던 것이다. 하지만 나는 거기에 안주하는 대신 모험을 택했고, 마침내 나만의 재즈와 나만의 필살기들을 갖추게 된 것이다. 그리고 이런 나만의 필살기가 있었기에 그 몇 년 후 클린턴 대통령 앞에서 '퍼펙트'한 연주를 해서 그를 감동시킬 수 있었던 것이다. 오대산에서의 수련이 아니었더라면 나는 영영 나만의 재즈, 나만의 음악을 하지 못했을 것이다. 지금 생각해도 아찔한 일이다.

여기까지의 내 삶을 돌아볼 때 내가 남들에게 내세울 수 있는 한 가지는 도전정신이라고 할 수 있겠다. 세 번의 선택이 모두 쉽지 않았다는 점에서 나의 선택은 대체로 무모한 모험에 가까웠다. 그럼에도 나는 과거를 버리고 미래를 선택하는 데 주저하지 않았고, 덕분에 남들이 가보지 못한 길들을 걸을 수 있었다. 그런데 이런 진리는 내게만 해당되는 것은 결코 아닐 것이다. 누구든 과거를 버리고 미래를 선택하기로 결정하기만 한다면, 그리고 내가 그랬던 것처럼 미래의 문 앞에서 두드리고 두드리고 또 두드리기를 멈추지 않는다면, 분명 안에서 응답이 있을 것이라고 나는 믿는다.

문제는 잘못된 문을 두드리는 것이 아니라 대체로 끝까지 두드리지 않는 것이라고 나는 생각한다. 변신을 위한 선택이 그렇게 쉽고 간단할 리가 없는데, 대부분의 사람들이 중도에 포기해버리고 마는 것이다. 이래서는 과거도 잃고 미래도 잃게 된다. 열릴 때까지 두드리고, 그래도 열리지 않으면 부숴버리겠다는 각오와 노력이 있어야 한다. 쉽게 얻어지는 선물은 항상 보잘것없는 것들일 뿐이다.

66

남들이 미쳤다고 비웃을 때
나는 이 모험을 감행했고,
다행히도 된장 재즈와
꺾기 주법과 순환호흡을 가지고
하산할 수 있었다.

99

동양 재즈, 서양 국악

된장 재즈는 한 마디로 우리의 전통 음악을 서양의 악기로 표현하는 재즈의 한 갈래라고 할 수 있다. 이 분야를 개척해온 한 사람으로서 나는 그 발전에도 기여해야 한다는 책임감을 느낀다. 그래서 실제로 많은 국악 연주자들과 협연 무대를 가졌고, 지속적으로 곡도 만들고 있다. 국악을 넘어 산사에서 울려 퍼지는 목탁 소리와 색소폰의 결합을 시도하기도 했고, 명상음악과의 콜라보를 시도하는 등 내 나름대로 실험을 멈추지 않고 있다. 한때 국악에 미친 동료 음악인에게 '왜 서양 음악인 재즈를 하느냐'고 질타 아닌 질타를 받은 적도 있는 나였다. 그때 나는 '음악에 국경이 있느냐'며 '언젠가 국악과 서양음악의 경계가 없는 음악을 선보이겠노라' 호언하기도 했었다. 물론 이미 그런 경지에 도달했다고 스스로 생각하지는 않는다. 하지만 아직도 진행 중이요 전진 중인 것만은 분명하다. 나는 나이와 상관없이 모험을 멈출 생각이 없다.

한편, 나와 반대로 국악의 서양음악화를 꾀하는 사람들도 적지 않은 듯하다. 언젠가 기차에 탔다가 종착역에 도착했다는 알림음으로 가야금 연주가 흘러나오는 것을 들은 적이 있는데, 팝송 음악에 악기만 가야금이지 소리는 서양의 기타 소리 같아서 깜짝 놀란 적이 있다. 고유의 가야금 연주 주법이 아니었다. 국악의 세계화를 위한 시도인지, 아니면 국내를 여행하는 외국인을 위한 배려인지는 알 수 없지만, 나로서는 사실 마뜩치가 않았다. 우리나라 사람이 해야 하는 음악이 꼭 국악일 필요는 없지만, 국악을 한다면서 사실은 서양 음악을 하는 것은 납득하기 어려운 일이기도 하다.

가수들의 경우도 마찬가지다. 국악과를 나와서 가요 발성법으로 서양의 노래를 부르는 경우를 자주 보는데, 그 노래가 우리 음악인지 서양 음악인지 종잡기 어렵다. 아무리 세계화 시대라고 하지만 무엇을 지키고 무엇을 버릴지 취사선택이 필요하지 않을까 생각된다.

한편으로, 클래식이 아닌 재즈 음악을 하는 사람으로서 여러 대학들의 실용음악과에서 배출되는 수많은 인재들의 앞날에 대해서도 나는 다소간의 염려를 버릴 수가 없다. 이렇게 재능 많고 앞날 창창한 연주자들이 활동할 수 있는 공간이 너무 협소하기 때문이다.

그런 면에서 몇 년 전 추진하다가 좌초된 재즈협회 창설도 못내 아쉽다. 법인으로 단체를 만들고 정부의 인가를 받아 문화예술위원회에 등록을 했더라면 협회 차원에서 여러 사업들을 전개하고 정부의 지원도 받을 수 있었을 텐데 협회 설립 자체가 아예 무산되고 말았었다. 그 일을 가장 앞장서서 추진했던 사람으로서 지금도 아쉬움이 가시지 않는다. 나는 그 당시 무엇보다 능력 있는 회장이 필요하다고 생각했고, 그래서 CEO

출신의 재즈 마니아 한 분을 염두에 두고 있었다. 그 분을 모시고 협회를 잘 운영하여 재즈계의 선후배 연주자나 재즈에 종사하는 사람들이 물질에 신경 안 쓰고 연주와 재즈 일에만 매진할 수 있는 토대를 만들어주자는 것이 나의 목표였다. 또 협회를 통해 국회 상임위원회의 문체부와 교육부소속 국회의원들을 설득하여 초중고등학교 음악 시간에 클래식과 똑같이 실용음악 즉 재즈를 배우게 하고 싶었다. 그런데 이제는 그런 기회가 올 것 같지 않아 안타깝기만 하다. 그때는 문화예술위원회 설립 당시라 법인회원 단체로 등록을 할 수 있었지만 지금은 다 차서 거의 불가능하다고 한다.

실용음악과의 커리큘럼 가운데 많은 부분이 넓은 의미의 재즈를 다루고 있고, 그만큼 해마다 배출되는 재즈인도 많은데, 언제 이들을 위한 활동의 장이 제대로 마련될지 막막하기만 하다.

말이 나온 김에 첨언하자면, 우리나라 초중고등학교의 음악 교육도 문제투성이라고 나는 생각한다. 클래식을 기본으로 우리 국악을 약간 가르치는 것이 전부인데, 이렇게 해서는 실제 우리 사회에서 통용되는 음악과는 괴리가 너무 커진다는 것이 나의 판단이다. 자라나는 청소년들 가운데 많은 청소년들이 아이돌 스타를 보면서 미래를 그리는데, 이와 관련된 교육은 전무한 것이 현실이다. 이렇게 공정하지 못하고 균형 잡히지 않은 편향된 교육으로 어떻게 미래를 개척하는 음악인을 만들어낼 수 있다는 것인지 이해하기 어렵다.

클래식만을 위주로 교육을 진행하면서 우리 사회의 고루하고 질서정연한 구태가 점점 더 강고해진다는 문제도 있다. 클래식은 기본적으로 악보와 지휘자를 정점으로 하는 일사불란한 질서를 지향한다. 하지만 지금 현재도 그렇지만 미래는 더더욱 이런 질서에 익숙한 사고와 판단력으로는 앞서 나가기가 어렵다. 자유롭고 참신하며 언제든 임기응변이 가능한 유연한 판단력과 사고가 필요하고, 이를 위해 기여할 수 있는 음악은 클래식이나 국악이 아니라 바로 재즈다. 자유와 유연성을 강조하는 재즈의 정신과 태도야말로 미래의 아이들에게 반드시 가르치고 심어주어야 할 교훈이 아닐까. 그렇다고 학생들에게 재즈만 가르쳐야 한다는 것은 절대 아니고 같이 공평하게 가르쳐서 선의의 경쟁을 통해 당사자들에게 공정하게 선택할 수 있는 기회를 주어야 한다는 것이다.

그러한 의미로 나는 최근 서울의 강남구청과 손을 잡고 공연을 진행하고 있다. 최광철과 토털밴드라는 이름의 6인조 소규모 밴드다. 밴드멤버들은 재즈를 기본으로 하면서 모든 음악 장르를 아우를 수 있는 최고의 역량을 갖춘 실력파로 구성했다. 나와 토털밴드가 연주를 맡고, 초대가수를 불러 실내외에서 소규모 공연을 정기적으로 열고 있다. 내가 마이크를 잡고 사회를 보면서 재즈에 대해 설명하고 음악에 대해서도 해설을 한다. 특히 요즘은 코로나로 많은 분들이 큰 어려움을 겪고 있어서 그분들과 밤낮으로 고생하는 의료진들을 위로하는 공연을 강남구 유튜브 방송을 통해 '온택트 힐링공연' 형식으로 하고 있어 큰 보람이었다. 예산이 많이 들어가는 일이 아닌데도 그 효과는 커서 강남구청에서도 우리를 적극 지원하고 있다. 하지만 2020년 봄부터 시작된 코로나 사태로 인해 공연이 제대로 진행되지 못하는 경우가 여러 번이어서 아쉬움을 남긴다.

내가 만나본 정순균 강남구청장은 온화하고 강직하며 문화예술에 대해서도 남다른 사랑과 넓고 깊은 안목을 가진 분인 것 같았다. 그래서 작고하신 김대중 전 대통령의 "문화예술인들에게 지원은 해주되 간섭은 하지 말라"고 했던 말씀이 생각날 정도였다.

'품격 강남'을 지향한다며 "품격 강남을 위해선 문화예술을 많이 꽃피

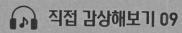

강남구청 공연 영상 1, 〈신사동 그 사람〉

강남구청 공연 영상 2, 〈You Raise Me Up〉

강남구청 공연 영상 3, 〈진도아리랑〉

최광철 음악연구소

드럼(조남혁), Bass(류인기), 기타(방병조), 건반(이상아), 가수(김형미), 색소폰(최광철)

You raise me up

강남보건소 의료진 이야기

최광철 소프라노 색소폰 solo 연주

강남구청 온택트 힐링 공연

정순균 강남구청장 및 출연자들과 함께

워야 한다"던 말씀에 깊은 감명을 받았다.

　서울의 강남구는 인구나 규모 면에서, 또는 예산으로도 지방의 중견도
시 못지않고 서울을 넘어 대한민국을 대표하는 곳이다. 그래서 클래식
의 심포니악단과 합창단도 전속으로 두고 있다. 환영할 일이다. 그러나
이왕이면 국악예술단과 재즈를 기반으로 하는 토털밴드도 전속으로 두
어야 한다고 생각한다. 그래야 클래식, 국악, 재즈(가요, 팝송)를 강남구민
들에게 공정하고 균형 있게 들려줄 수가 있다. 그러면 전국의 지자체에
서도 관심을 갖고 볼 것이며 하나의 좋은 본보기가 될 수 있어 한류문화
확산에도 크게 기여할 것이라고 생각한다. 예산이 많이 드는 것도 아니
니 강남구 관계자들과 강남구 구의원님들의 결단을 부탁드린다.

장기와 평양냉면

평양 출신 아버지를 둔 덕분에 좋아하게 된 음식이 하나 있다. 바로 평양냉면이다. 아버지가 좋아하셔서 어릴 때부터 자주 먹던 음식이라 좋아하게 된 것은 아니다. 어릴 때 평양냉면을 먹어본 기억은 거의 없다. 그럼에도 나는 평양냉면을 좋아하게 되었는데, 아버지와 둘이서 처음으로 평양냉면을 사먹은 뒤부터의 일이다.

"네가 반에서 10등까지만 성적을 올린다면 엄마는 더 바랄 게 없겠다. 만약 그렇게 된다면 네가 원하는 한 가지 소원은 무엇이든 엄마가 들어주마."

우리 어머니는 꽤나 엄한 면이 있는 분이어서, 성적이 떨어질 때의 회초리는 당연히 예상할 수 있는 것이지만 이런 사탕은 언감생심 기대할 수 없는 것이었다. 그런데 갑자기 내 소원을 들어주시겠다는 것이었다.

대구에서 서울로 갑자기 이사를 하게 되어서 전학증이 늦게 도착하여 4학년1학기를 쉬고 2학기부터 시작하여 떨어진 나의성적에 대한 미안함과 안타까움이 있으셨나 보다.

"스케이트를 사주세요."

우리가 살던 사당동 인근 논에서는 겨울마다 아이들이 썰매를 타곤 했는데, 더러는 스케이트를 타는 아이들도 있었다. 어린 내 눈에는 그 스케이트가 그렇게 부러울 수가 없었다. 하지만 평소에 그런 얘기를 꺼낼 형편이 아니란 것은 아무리 어려도 쉽게 알 수 있는 것이었다. 그런데 어머니가 먼저 소원을 들어주겠다는 당근을 제시한 것이고, 나는 기꺼이 그 당근을 물기로 했던 것이다.

실제로 나는 6학년이 되면서 다시 공부에 몰두했고, 어렵지 않게 어머니와 내가 목표로 했던 성적에 도달할 수 있었다. 그 결과로 중앙대학교 부속중학교에 들어갈 수도 있게 되었다.

이로써 어머니가 나의 소원을 들어줄 차례가 되었다. 실제로 어머니는 어느 날 아버지에게 얼마간의 돈을 쥐어주시며 나를 데리고 가서 스케이트를 사주라고 하셨다. 그리하여 초등학교 6학년 겨울방학 때 나는 아버지와 단 둘이서 처음으로 서울 중심가로 나들이를 하게 되었다.

아버지가 나를 데리고 먼저 간 곳은 청계천에 있는 중고 스케이트 매장이었다. 아마도 동대문운동장 근처였을 텐데, 정확이 어디인지는 잘 기억나지 않는다. 아무튼 한 가게에 들어가 내 발에 맞는 스케이트를 하나 샀는데, 중고라고 하기 에도 민망할 정도로 낡은 것이었다. 신발 부분은 다 헤지고 스케이트 날도 많이 달아서 헐값에 파는 물건이었다. 하지만 그 스케이트는 내가 난생 처음 가져보는 나만의 보물이었다.

이어서 아버지가 나를 데리고 간 곳은 낙원상가 부근에 있는 한 식당이었다. 허름한 가게에 간판조차 없었는데, 거기서 나는 난생 처음 평양 냉면과 만두를 맛보게 되었다. 냉면은 메밀로 만든 면이 육수에 잠겨 있는 평양식 물냉면이었고, 만두는 내 주먹만큼이나 컸다. 그날 아버지가 사준 그 냉면과 만두의 맛을 나는 지금도 잊지 못한다.

아버지 때문에 좋아하게 된 음식이 평양냉면이라면, 아버지 때문에 갖게 된 취미가 장기이다. 초등학교 3학년, 그러니까 내가 아직 대구에 살던 때의 일이다. 여름방학을 맞아 아버지 어머니와 셋이서 제주도엘 가게 되었는데, 당연히 관광이나 여행을 간 것은 아니고 거기에 아버지의 일터가 있기 때문이었다. 배를 타고 제주도까지 갔는데, 엄청나게 멀미를 했던 기억이 지금도 남아 있다.

그런데 그해 여름에는 유난히 비가 많이 와서 아버지의 공연도 쉬는 날이 많았다. 그리고 그렇게 쉬는 날이면 아버지는 동네 어른들과 어울려 곧잘 장기를 두곤 하셨다. 술 마시지 않을 때의 아버지를 세상 누구보다 좋아하고 따랐던 나는 아버지의 등 뒤에서 그 장기를 구경하곤 했는데, 규칙이나 말들의 움직임이 복잡하지 않아서 이내 장기의 기본기를 익힐 수 있었다.

그렇게 제주도에서 아버지의 어깨 너머로 장기를 익힌 지 얼마 지나지 않아 우리는 서울로 이사를 하게 되었다. 그리고 나는 앞서 소개한 것처럼 갑자기 학교에 가지 않는 한 학기를 보내게 되었다. 이 무렵 내가 자주 하던 일 중의 하나는 동네의 집 짓는 곳에 가서 벽돌을 날라주는 것이었다. 하루에 몇 시간씩 벽돌을 날라주면 얼마간의 돈을 받을 수 있었다. 그런 일종의 알바 외에 내가 하던 또 하나의 소일거리는 동네 복덕방 앞에서 자주 펼쳐지는 어른들의 장기를 구경하는 것이었다. 제주도에

초등학교 3학년 여름방학, 제주도에서 부모님과 함께

서 이미 장기의 기본기를 익힌 나는 곧잘 어른들 곁에서 훈수를 두곤 했는데, 어른들은 그런 나를 보고 귀엽고 영특하다며 머리를 쓰다듬어주곤 했다. 더러 아이스크림이나 과자를 사주는 어른도 있었다.

이후 장기는 나의 거의 유일한 취미가 되었다. 색소폰이나 재즈를 하지 않는 시간이면 나는 지금도 더러 장기를 두곤 한다. 인터넷 장기동호회에도 가입했다. 그런데 우연치 않게도 나의 색소폰 제자 중에는 우리나라 장기협회의 회장님도 있다. 그러고 보면 장기와의 인연도 만만치 않은데, 이 역시 아버지의 유산이랄 수 있겠다.

장기 이야기를 꺼낸 김에 장기와 바둑 이야기를 조금만 해보자. 내 생각에 장기가 재즈라면 바둑은 클래식이라고 할 수 있다. 장기가 서민적이라면 바둑은 상대적으로 귀족적이다. 그래서 장기는 누구나 쉽게 배우고 어디서든 짬을 내어 즐기기가 용이하다. 반면에 바둑은 입문도 어렵고 한 판의 승부를 내는 데에도 많은 시간이 소요된다.

사회적으로 대접을 받는 것도 클래식과 재즈의 차이처럼 차이가 있다. 예컨대 우리나라의 공영방송은 주말마다 바둑 경기를 중계하지만 장기 경기는 전혀 중계하지 않는다. 예전에는 설날과 추석에 장기 대회를 열어 중계하곤 했는데, 이제는 그마저도 없어졌다.

나는 우리나라가 제대로 된 선진 민주국가가 되기 위해서는 우리 사회 곳곳에 만연돼 있는 불공평과 불균형이 시정되지 않으면 안 된다고 생각하는데, 바둑과 장기, 클래식과 재즈 사이에도 이런 불공평과 불균형이 존재한다고 믿는다. 정기적인 바둑 경기 중계와 클래식 공연 실황은 있어도 정기적인 장기 중계나 재즈 공연 실황은 없는 것이 이런 불균형을 말해주는 구체적인 사례의 하나일 것이다.

나는 열일곱 살의 어린나이에 사회에 뛰어들어 산전수전을 겪으며 다양한 직업을 가진 많은 사람들을 만나왔다.

내가 사회에 나왔을 때 우리나라는 격변의 시기를 맞으며 그 이후 많은 역사적인 사건과 맞물려 자유를 갈망하는 몸부림이 표출되던 시기였으며 결국은 민주주의의 승리로 귀결되는 소중한 과정을 지켜보았다.

그 과정을 지켜보면서 눈물도 많이 흘렸지만 한편으론 사회 곳곳에 만연한 비리와 착하지 않은 강자들의 탄압들을 보며 흘린 눈물도 많이 있었다.

언제까지 이렇게 대한민국은 불합리하고 불공정한 세상이 계속되어야 할까. 우리나라는 아직 민주주의가 멀었다고 생각한다. 이제는 독재 타도를 외치는 민주주의가 아니라, 우리 사회 곳곳에 만연돼 있는 불공정과 불균형, 부조리를 타도하는 그런 민주주의가 되어야 하지 않을까?

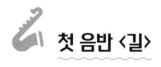

첫 음반 〈길〉

오대산에서 내려온 뒤 한동안을 조용히 보냈다. 외부의 활동보다는 애초의 목표 가운데 하나였던 나만의 음반을 내는 일에 집중하기 위해서였다. 94년 가을에 서울로 돌아온 나는 방에 틀어박혀 우선 1집 음반에 수록할 곡들을 차례차례 정리해 나갔다. 그렇게 한동안 작곡한 여러 곡들 가운데 세 곡을 데모 테이프 작업하면서 첫 음반을 준비하느라 세월을 보냈다. 내 나름으로는 국악과의 접목 등 새로운 시도를 많이 담았고, 케니지의 음반에 밀리지 않는 음반을 내보겠다는 포부가 있었다. 그렇게 만들어진 작품들 가운데 〈창공〉, 〈길〉, 〈밤의 여행〉 세 곡을 임시로 카세트테이프에 녹음했다. 느린 음악 2곡, 빠른 음악 1곡을 선정한 것이다. 그리고는 이 데모 테이프들을 몇 군데 음반 제작사에 보냈다. 가장 먼저 테이프를 보낸 곳은 EMI다, 당시 국내에 지사가 있었다. 세계적인 제작사인 이곳에서 음반을 내면 미국이나 유럽 쪽으로도 판로를 개척할 수 있겠다는 생각에서였다. 친하게 지내던 가수 최성수 씨와도 상의를 했는데, 그는 서울음반을 추천했다. 마지막으로 우리나라 언더그라운드의 마지막 보류였던 동아기획에도 데모 테이프를 보냈다. 들국화를 비롯하여 많은 언더그라운드 가수들과 이소라, 한영애, 김현식 등의 가수들이 거기서 판을 내고 있었다.

데모 테이프를 보낸 지 하루 만에 동아기획에서 가장 먼저 만나보고 싶다는 연락이 왔다. 광화문으로 가서 김영 사장을 만났고, 서로 어렵지 않게 계약을 체결했다. 이게 95년 봄의 일인데, 실제로 음반이 나온 것은 이듬해 가을이 되어서였다. 그만큼 쉽지 않은 작업이었다. 녹음은 동아기획에서 사용하는 녹음실에서 했다. 동아기획에서 음반을 내는 가수들은 다 거기서 녹음을 했는데, 그 녹음실의 엔지니어가 아주 탁월한 분이었다. 임창덕 씨라고, 이소라의 〈난 행복해〉도 이 분이 하고, 김현철을 비롯한 여러 가수들의 녹음을 모두 이 분이 했다.

나 역시 그곳에서 몇 개월에 걸쳐 녹음을 했다. 녹음이 모두 끝난 게 96년 봄이었으니 계약을 하고도 꼬박 1년이 걸린 것이다. 연주음반치고는 다소 특이하게 내가 작사와 작곡을 하고 노래까지 부른 〈내 사랑 찾아〉란 곡도 하나 포함시켰다. 처음엔 객원가수를 불러 녹음을 하려 했는데 아무래도 내가 의도한 맛을 살리지 못했다. 하는 수 없이 내가 나서서 '이렇게 저렇게 해보라'고 참견을 하게 되었는데, 말하자면 그 시범 노래를 들은 주변 사람들이 권유해서 결국 내가 노래까지 하게 된 곡이다. 이 노래 가사는 내가 쓴 것인데 평소 힘들고 외로울 때 "내 여자는 지금 어디에 잊을까, 만날 수는 있는 건가" 하며 흥얼거리던 내용을 그대로 노래에 담았다. 그런데 음반 나오고 계속 그 곡을 불렀더니 정말로

스포츠연예신문　1998년 1월 20일 화요일

◇ 재즈 색소포니스트 최광철

'한국적 섹소폰을 정착시킨다'

케니지 능가하는 섹소폰연주가 최광철

본격의 첫만남으로 본격적인 재즈 공부는 87년 이름근 선생으로부터 시작했다기 시작했는데

재즈에 배료되기 시작한 그는 더 담한 음악적 변화를 거듭했던데 '서울팝스오케스트라'와 100차이상

이정식과 함께 국내 섹소폰계의 양대 산맥으로 불리는 그가 대중과 공유할 수 있는 음악을 하고 싶다는 생각으로 출반했게 된 것.

연주를 하며 산다는 것 그 자체가 좋아서 언더그라운드에서 수많은 활동을 하며 지내온 그.

1·4후퇴때 함냉북난 아버지가 유랑극단에서 섹소폰을 분게서 섹소

94년 재즈 섹소폰 무대월을 유랑시킨고 96년 '최광철과 재즈 포트'를 결성 신현철 홍일 오태호 김수희등 대중가수들의 앨범작업에도 참여했다.

어느날 연주하기 시작한 케니지 음악에 관객들의 호응이 크자 음악하는 사람으로서 충격이 컸다는 최광철씨.

'외국 뮤지션만을 선호하는 대중

재즈의 대중화위한 첫음반 발매

들의 편견이 안타깝고 그에 대응하는 국내 뮤지션이 없다는 사실이 야속했다.

앨범을 내기에 삭막하고 오래 산으로 들어간 그는 소금강 근처 숙식을 하면서 작업, 3개월만에 앨범을 완성했다. 섹소폰 창작연주

앨범은 이정식에 이어서 두번째다.

『재즈의 대중화를 위해 쉽게 다가갈수 있는 음악. 그래서 재즈가 어렵지 않다는 것을 증명하고 싶었 어요.』

이번 앨범에는 《길》《항공》《꿈

의 여행》《소금강》등 순수창작곡과 《내사랑 내곁에》《엄마가 누나》등 대중가요의 동요를 리메이크했고 국악과 재즈를 접목한《천년사랑》이 수록돼 있다.

그의 음악을 들어본 사람들은 케니 섹소폰 소리는 밝고 아름다운

곡으로 쓰이고 있다.

더 비롯 최광철의는 아름다운 선율 속에 다소 우울한 한국적 정서가 짙게 깔려 있다고 평한다.

이중 《항공》은 영화 《에이스세일》 배경음악과 MBC 토크프로그램 《정미홍이 만난 사람》의 타이틀

『이제는 언더에서 기술에만을 들어가야 된다고 생각하며 제 음악이 많이 알려져서 라이브 콘서트를 통해 연주하며 살고 싶은 것이 꿈입니다.』

〈휘〉

매일경제　1997년 12월 6일 토요일　　비즈니스Ｘ · Art & Entertainment

"쉽고 정제된 재즈곡 産苦 많았죠"

재즈 색소포니스트 최 광 철

Citylife 박은주 기자

재즈 색소폰 연주자 최광철(36). 음악경력 10년의 중견뮤지션.

이정식과 함께 국내 섹소폰계의 양대 산맥으로 분리는 그가 늦은 같이 있는 첫 연주앨범을 세상에 내놓았다.

음악은 달리거나 수영 같은 기록경기가 아니라는 걸 그는 누구보다도 잘 알고 있다. 또 그 과정이 온몸림으로 표출되느냐는 것도, 그래서인지 자신의 음악에 대한 자부심이 대단하다.

1·4후퇴때 낳은데 내려온 아버지가 유랑극단에서 섹소폰을 분었다. 섹소폰과의 친밀한 지극히 자연스런 일이었다. 하지만 그때는 섹소폰의 제 맛을 일지 못하며 시절이었다.

87년 이름근 선생 밑에서 재즈 공부를 했었다. 재즈의 깊은 맛에 배료되기 시작한 것이 바로 이때였다. 그가 자신의 공식 데뷔를 87년으로 보는 이유도 바로 어

음악을 하면서 꼭 앨범을 낼 생각은 아니었다. 그저 연주를 하며 산다는 것 자체에 많은 의미를 부여하며 살아왔을 뿐.

결국로 드러나는 첫부터 내면의 음악을 더 중시했고 그 때문에 그는 오버그라운드가 아닌 언더그라운드 연어 미 많이 빠져있었다.

『그냥 제가 만족하는 음악을 하려 했고 또 라이브 무대에 고집하셨습니다. 그런데 주위분들이 많은 시간이 지난 후에 제 음악을 비교 분석할 수 있는 잣대 하나쯤은 있어야 하지 않겠느냐고 하시더군요.』

라이브만 고집 뒤늦게 첫앨범펴내
삭발한채　산속 작업끝에　결실

키워가 점점걸고 재즈 열풍이 불어닥친다.

그때는 정통 재즈를 연주했었다. 그러지 큰 호응이 없었다.

그러다 어느날 케니 지 음악을 연주했기가 버져나오기 시작할 것이었다.

『그때 재가 느낀 건 사람들이 케니 지의 음악을 좋아하는가요. 외국 뮤지션만을 선호하는 대중들의 편견이 안타깝고 그만한 뮤지션이 없다는 사실에 속상하는 사람보다도 부끄러운 마음이 앞섰어요.』

그가 앨범을 준비하기 시작한 것은 94년 들, 방송과 라이브 활동을 얼마 동안

하고 삭막한 뒤 오대산으로 들어갔다. 소금강 근처에 숙소를 잡고, 서로 목욕도 쓰며, 이번 앨범 수록곡 대부분이 그때 태어난 작품들이다.

이후 시간나는 대로 틈틈이 앨범작업을 했고 지난 10월 3년여 만에 앨범을 완성하며, 섹소폰 창작연주앨범은 이정식에 이어 이번이 두번째다.

『어렵지 않고 쉬우면서도 허술하지 않은 음악을 담으려 했습니다. 재즈의 대중화를 위해서 쉽게 다가갈 수 있어야 한다는 생각에서 죠. 재즈가 결코 어렵지 않다는 사실을 증명하고 싶었습니다.』

이번 앨범에는 《길》《항공》《꿈의 여행》《소금강》등 순수창작곡과 《내사랑 내곁에》《엄마가 누나》등 대중가요의 동요를 리메이크했는가 하면 《내 사랑 좋아》라는 노랫곡도 포함했다.

반면 나머지 《천년사랑》에서는 재즈와 국악의 접목을 시도했다.

이 중 《항공》은 영화 《에이스세일》 배경음악과 M-TV 토크프로그램 《정미홍이 만난 사람》의 타이틀 곡으로 쓰이고 있다.

딱히 라이브 곡을 정하지 않았다. 모든 곡에 정성을 쏟았기 때문이다. 하지만 《소금강》에 남다른 애착을 갖고 있다.

『고향이 없었던 아버지가 고향이 필요나신 때면 손수레를 슬로 탈때문 하셨죠. 어린 마음에도 무척 가슴이 아팠어요. 흔밀을 염원하시면서 아버지 영전에 바치는 곡입니다.』

사실 그의 이번 음악은 어느 정도 케니 지의 대중성을 닮고 있다. 쉽고 편안한 멜로디, 한계의 아름다운 선율이 그렇다. 하지만 그 내용만큼은 판이하게 다르다.

케니 지의 음악이 편안하고 느낌면 그의 젊은 아름다운 선율 속에 다소 우울한 한국적 정서가 짙게 깔려 있기 배문이다.

『한성 연주로 하며 살고 싶다.』는 그는 전문적인 재즈 연주인들이 앞으로 많이 나타나 주길 건절하 바라고 있다.

첫 음반 발매 기사

1년이 지나서 내 여자가 홀연히 나타났다. 독자들 중에도 자기 사랑을 찾고 싶은 사람은 내가 작사 작곡한 〈내 사랑 찾아〉를 불러보라고 권하고 싶다.

아무튼, 그렇게 녹음을 마친 뒤 제작사 사장과 타이틀곡을 협의했다. 나는 〈소금강〉을 타이틀곡으로 하고 싶었는데 사장은 〈길〉로 하자는 의견을 냈다. 나름 대중성이 있는 음악이어서 나도 기꺼이 동의했다. 녹음을 끝낸 게 96년 봄인데, 음반이 실제로 발매된 것은 그해 가을이었다. 녹음이 끝나던 96년 봄까지 나는 녹음 이외의 일은 일절 하지 않았다. 내 모든 역량과 노력을 그 음반에 쏟아붓기 위함이었다. 하지만 결과적으로 이 음반은 대중들에게 크게 알려지지 못했다. 심혈을 기울여 몇 년이나 준비한 음반임에도 판매가 신통치 않아서 속이 많이 상했다. 그때 당시는 연주음반이 드물었고 대중의 관심 밖이었던 점도 있지만 제작사가 PR에 너무 소극적이었던 점도 실패의 한 원인이 되었다. 그나마 재즈를 알고 나에 대해 아는 사람들이 음악을 듣고 놀랐다며 위로인지 칭찬인지를 많이들 해주었다. 이 첫 음반에 실린 음악 가운데 〈천년 사랑〉은 우리 전통 국악의 아름다움을 한껏 표현한 곡으로, 나중에 실제로 녹음을 할 때는 신디사이저와 색소폰 외에 일체의 양악기를 사용하지 않고 장구 반주를 곁들였다.

〈창공〉이란 빠른 템포의 곡은 나중에 최진실이 나오는 영화 〈베이비 세일〉과 TV토크쇼에 시그널 음악으로 삽입되기도 했다. 그나마 대중적으로 알려지는 계기가 되기는 했다.

첫 음반을 내고 이듬해인 97년에 다시 작곡 여행을 떠났다. 부안의 변산반도를 시작으로 남해안을 돌아 포항의 구룡포까지 갔다. 그 과정에서 바다와 하늘의 별을 보면서 두 개의 곡을 만들었다. 〈밤하늘의 별〉과

〈바다〉라는 곡이다. 두 번째 음반에 담을 계획이었는데 나중에 이야기 하겠지만 아쉽게도 이 계획은 계획 자체가 무산되고 말았다. 하지만 정식으로 발표되지 못한 작품임에도 불구하고 나로서는 지금까지 가장 애착이 가는 곡이다. 하늘과 바다, 사람의 인생과 자연에 대한 내 느낌과 생각들을 음악으로 표현한 작품들이고, 케니지가 만든 음악보다 못하지 않다고 내 스스로 위안을 삼고 있다.

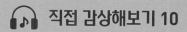 **직접 감상해보기 10**

자작곡 〈길〉 색소폰 연주

자작곡 〈창공〉 색소폰 연주

재즈 클럽 시대

　96년 봄에 첫 번째 앨범의 녹음이 끝나면서 나는 다시 대외 활동을 시작했는데, 처음 한 일이 MBC 드라마 〈아이싱〉의 주제곡 연주였다. 〈아이싱〉은 아이스하키를 주제로 한 스포츠 드라마로, 장동건, 이승연 등 당시 최고의 스타들이 총출동한 인기 드라마였다. 그해 6월과 7월 사이에 월요일과 화요일에 전파를 탔는데, 그 주제가는 본래 어느 가수가 부른 노래로 결정되어 있었다. 그러나 드라마PD는 나의 색소폰 연주를 들어보더니 본래의 가수 노래를 중간에 내리고 나의 색소폰 연주곡으로 바꾸는 모험을 감행했다. 똑같은 멜로디를 가수노래 에서 색소폰연주로 바꾼 것이다. 다행히 시청자들의 반응이 좋았고, 재즈 색소폰 연주자 최광철이 다시 서울로 돌아왔다는 소문이 여기저기 쫙 퍼지는 계기가 되었다. 〈아이싱〉의 주제곡은 색소폰으로 연주한 한국 최초의 드라마 주제

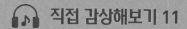

직접 감상해보기 11

MBC 드라마 〈아이싱〉 OST 연주

곡이기도 했다. 그렇게 〈아이싱〉의 주제곡 연주로 나의 귀환이 알려지면서 여기저기서 다시 연락이 왔다. 몇 군데 무대에 섰고 협연도 몇 차례 했다. 그러던 중 오렌지음반이라는 회사의 모 과장님으로부터 만나자는 연락이 왔다. 그렇게 만난 자리에서 그 과장님은 〈카멜롯 서울〉 얘기를 꺼냈다. 〈카멜롯 서울〉은 당시 압구정동에 있던 재즈 클럽으로, 서울에서도 몇 안 되는 전문 재즈 클럽 가운데서도 최고로 꼽히는 곳이었다.

원탁회의로 상징되는 민주주의와 자유의 기치를 내걸고 탄생한 이 클럽은 기존에 있던 재즈 클럽들과는 완전히 수준이 달랐다. 내가 오대산에 가 있는 동안 생긴 클럽이었고, 그래서 나는 미처 가보지 못한 곳이기도 했다.

"최 선생, 오대산 가시기 전에 서울의 재즈 클럽 수준을 한 단계 높이셨다는 얘길 들었습니다."

그 과장님은 그렇게 서두를 꺼냈다. 내가 오대산 입산 전에 드나들며 연주를 하던 서울의 재즈 클럽은 이태원의 〈올 댓 재즈〉와 대학로의 〈야누스〉, 그리고 조금 나중에 역시 대학로에 생겨난 〈천년 동안〉과 〈피플〉 등이었다. 그리고 이 정도가 당시 서울에 있는 재즈 클럽의 거의 전부였다. 재즈 클럽 〈피플〉은 강남 청담동에 나중에 생긴 클럽인데 오픈하기 전에 사장이 나를 찾아와서 재즈 연주를 맡아달라고 부탁을 하였다. 그 때는 내가 방송 출연으로 얼굴이 알려져 있었다. 나는 수락 조건으로 기존의 재즈 클럽 출연료의 두 배를 요구했다. 젊은 사장은 며칠 고민하더니 나의 조건을 수락하였다. 쉬는 시간에 식사와 마실 것도 추가로 약속 받았다. 그런데 이 당시의 출연료가 지금까지도 그대로 이어져 오고 있다고 한다. 참 땅을 칠 일이다. 나는 이때 나를 포함하여 재즈 연주자들이 정당한 대우를 받는 풍토를 만들고 싶었고, 그래서 기존의 출연료보다 두 배나 비싼 출연료를 요구했다. 나와 우리 팀은 물론이고 그 재즈 클럽에서 연주하는 모든 이들에게 그 정도의 출연료를 주어야 한다는 것이 나의 조건이었다. 덕분에 서울 재즈 클럽의 출연료가 단박에 2~3만 원에서 5만원으로 뛰었다. 주인의 입장에서는 그렇게 주고라도 나와 우리 팀을 쓰는 것이 남는 장사였다. 장사가 너무 잘되어서 대기하는 손님이 있을 정도였으니 말이다. 사실 5만원도 큰 것은 아니었다. 그때 당시 초청연주나 행사에 나가면 20~30만 원은 받았기 때문이다. 왜 이렇게 재즈클럽에서는 개런티를 아직도 조금 주는지 이해가 안 된다. 물론 오렌지음반의 그 과장님이 말하는 한 단계 높은 수준이라는 게 우리의 출연료만을 말하는 것은 아닐 터였다.

"〈카멜롯 서울〉의 연주자들은 잭리가 미국에서 직접 불러온 친구들이었습니다. 그야말로 뉴욕의 클럽과 다를 바 없는 수준의 연주를 선보였지요. 그런데 최근 잭리가 서울을 떠나 미국으로 가버렸습니다. 당연히 그 친구들도 모두 돌아갔지요. 임시로 서울에서 연주자들을 찾아 운영하고 있긴 한데, 저희 손님들 수준이 아주 높습니다. 최 선생께서 도와주시면 좋겠는데, 어떠신지요?"

설명을 들으니 대강의 사정을 알만했다. 그리고 그 정도 수준의 재즈 클럽이라면 무대에 서도 좋겠다는 판단이 섰다. 그래서 나도 조건을 제시했다.

"출연료를 7만원으로 합시다. 지금 서울의 대다수 재즈클럽 출연료가 내가 오대산 가기 전에 올린 5만원인데, 〈카멜롯 서울〉이 정말 최고라면 출연료도 최고여야죠."

그리하여 나는 다시 팀원들을 이끌고 〈카멜롯 서울〉의 무대에 서게 되었다. 드라마 주제곡의 히트와 나의 과거 활동 이력 등이 알려지면서

〈최광철 Jazz Port〉팀과 함께 재즈클럽에서
왼쪽부터 저자, 재즈 베이시스트 전성식, 재즈 피아니스트 원영조, 재즈 드러머 안기승

나와 우리 팀은 단박에 손님들을 사로잡았다. 우리 밴드가 출연하는 수요일엔 특히 손님들의 반응이 좋았다. 연예인들을 비롯하여 소위 상류 10퍼센트에 속한다는 사람들이 드나드는 클럽인지라 소문도 빨랐다. 결국 수요일만 하지 말고 주말에도 해달라는 부탁이 왔고, 나중에는 아예 일주일 내내 해달라는 요청이 왔다. 나는 일종의 음악감독 역할과 일부 색소폰 연주를 직접 맡기로 하고, 요일별로 팀을 꾸려 순서대로 출연하도록 했다. 그렇게 팀을 꾸리니 30~40명의 출연자가 되었고, 이는 당시 서울에서 활동하던 재즈 연주자들 대부분을 포함하는 것이 되었다. 말하자면 서울에서 활동하는 재즈 연주자 대부분이 나의 팀원이 되어 〈카멜롯 서울〉에서 공연을 하고, 이전과는 비교도 할 수 없이 좋은 대우를 받을 수 있게 된 셈이었다.

이렇게 재즈 연주로 명성을 쌓고 실력을 인정받게 되면서 나는 나 개인이 아니라 내 주변과 사회를 위해서도 일종의 영향력을 끼칠 수 있다는 사실을 실감하게 되었다. 오대산 입산 전에 재즈 클럽 연주자들의 출연료를 2만원이나 3만원에서 5만원으로 올릴 때만 해도 그런 의식이 별로 없었다. 그 혜택을 볼 수 있는 연주자의 숫자가 퍽 적었던 때문이다. 하지만 그 출연료를 다시 7만원 수준으로 올리고(나중에 9만원까지 올림) 그 혜택을 볼 수 있는 사람의 숫자가 크게 늘어나자 나 스스로의 생각도 바뀌었다. 내가 가진 영향력에 대한 자신감이 커진 측면도 없지 않지만, 반대로 그 힘을 사회를 위해 선하게 사용하지 않으면 안 된다는 책임감도 막중해진 것이었다.

홍대 소극장 재즈 공연

〈카멜롯 서울〉 재즈 클럽에서의 연주자 겸 음악감독 생활은 1년 정도 이어졌다. 그러다가 어느 날 재즈클럽이 다른 사람의 손에 넘어가게 되면서 갑자기 일을 그만두게 되었다. 클럽은 〈원스 인 어 블루문〉이라는 새로운 간판을 내걸었고, 재오픈을 위한 리뉴얼 공사가 진행되면서 우리 팀은 모두 해산하게 되었다. 1년 정도의 클럽 활동에 신물이 나기도 했던 나는 속으로 쾌재를 부르며 기꺼이 무직자의 생활로 돌아왔다. 하지만 그런 여유의 기쁨은 그리 오래 지속되지 못했다. 새 클럽을 인수한 사장이 제발 토요일 하루만이라도 맡아달라고 여러 차례 청하는 것을 끝내 거절할 수가 없었던 것이다. 그런데 새로 클럽을 인수한 이 임재홍 사장이 또 대단한 수완가였다. 홍보이사를 두 명이나 두고 국내외 최고의 VIP들에게 빠짐없이 공을 들이더니 금방 사업을 안정적인 궤도에 올

1997년 재즈클럽 〈원스 인 어 블루문〉에서 재즈 보컬리스트 BMK 및 베이시스트 서영도와 함께

려놓고 국내 최고의 재즈 클럽으로 만들었다. 한마디로 마케팅의 천재였다. 재즈 클럽에서의 활동 외에 나의 색소폰 1집 활동, 하성호 선생이 이끄는 서울 팝스 오케스트라와의 협연, 김덕수 사물놀이패와의 협연 등이 그 무렵 주요 일과 가운데 하나였다. 그러다가 97년 연말에 청와대에서 클린턴 대통령을 놀라게 하는 연주를 선보이게 되었던 것이다. 그 사이 오대산에서의 입산수도와 같은 연습, 그를 통한 된장 재즈, 꺾기 주법, 순환호흡의 완성이 없었더라면 아마도 청와대 공연 역시 밋밋하고 맹숭맹숭하게 끝났을 것이었다. 그리고 그랬다면 클린턴 대통령에게 한국에도 뛰어난 재즈 뮤지션이 있다는 사실을 알릴 기회도 없었을 것이다. 무엇보다도 그런 기회가 내게 왔다는 사실에 나는 지금도 감사한 마음을 갖고 있다. 그 전에 준비를 끝낼 수 있었다는 것 또한 얼마나 감사한 일이랴.

그리고 그 후에 나는 또 다른 도전을 기획하는데 그것은 재즈 연주를 재즈클럽이 아닌 소극장에서 최초로 콘서트 형식으로 해보는 것이었다. 술손님들을 위한 단순 연주가 아니라 연주 자체를 청중과 더불어 즐길 수 있는 무대를 만들어보고 싶다는 생각을 가지게 되었다. 그리하여 홍대 인근의 소극장에서 재즈 공연을 시작하게 되었다.

150석 정도의 객석이 있는 소극장에서 매주 정기적으로 공연을 펼쳤는데, 당시 내로라하는 가수들이 총출동하기로 되어 있었다. 소극장에서의 정기적인 재즈 공연도 새로운 시도지만, 그렇게 많은 톱 가수들이 우정출연을 해주는 것도 전무후무한 일이었다. 김건모, 김수희, 김장훈, 김종환, 김준, 박상민, 박성연, 박영미, 봄여름가을겨울, 변진섭, 신효범, 안치환, 윤시내, 이기찬, 이동원, 이소라, 장사익, 장혜진, 정구련,

최희준, 한스밴드(가나다순) 등의 가수들이 우정출연 약속을 해주었다. 전화는 내 매니저가 아닌 내가 직접 했고 다들 방송에서의 인연과 친분으로 기꺼이 허락을 해주었다. 색소폰 연주자의 재즈 콘서트에 이렇게 대단한 가수들이 그렇게나 많이 우정출연을 한다는 것은 더 이상 없을 거라고 생각된다. 이 글을 통해 감사의 인사를 드린다.

그렇다면 유명 가수들이 나의 무대에 기꺼이 서기로 했던 것은 왜일까? 지금 와서 생각해보면 두 가지 정도의 이유를 찾을 수 있겠다.

첫째는 나와의 개인적인 친분 때문이었을 수 있다. 방송국에서 맺은 인연이든 음반 녹음 과정에서 맺은 인연이든, 실제로 이들 가수들 중에는 나와 상당히 친밀한 인연을 맺은 분들이 많았다. 그런 가수들 중에 가창력이 뛰어난 가수들만 우선 섭외했음은 물론이다.

둘째는 순수한 음악적 실험을 위해 참여하고 싶어 하는 가수들도 있었다. 그리고 그때 당시에는 나를 비롯한 재즈 연주자들과의 합동 공연은 언제 어디서나 쉽게 경험할 수 있는 것이 아니어서 당연히 많은 가수들이 이 무대에 주목하고 참여를 희망했던 것이다. 아무튼, 관심을 끌었던 이 소극장 공연은 막을 올렸고 한동안 계획대로 잘 진행되었다. 하지만 애초의 계획과 달리 중간에 갑자기 공연이 중단되고 말았다. 이 예기치 못했던 사태의 원인 제공자는 다름 아닌 나였다. 말하자면 내 사정으로 인하여 이 대규모 공연 일정이 어느 날 갑자기 중단된 것이다.

'최광철과 재즈포트'
콘서트

최광철
재즈음악회

Choi
Kwang
Chul
Jazz Port
Concert

홍익대

서교호텔   영빈예식장
●'예' 소극장
주택은행

강남예식장

장소 : 홍대앞 소극장 '예'   Tel : (02)322-0082,0152

일시 : 1999년 3월12일(금)부터 매주 금요일 오후 7시30분

입장권 : 15,000원

출연진 : '최광철과 재즈포트'
     최광철(색소폰), 전성식(베이스), 임미정(피아노), 이진우(드럼)
     - 장기공연중 멤버들의 변동이 있을 수 있습니다.

우정출연 : 김건모, 김수희, 김장훈, 김종환, 김준, 박상민, 박성연, 박영미,
     봄 여름 가을 겨울, 변진섭, 신효범, 안치환, 윤시내, 이기찬, 이
     동원, 이미키, 이소라, 장사익, 장혜진, 정구련, 최희준,
     한스밴드 외 다수 (매주 1인 출연)

주최 : 공연기획사 임프레션스 S&E

후원 : 재즈전문월간지 'Doo Bop'

공연문의 : 임프레션스 S&E Tel:(02)604-6737 / Fax:(02)604-6730
     CP: 017-343-1076

E-Mail : bluetrain@koreamusic.net

'클린턴도 반한 색소폰' 최광철 첫 콘서트

12월까지 매주 금요일
홍대앞 소극장 '예'서

『제 이름을 걸고 하는 첫 콘서트에요.』청와대에서 클린턴을 매료시켰던 주인공 최광철(38·소프라노 색소폰(사진)이 이번엔 장기 콘서트에 들어 간다. 12월까지 매주 금요일마다 소극장 「예」에서 벌어지는 「최광철과 재즈 포트 콘서트」. 전성식(베이스) 임미정(피아노) 이진우(드럼)등 후배 재즈맨들과 만든 「최광철과 재즈 포트」에 인기 가수들이 번갈아 탑승한다. 김건모 이소라 김수희 김준 사익 윤시내 박상민등 방송과 세션 활동으로 언분을 맺게 된 22명에게 직접 출연을 부탁, 성사됐다. 최회 준의원도 승낙했다.

『한국적·국악적 재즈 토착화의 시험장이죠.』자기 이름을 내걸고, 갖는 장기 무대의 자리매김이다. 애초 케니-G식의 팝 스타일이었다, 지금은 대금 소리가 무색할 정도로 완전 발지(脫脂)된 그의 색소폰.

콘서트에서는 재즈적 변주와 편곡을 가미, 자신의 창작곡들을 선보인다. 통일을 염원, 국악적 5음 계로만 지은 「소금강」이 이번에는 케니-G적 팝으로 탈바꿈한다. 또 MBC-TV 토크쇼 「정미홍이 만난 사람」의 시그널 뮤직으로 잘 알려진 「창공」은 상큼한 퓨전이 된다.

98년 10월 자작곡 「이제는 만나야 한다」를 초연, 실향민으로 살다 가신 아버지의 한을 풀어드렸다. 7월이면 MBC에서 그를 끌격으로 한 통일 기원 음반도 발표된다. 이제는 재즈맨으로서 평가받고 싶다는 바램이다. PC 통신등을 통해 객석의 반응을 살펴, 연주 스타일을 계속 고쳐나갈 생각.

『앞으로는 양로원 순회 연주회도 갖겠어요.』관련 PC 통신은 유니텔상의 go jazz-블루 노트-한국의 재즈맨. 게스트는 12일 신진 재즈-록 그룹 「한스밴드」, 19일 장혜진, 26일 박영미. 매주 금요일 오후 7시 30분, 홍익대앞 「예」소극장. (02)604-6737.　　/장병욱기자
aje@hankookilbo.co.kr

홍대 소극장 공연 포스터와 관련 기사

내가 만난 스타들

홍대 소극장에서의 공연이 중단된 사연을 털어놓기 전에, 재즈 색소폰 연주자 한 사람의 공연에 기꺼이 우정출연을 해주기로 약속했던 스타들에 대한 얘기를 좀 더 해보려 한다. 말하자면 내가 만난 스타들과의 인연 이야기인데, 당시 홍대 소극장 공연에 출연하기로 약속한 가수들과 그렇지 않은 가수들을 통틀어 몇 사람을 소개해보려 한다.

가장 먼저 생각나는 가수로 최유나 씨가 있다. 1987년에 데뷔하여 상당 기간 무명가수로 지내다가 1992년에 발표한 노래 〈흔적〉이 크게 히트를 치면서 스타덤에 올랐다. 당시 서태지와 아이들을 중심으로 빠른 템포의 음악들이 주류를 이루고 있었는데 〈흔적〉은 느리면서도 감성적인 음악이어서 더욱 주목을 받았다. 노래도 노래지만 김순곤 씨가 쓴 아름다운 가사도 인기를 끌어서 이러저런 상을 많이 받았던 것으로 기억된다.

가수들 가운데 유독 최유나 씨가 가장 먼저 기억에 떠오른 이유는 내가 처음으로 곡을 준 가수였기 때문이다. 나는 지금까지 가수들에게 정식으로 곡을 줘 본 적이 없는데, 대부분 나의 사정으로 일이 성사되지 못했다. 재즈공부에 몰두한 나머지 여러 곡을 만들기는 했지만, 이를 가수들에게 줄 시간과 관심이 부족했다. 앞으로는 찾아가서 줄 생각이다.

가수 최유나에게 곡을 처음으로 준 것은 〈흔적〉이 히트하고 있을 때이다. 음악 전문 컴퓨터인 아타리로 작업한 곡 중에 최유나 씨에게 어울린다고 생각한 곡이 있어 마침 TV 방송 음악프로에서 만난 김에 대기실에서 그녀에게 주었는데, 얼마 지나지 않아 만나자는 연락이 왔다. 당시 최유나의 소속사 대표가 그녀의 매니저도 겸하고 있었는데, 처음 만난 자리에서 최유나의 소속사 대표는 "최선생 곡이 최유나의 음색이나 분위기에 아주 잘 맞는 것 같습니다. 거기다가 방송국 드라마 PD가 이 곡을 마음에 들어 해서 주제곡으로 쓰려고 하니 더없이 좋습니다"라고 이야기해서 기분이 좋았다.

"드라마 제작 피디가 드라마의 내용을 미리 알려줄 테니 작사에 반영해 달랍니다."

소속사 대표 역시 기대와 희망에 한껏 부풀어 있는 목소리였다. 그 대표는 그 당시 최고 잘 나가는 작사가 김순곤 씨를 불러서 나와 인사까지 시켜주었다. 하지만 이런 계획은 다시 며칠 후 갑자기 일거에 없던 일이 되어버리고 말았다. 최유나의 소속사와 이미 계약을 맺고 있던 작곡가가 '불가'를 통보해왔기 때문이다. 자신이 작곡한 곡이 아닌 제3자의 곡은 이유여하를 막론하고 최유나가 불러서는 안 된다는 것이었다. 어떻게 그런 내용의 계약이 있을 수 있는지 지금도 상상이 잘 가지 않는 일이지만, 당시 실제로 계약 내용이 그렇게 되어 있다고 했다.

"최 선생, 미안합니다. 법적인 문제가 걸린 일이라 저도 어쩔 수가 없습니다."

소속사 대표의 목소리에도 힘이 빠진 기운이 역력했는데, 실망스럽기는 나 역시 마찬가지였다.

가수 신효범은 굳이 설명이 필요 없는 우리나라의 대표적인 디바로 꼽힌다. 풍부한 성량과 날카로운 고음으로 듣는 이를 압도하는 신효범의 노래는 1980년대 후반부터 1990년대까지 꾸준히 인기를 끌었는데, 그녀의 수많은 히트곡 중에서도 가장 대표적인 곡이 〈난 널 사랑해〉다. 1993년 연말에 발표된 그녀의 4집 앨범에 수록된 곡이고, 1994년 5월에 연속 두 차례나 〈가요 톱 10〉 1위를 차지하는 등 그해 내내 인기를 끌었었다.

그런데 신효범에게는 그 전에도 히트곡이 있었다. 〈언제나 그 자리에〉란 곡으로, 1993년에 MBC의 가요 순위 프로그램에서 1위를 하는 등 역시 큰 인기를 얻었다. 이 노래의 작곡자가 후배 홍성규로, 나와도 이전부터 친분이 있었다. 그런데 신효범의 새 앨범을 준비한다며 내게 전주, 간주 연주를 부탁해왔다. 유명 가수들의 음반 녹음에 세션으로 참여하는 것은 당시의 내게는 흔한 일이었다. 재즈 색소폰 연주자가 많지 않던 시절이어서 사실 이정식과 내가 거의 색소폰 연주를 도맡아 하다시피 하던 시절이다.

그리하여 홍성규의 부탁을 받고 경기도 문산에 있는 한 녹음실로 가게 되었고, 녹음은 별 문제없이 잘 진행되었다. 그런데 뜻하지 않게도 나의 연주를 가만히 지켜본 또 다른 한 사람이 있었다. 작곡가 신성호라는, 당시의 내게는 낯선 인물이었다.

"이번에 신효범 씨 앨범에 들어갈 곡을 하나 만든 신성호라고 합니다. 이 녹음 때문에 급하게 귀국을 했습니다."

알고 보니 미국에서 공부를 하고 있는 친구였고, 녹음이 끝나면 곧 출국할 것이라고 했다. 그런데 왜 갑자기 나를 보자고 한 것인지 알 수 없었다.

"조금 전 최 선생의 연주를 들어봤는데, 소프라노 색소폰 소리가 너무 좋으니 제 곡에도 전주, 간주를 연주해주시면 고맙겠습니다."

그러면서 신성호라는 그 작곡가 말이, 전에는 전혀 계획이 없었는데 내 색소폰 연주를 넣어보고 싶다는 거였다.

"아직 공식적으로 발표된 것은 아니지만 사실 이번 새 앨범의 타이틀곡은 제 곡으로 이미 결정되어 있습니다."

내가 거절을 할지도 모른다고 생각했는지 그는 또 다른 당근까지 내밀었다. 당시 한 장의 새 음반에는 보통 12곡 정도의 노래가 들어갔는데, 히트를 위해서는 타이틀곡의 위치를 점하는 것이 무엇보다 중요했다. 말하자면 12곡 중에서 우선 첫 자리를 차지해야 방송 등에 나갈 확률이 높아지는 것이었다. 그런데 이런 타이틀곡은 사실 사전에 결정되는 것이 아니고, 모든 곡의 녹음이 끝난 상태에서 음반사 대표를 포함한 사람들이 최종 결정을 하는 것이 보통이었다. 그런데 신성호라는 이 작곡가는 자신의 노래가 이미 타이틀곡으로 내정되어 있노라고 장담을 하고 있는 것이었다.

하지만 내게는 그 노래가 타이틀곡으로 내정되어 있느냐의 여부보다 더 중요한 문제가 있었다. 바로 그 녹음실에 나를 부른 사람이 따로 있다는 것이었다. 말하자면 새로운 작곡가의 제안을 나 혼자 선뜻 수락할 형편이 아니었다. 그런데 다행히도 애초에 나를 부른 홍성규 작곡가는 선선히 응낙을 해주었다. 자기는 별 상관없다는 것이었다. 후배 홍성규는 그렇게 착한 사람이다.

나는 처음 만난 작곡가와 그가 만들었다는 음악을 들어보았다. 그런 끝에 나는 생각했다 '처음 도입 부분을 아주 세게 나가야겠다.'

나는 생각을 굳혔다. 내 생각에 신효범 노래를 더욱 멋지게 살려내기 위해서는 처음부터 강력한 사운드가 필요할 것 같았던 것이다. 나는 이미 녹음되어 있던 음악을 다시 들어보고, 몇 차례 색소폰의 음정을 가다듬어본 후 곧장 녹음에 들어갔다. 그리고 녹음은 단 1회로 완성되었다. 그렇게 탄생한 곡이 〈난 널 사랑해〉다. 본래는 같은 음반에 수록된 다른 노래를 녹음하러 갔다가 우연치 않게 이 노래의 녹음까지 하게 된 것이다.

이런 일이 생긴 게 1993년이었다. 새 음반은 그해 연말에 발표되었고, 각종 음악상 시상식이며 연말 특집 프로그램들에 이 노래가 방영되었다. 생방송일 때는 나도 무대에 서서 직접 색소폰을 불었다. 노래는 곧장 히트곡의 반열에 들었고, 이듬해 봄과 여름까지 줄곧 상위권 차트를 유지했다. 그렇게 내가 녹음에 참여한 신효범의 노래가 최고의 전성기를 구가하던 무렵에 나는 짐을 싸들고 오대산으로 들어갔었다. 주변에서 나를 말리던 사람들이 가장 먼저 앞세우는 이유가 된 것이 〈난 널 사랑해〉의 인기일 정도로 이 노래는 크게 히트했다.

신효범은 내가 아는 가수들 중에도 가장 성실하게 노력하는 가수 중 한 명이다. 최고의 인기가수가 되었음에도 그녀는 재즈를 공부하고 작곡을 배워 마침내 싱어송 라이터의 위치에도 올라갔다. 대중가수 중에 음악과 연주 자체에 가장 진지한 열정을 기울이는 사람으로 나는 신효범을 빼놓을 수가 없다.

한 시대를 풍미한 발라드의 왕자, 가수 변진섭도 잊혀지지 않는 한 사람이다. 1987년에 데뷔하자마자 발라드의 왕자로 등극하면서 우리나라 발라드 장르를 대중들에게 유행시킨 장본인이다. 나와의 인연은 방송 외에도 1990년에 변진섭이 'MBC 10대 가수왕'을 하고 부산에서 콘서트를 할 때 같이하면서 더 친해졌다. 변진섭이 지금의 부인과 한참 연애를 하고 있을 때의 얘기다. 하루는 나를 술집으로 불러내더니 뜬금없이 자기에게 색소폰을 좀 가르쳐 달라는 것이었다. 그러면서 결혼식 때 신부를 위해서 자기가 직접 케니지의 〈포에버 인 러브(Forever in Love)〉를 색소폰으로 연주해주고 싶다고 했다. 아무리 한 곡만 가르치는 것이라고 해도 처음 색소폰을 불어보는 사람에게는 상당한 시간이 필요한 일일 터여서 내가 다시 물었다.

"시간이 되겠어?"

"해봐야지."

스스로도 자기의 바쁜 스케줄을 알기 때문인지 대답이 다소 미지근했다. 아무튼 그럼에도 우리는 그의 집에서 색소폰 교습을 시작했다. 변진섭 어머니가 해주시는 맛있는 밥까지 얻어먹어가며 몇 차례 교습을 했는데, 결국 나중에는 시간을 맞추지 못했다.

"형, 도저히 시간을 낼 수가 없어."

역시 처음부터 걱정하던 일이 현실이 되었던 것이다. 그리고 그 순간 나는 직감했다. 결국 그의 결혼식에서 색소폰 연주는 내가 하게 되리란 걸 말이다.

직감은 실제로 현실이 되었는데, 나의 색소폰 연주보다 더욱 놀라운 광경이 그 결혼식에서 펼쳐졌다. 서교동의 한 호텔에서 진행된 결혼식에서는 두 팀이 축가를 부르고 연주했는데, 내 앞에 나선 팀이 그야말로 전대

미문의 축가 합창단이었다. 대강 생각나는 이름들만 거명해도 이선희, 이
승철, 조갑경, 정수라, 김혜림 등 당시 최고의 몸값을 자랑하던 가수들
이었다. 방송국에서 연말 특집방송을 해도 이 가수들을 한자리에 불러
모으기란 쉽지 않을 정도였다. 그만큼 사람 좋은 친구가 변진섭이었다.

최희준 선생은 내가 만난 가수 가운데 한 명이라기보다는 음악계의 원
로로 소개하고 싶은 분이다. 서울대 법대를 다니던 시절에 교내 음악 콩
쿨에서 샹송을 불러 입선한 것이 계기가 되어 가수가 되었고, 1958년부
터 미8군 무대에 섰다. 1960년 〈우리 애인은 올드미스〉로 정식 데뷔했
으며, 이후 〈맨발의 청춘〉, 〈하숙생〉 등의 히트곡을 연달아 내놓으며 60
년대 최고의 가수로 등극했다. 스윙 재즈풍 음악을 히트시킨 장본인이
기도 하다. 1964년부터 1966년까지 TBC 가요대상 3연패를 기록했고,
1966년에는 MBC 10대 가수상에서 가수왕으로 선정되기도 하였다.

그러다가 1995년 새정치국민회의 발기인으로 정계에 입문하여 이듬해
제15대 안양 동안갑 국회의원에 당선되어 '가수 출신 정치인 1호'가 되
었다. 최희준 선생은 실질적인 업적도 많이 남기셨다. 가장 대표적인 것
이 일반음식점에서 프로 음악인들이 공연을 할 수 있도록 합법화한 것이
다. 사실은 최희준 선생에게 이 일을 추진하도록 내가 자세한 설명과 부
탁을 하였는데, 그분도 "이일은 우리 음악인들을 위해 꼭! 해야 할 일이
다. 좋은 정보를 줘서 고맙다" 하면서 흔쾌히 수락하셨다. 맥주나 간단
한 식사를 판매하기도 하는 재즈클럽은 당시나 지금이나 일반음식점으
로 영업 신고를 하게 된다. 각종 제약도 많고 아가씨들이 나오는 퇴폐적
술집으로 인식되는 유흥주점이나 단란주점 따위로 영업 허가를 내지는
않는 것이다. 그런데 문제는 일반음식점의 경우 밥이나 술은 팔 수 있지

만 공연을 할 수 없다는 제약이 있었다. 재즈클럽인데 재즈 공연을 할 수가 없는 것이다. 구청에서는 수시로 공무원들이 나와 클럽을 단속했고, 심한 곳은 영업정지 처분 등을 당하기도 했다. 그래서 내가 국회의원이 된 최희준 선생에게 "서울에 요즘 재즈클럽이 많이 생기고 있는데, 구청의 단속이 심해서 가수나 연주자들의 원성이 이만저만이 아닙니다. 재즈클럽이나 라이브카페 사장들도 난리입니다. 일반음식점에서도 공연이 허용되도록 법을 바꾸어야 합니다"라고 약간 흥분된 목소리로 이야기하였다. 나의 제안은 최희준 의원에게 받아들여졌고, 실제로 그의 주도로 법이 바뀌게 되었다. 다만 모든 형태의 공연이 허용된 것은 아니고, 프로 가수와 연주자들만의 공연이 허락되는 것으로 바뀌었다. 하지만 프로와 아마추어의 경계가 애매하여 이제는 일반음식점에서의 공연을 문제 삼는 일은 거의 사라지게 되었다. 오늘날 재즈클럽을 비롯한 각종 라이브카페나 음식점에서 가수와 연주자들의 공연이 아무런 제지 없이 이루어질 수 있는 것이 모두 최희준 의원 덕분이다. 밤무대에서 일하는 음악인들을 위해 정말 큰일을 한 것이다. 아직도 이런 이야기를 아는 사람이 별로 없다. 그래서 기쁜 마음으로 밝힌다.

가수 김수희 씨 역시 구구절절 설명이 필요 없는 우리 시대의 대스타다.

내가 군대 가기 전 밤무대의 무명시절에 〈멍에〉, 〈포옹〉, 〈정거장〉 등의 노래를 듣고 팬이 되었다. 당시 〈창밖의 여자〉, 〈생명〉 등의 노래를 듣고 충격 받아 가수 조용필 씨의 팬이 된 것과 같다. 그때 당시 나는 이 두 분의 열렬한 팬이었다. 그리고 세월이 흘러 한창 방송국에 드나들던 무렵에 그녀의 〈애모〉가 처음 나왔는데, 내가 참여하던 방송에도 여러 차례 출연을 하게 되었다. 그때마다 나는 기쁜 마음으로 그 노래의 전주

부분이나 간주 부분을 색소폰으로 화려하게 연주해주었고, 머지않아 이 노래는 김수환 추기경까지 애창곡으로 꼽을 만큼 공전의 히트를 치게 되었다. 애초 음반에 하모니카 전주로 되어 있던 부분을 내가 색소폰으로 새롭게 연주를 해주게 된 일은 내가 김수희 씨의 열렬한 팬이기도 하고 프로 연주자로서 할일이기도 했다. 그러던 1997년 여름의 일이다. 당시 나는 그 한 해 전에 낸 1집 음반에 이어 2집 음반을 내기 위한 작곡 여행을 하고 있는 중이었다. 1집 음반의 경우 별로 빛을 보지 못했는데, 같은 음반사에서 나의 음반과 거의 같은 시기에 이소라, 봄여름가을겨울, 김장훈의 음반이 동시에 나온 탓이 컸다. 말하자면 이들 히트곡 제조 스타들의 그늘에 가려 내 음반은 변변한 홍보의 기회 한 번 갖지 못했던 것이다. 그렇게 나의 첫 음반이 사장되어 가는 걸 쓸쓸히 지켜보다가 나름대로 다시 기운을 차리고 2집 앨범을 내기 위해 작곡 여행을 떠난 참이었던 것이다. 변산반도에서 시작해 남해안을 돌아 포항의 구룡포까지 이어지는 여정을 계획하고 있었는데, 변산반도에 체류하고 있을 무렵에 김수희 씨의 연락을 받게 되었다.

"〈애모〉 이후 이번에 새롭게 〈부적〉이라는 곡을 발표하는데, 최광철 씨가 꼭 색소폰 연주를 해줬으면 좋겠어요."

대가수의 부탁이긴 했지만 나는 겸손하게 거절했다. 당시 나는 나 자신의 2집 앨범에만 몰두하고 있었고, 다른 가수들의 음반에 세션으로 참여하는 일은 일절 거부하고 있는 참이기도 했다.

"그냥 전주나 간주 부분의 연주를 해달라는 게 아니에요. 내가 부른 〈부적〉을 연주음악으로도 따로 실을 계획인데, 그 연주를 좀 해달라는 거예요."

그때 당시에는 타이틀곡을 음반 맨 마지막에 연주로 넣는 게 유행이었다. 그때 마침 내 옆에서 우리의 통화를 같이 듣고 있는 사람이 한 명 있었다. 여행의 동반자이자 그 전에 오대산의 별장을 빌려준 형님이었다.

"그런 거라면 해야지. 나도 김수희 씨 엄청 팬인데 나도 구경 좀 해보자. 운전은 내가 해주께."

그렇게 주위의 성화를 들으며 내가 망설이는 사이 다시 김수희 씨의 목소리가 수화기를 타고 넘어왔다.

"길옥윤 선생 돌아가신 뒤로는 최광철씨 연주가 최고라고 생각해요."

더 이상 거절할 수가 없었다. 나는 잠시 여행을 미루고 서울로 올라갔다. 그리고 〈부적〉의 색소폰 솔로 연주를 정성과 심혈을 기울여 불었다. 실제로 이 음악은 다음 번 앨범에 나의 연주로 수록되었다.

그렇게 녹음을 끝내고 있었는데, 거기서 가수 김종환을 처음 만나게 되었다.

"안녕하세요? 가수 김종환입니다."

인사를 건네오는데 이름은 익숙하고 얼굴은 낯선 이였다. 당시 김종환은 드라마 〈첫사랑〉의 주제곡이 된 〈존재의 이유〉란 노래로 잘 알려진 가수였는데, 안타깝게도 드라마를 통해 무수히 그 노래를 듣고 따라 부르던 이들 중에도 그의 얼굴을 아는 이는 드물었다. 말하자면 얼굴 없는 인기 가수가 당시의 김종환이었다. 그날 거기서 내가 그를 만나게 된 것은 그가 만든 신곡 하나가 김수희 씨의 새 앨범에 실리게 되었기 때문이었다. 노래를 처음 만들 때 김종환은 〈존재의 이유 2〉라는 제목을 붙였던 모양인데 이를 김수희 씨가 〈아모르(사랑)〉라는 제목으로 바꾸었다고 했다. "〈아모르〉의 전주 부분 연주도 꼭 좀 부탁드립니다."

신효범의 다른 노래를 연주해주러 갔다가 〈난 널 사랑해〉까지 연주하게 되었던 것과 다를 바 없는 상황이 다시 벌어졌다. 김종환이 만든 〈존재의 이유2 〈아모르〉〉를 들어본 나는 기꺼이 세션으로 참여하기로 했다. 이렇게 만나게 된 가수 김종환과의 인연에 대해서는 뒤에서 다시 소개하기로 하고 여기서는 다시 김수희 씨 얘기로 돌아가보자.

이 당시 김수희씨가 발표한 새 앨범의 타이틀곡은 〈부적〉이었다. 내가 애초에 작곡 여행을 잠시 중단하고 상경한 이유가 되었던 곡이고, 해금 연주로 시작되는 곡이었다. 그런데 히트가 된 곡은 의외로 내가 색소폰으로 전주 간주를 연주한 〈아모르〉였다. 사실 나는 그 음반에 있는 곡 중에 〈단현〉이라는 곡이 마음에 들었다. 김수희씨 초창기의 히트곡 〈멍에〉나 〈포옹〉과 비슷한 분위기의 노래여서 김수희씨의 끈끈하고 애절한 창법이 돋보이는 노래였는데 타이틀곡이 안 돼서 아까웠다. 그래서 나중에 내 색소폰 음반에 넣어서 약간 꺾으며 연주했다.

내가 〈아모르〉의 흥행에 얼마나 기여했는지는 잘 모르겠지만, 우연한 만남이 예상치 못한 결과를 만들어낸 또 하나의 사례로 내 기억에는 남게 되었다. 지금은 김수희 씨에게 형수님이라고 부른다. 그의 남편하고 호형호제하기 때문이다.

김수희씨 와의 인연을 소개하면서 언급했던 김종환은 가수로도 유명하지만 작사가이자 작곡가로도 일가를 이룬 음악인이다. 김수희의 〈아모르〉 이전에 민해경의 〈미니스커트〉도 그가 만든 노래고, 나중에는 노사연의 〈바램〉도 만들었다. 이렇게 다른 가수들의 히트곡을 작사 작곡하는 외에 그 스스로도 노래를 불러 여러 곡을 히트시켰는데, 대표적인 곡이 앞서 언급한 〈존재의 이유〉다. 이어 1997년에는 〈사랑을 위하여〉로 마침내 얼굴까지 알려지는 스타의 반열에 올라서게 되었다. '이른 아침에 잠에서 깨어 너를 바라볼 수 있다면, 물안개 피는 강가에 서서 작

김수희, 〈아모르〉 세션연주

김수희, 〈부적〉 세션연주

은 미소로 너를 부르리. 하루를 살아도 행복 할 수 있다면 나는 그 길을 택하고 싶다. 세상이 우리를 힘들게 하여도 우리 둘은 변하지 않아.' 절절한 노랫말과 감수성 넘치는 노래는 이내 중장년은 물론 소녀층 팬까지 확보하며 국민가요의 반열에 올랐다. 그런 김종환이 어느 날 내게 전국의 대도시를 순회하는 투어 공연 얘기를 꺼냈다.

"많이는 안 해도 되고, 딱 한곡만 색소폰 연주를 해줘요."

이전에 대학로 소극장에서 처음 콘서트를 했던 김수희 씨의 공연에서 내가 색소폰을 연주하면서 하는 순환호흡으로 많은 박수와 호응을 목격한 김종환의 부탁이었다. 그렇게 우리는 전국의 주요 도시들을 돌며 같이 공연을 하고, 술잔을 기울이며 우정을 쌓아나갔다.

마지막으로 가수 안치환과 성악가 박인수 교수, 그리고 내가 작사 작곡한 노래 〈이제는 만나야 한다〉 이야기를 조금 추가해보려 한다. MBC에서는 1998년에 정부수립 50주년 특별기획으로 남북 이산가족 상봉을 주제로 한 〈이제는 만나야 한다〉를 편성하고 방송했는데, 이산가족들의 이야기를 보면서 나 개인적으로도 흐르는 눈물을 주체할 수가 없었다. 이산가족들의 절절한 사연과 애타는 그리움의 이야기는 결코 남의 이야기가 아니었다. 내 아버지가 바로 그런 실향민이었고, 아버지는 결국 할아버지와 할머니를 만나지 못한 채 숨을 거두었다. 그런 실향민의 자식으로 살면서 나 역시 알게 모르게 피해자가 되기도 하였다. 나뿐만 아니라 형제들과 어머니 모두 전쟁의 또 다른 피해자이자 넓은 의미의 이산가족이었다. 그런 안타까움과 슬픔, 이산가족의 만남을 더 이상 미뤄서는 안 된다는 내 나름의 염원을 담아 곡을 하나 작사하고 작곡했다. 제목은 방송의 프로그램 제목 그대로 〈이제는 만나야 한다〉로 했다. 나는 이 노래가 단순한 하나의 가요가 아니라 이산가족의 상봉과 남북의 통일을 기원하는 남북한 주민 모두의 노래가 되기를 소망했다. 제2의 〈우리의 소원은 통일〉이 되기를 바랐던 것이다.

며칠의 고민과 작업 끝에 완성된 곡을 임시로 녹음하여 몇몇 사람들에게 들려주었다. 대체로 평이 좋았는데, 홍대 앞에서 정신병원을 운영하고 계시던 김유광 박사는 '가사를 조금 더 다듬으면 좋겠다'는 의견을 내셨다. 연극이나 음악 공연 등을 통한 정신질환 치료 분야의 선구자로, 본인의 병원 지하를 공연장으로 만든 분이다. 내가 홍대 앞 소극장에서 공연을 할 때 사용한 공연장이 바로 이 분의 공연장이었다.

그리하여 만나게 된 분이 한양대의 이건청 교수였다. 시인이자 국문학자였던 이 교수님은 내가 쓴 가사 중에 나오는 '죽을 수 없어요' 부분이 너무 노골적인 표현이어서 문제가 될 수 있겠다며 '눈감을 수 없어요' 정도로 바꾸면 좋겠다는 의견을 내셨다. 나 역시 적극 동의해서 그렇게 가사 한 구절을 바꾸었다.

그 다음엔 가수를 찾아야 했는데, 처음에 생각한 사람은 〈향수〉를 함께 부른 가수 이동원과 성악가 박인수 선생이었다. 정지용 시인의 〈향수〉는 그 당시 대중가수와 성악가의 콜라보로 센세이션을 일으켰던 노래다. 그런데 이동원 씨에게 연락을 해보니 자신은 음반사와의 계약 문제 때문에 참여가 곤란하다는 답이 왔다. 다행히 박인수 교수는 참여 의사를 밝혀주었다. 따라서 이동원을 대신할 가수를 다시 물색해야 했는데, 최종적으로 안치환과 작업을 하기로 결정되었다. 그런데 재즈가수 김준 선생이 자기도 실향민이라면서 꼭 참여하고 싶다는 뜻을 밝혀왔다. 내게 재즈 음반을 내라고 독촉하던, 그래서 결국 나를 오대산으로 가게 하는 데 일조한 바로 그 분이다.

나는 세 사람의 목소리로 〈이제는 만나야 한다〉를 가녹음했고, 그 복사본 하나를 우선 MBC의 윤영관 국장에게 보냈다. 그리고 다음 생방송 때 노래를 선보이자는 연락이 왔는데, 아쉽게도 안치환과 박인수 교수 모두 생방송에 참여하기가 어려운 스케줄이었다. 하는 수 없이 그날 방송에는 나와 김준 선생 둘이서 무대에서 노래와 연주를 했다. 안치환과 박인수 교수의 경우 방송이 아닌 다른 무대에서 이 노래를 듀엣곡으로 불러 많은 박수 갈채와 눈물을 이끌어냈다. 이 자리를 빌어 세 분께 감사함을 전한다. 그러나 이곡은 정식 음반으로 나오지는 못했다.

그리고 내가 처음 시도한 재즈 연주자들만의 홍대 소극장 공연도 그다지 길게 이어지지 못했다. 그 이유는 홍대 소극장 공연에서 만난 한 미국인 아가씨의 사랑고백으로 인해 갑자기 대구로 내려가게 되었기 때문이다.

"당신은 내가 본 사람 중에 영혼이 가장 맑은 사람이에요. 눈을 보면 알 수 있어요."

그녀가 공연이 끝나고 난 뒤의 뒤풀이에서 내게 처음 한 말이었다.

알고 보니 미국에서 나고 자란 미국인으로, 미국에서 철학을 전공하다가 교환학생으로 이화여대를 다녔고, 다시 미국에 가서 철학과를 졸업했다고 했다. 그런데 한국이 좋아 다시 연세대 대학원으로 유학을 온 아이큐 160의 똑똑한 아가씨였다. 지금은 대구의 한 대학에서 교수님으로 재직하고 있다고 했다. 이목구비가 뚜렷한 데다가 균형이 잘 잡힌, 누가 봐도 미인인 여자였다. 검정고시로 고등학교를 마친 내게 철학자 교수님이 대시를 해온 것이어서 처음엔 이상한 여자라고 생각했다. 하지만 한 번 두 번, 만나는 횟수가 늘어나면서 그녀가 장난을 치는 게 아님을 알 수 있었다. 나중에 안 일이지만 애초에 장난 같은 건 모르는 여자였다.

말하자면 그녀는 세상에서 인생을 가장 진지하게 생각하는 철학자였던 것이다.

아무튼, 그녀와의 만남이 잦아지고 결국 결혼 애기까지 오가게 되었다. 그러던 와중에 의형제를 맺은 김덕수 사물놀이패의 김덕수 형이 어느 날 내게 이런 말을 해주었다.

"광철이 너는 이제 뉴욕에 가서 된장재즈로 한판 붙어도 되겠다. 네 된장 재즈 실력이면 뉴욕에서도 충분히 통할거야."

그 얘기를 장차 아내가 될 수도 있는 젊은 미국인 철학자 여교수님에게도 해주었다. 그런데 그녀 역시 반색이었다. 그러면서 자기도 1년만 더 대구에 있다가 미국으로 돌아갈 예정이니, 그때 함께 뉴욕으로 가자는 것이었다. 나는 그야말로 인생의 큰 전환기를 다시 눈앞에 마주하게 되었다. 이전의 그 어떤 선택보다 어렵고 큰 선택이 내 앞에 놓여 있었다.

사실 나는 서울에서 색소폰 2집 준비, 남북 이산가족 주제곡 발표, 소극장 공연, 녹음과 방송 등 할 일이 너무나 많았지만 며칠간의 고민 끝에 기꺼이 그녀와 함께하는 길을 선택하기로 했다. 그녀가 좋았고, 그녀와 함께할 미래도 좋아보였다. 핑계 같지만, 이것이 어느 날 갑자기 소극장 공연이며 방송 출연, 음반작업 등을 모두 보류하고 갑자기 대구로 떠나게 된 사연이다.

대구로 내려간 뒤에는 이전의 20여 년(전반전) 생활과는 또 다른 20여 년의(후반전) 생활이 시작되었고, 그 때부터의 이야기는 지금까지의 이야기와는 전혀 다른 차원의 것이고 분량도 많아 다음 기회를 기약하지 않을 수 없다.

이로써 내 삶과 음악 인생의 전반전 이야기가 끝났다. 흔히들 재즈는 10

년 주기로 유행이 변한다고 하는데, 돌아보니 내 인생도 그랬던 것 같다.

고등학교 입시를 포기하고 처음 색소폰을 손에 잡은 것이 우리 나이로 열일곱 살일 때였다. 그로부터 10년 동안 오로지 색소폰에만 매달렸다. 전국을 떠돌고 군대에도 다녀왔다. 오로지 색소폰 하나로 처음에 세운 목표 가운데 하나였던 집을 장만한 것도 이 시절이었다.

스물일곱이 되던 1987년 무렵에는 재즈에 입문했다. 밤낮을 가리지 않고 재즈 마스터를 위해 연습에 몰두했고, 이후 10년 내내 재즈 자체를 위해 살았다. 방송과 공연에 많은 시간을 할애했는데, 돈을 목표로 하지 않았음에도 돈과 명예가 함께 따라주었다. 바쁘고 정신없는 날들이었고 대체로 재즈 뮤지션으로서의 삶에 충실한 시절이었다.

그렇게 10년의 색소폰 연주자 생활과 다시 10년의 재즈 뮤지션 생활로 나름의 부와 명성을 쌓아가던 무렵, 나는 나만의 음악 나만의 재즈를 완성하기 위해 머리를 삭발하고 오대산으로 들어갔다. 나로서는 먼 앞날을 내다본, 진정한 예술을 향한 열망의 표현이었다. 믿거나 말거나 혼신의 노력을 이때 다 쏟았고, 그 결과로 된장 재즈와 순환호흡이 완성될 수 있었다. 그리고 색소폰 시작한 지 20년이 되어서 나의 창작곡과 재즈 연주가 들어간 '최광철 재즈 색소폰 제1집'이 나왔고 그런 20년의 내 경력과 재즈에 대한 열정이 클린턴 대통령이 참석한 청와대 만찬장에서 폭발했다. 준비된 실력과 나만의 철학이 있었기에 가능한 무대였다고 생각한다. 그 무대 이후에는 한동안 다른 재즈 뮤지션들과 재즈 클럽에서의 공연에도 심혈을 기울였다. 이어 내로라하는 정상급 가수들이 우정출연하는 소극장 공연을 선보였는데, 이 실험적인 공연 역시 초반부터 센세이션을 불러 일으켰다. 하지만 소극장에서의 릴레이 공연은 처음 계획처럼 끝까지 이어지지는 못했다. 그 이유는 앞에서도 이야기 했듯이 미국

미국인 철학자 교수님과 함께

인 철학자 교수님과 예기치 않은 사랑에 빠져서, 그녀와 뉴욕에 진출해
클린턴 전 미국 대통령을 매료시켰던 것처럼 한국의 국악 재즈로 미국인
들을 깜짝 놀라게 할 야심찬 계획을 세웠기 때문이다.

　"광철형, 뉴욕에서 국악재즈로 꼭 센세이션을 일으켜야 해!"

　매니저는 작별의 술을 마시며 내손을 꽉 잡았다.

　다음날 나는 대구로 가는 기차에 몸을 싣고 조용히 눈을 감았다.

"

"당신은 내가 본 사람 중에
영혼이 가장 맑은 사람이에요.
눈을 보면 알 수 있어요."
그녀가 공연이 끝나고 난 뒤의 뒤풀이에서
내게 처음 한 말이었다.

"

마치며

이번 책에 색소폰 및 재즈와 함께한 40여 년의 인생 중 절반(전반전)을 담았다. 나머지 절반(후반전)은 후속작에 담을 생각이다. 후반전도 전반전 못지않게 도전적인 인생사다. 특히 한국인 남편과 미국인 부인의 사랑과 에피소드, 또 동양문화와 서양문화의 충돌과 이를 극복해가는 과정은 특별한 흥미와 재미를 줄 것으로 여겨진다.

시간을 조금 건너 뛰어서, 나는 3년 전부터 서울 강남에 새 둥지를 틀었다. 집은 1987년 재즈에 처음 입문 할 때 살던 강남구 역삼동이고, 최광철 음악연구소의 음악실 겸 사무실은 서초구 서초동이다. 1999년에 미국인 부인을 따라 대구로 내려간 후 20여년 만이다.

나는 지금 새로운 10년을 막 시작하고 있는 참이다. 앞으로의 10년 동안 무엇을 어떻게 할지 생각해본다.

먼저 색소폰 동호인들을 위한 일이 있다. 요즘은 우리나라 50대, 60대, 70대 분들이 취미로 색소폰을 하는 것이 대세여서 각 동네마다 색소폰 동호회 간판이 쉽게 보인다. 이분들에게 색소폰을 잘 연주할 수 있게 올바른 등불이 되어주고 싶다. 그 외의 꿈들을 나열해본다.

이제는 본격적으로 가수들에게 곡을 장르 불문하고 정식으로 주고 싶다.

내가 존경하는 길옥윤 선생님 같이 제2의 패티김, 혜은이를 만나고 싶다.

방송을 다시 해서 음악 프로나 토크쇼에서 새로운 스타일로 해보고 싶다.

중단한 소극장 재즈 공연도 다시 하고 싶다.

변산반도에서 만들었던 색소폰 연주 창작곡 음반도 다시 내고 싶다.

남북 이산가족 음반도 MBC와 협의하여 편곡도 새로 해서 내고 싶다.

나의 첫 에세이집을 알리기 위한 전국투어와 사인회를 하면서 책 내용에 있는, 청와대 영빈관에서 클린턴 전 미국 대통령을 매료시킨 색소폰 연주도 즉석에서 들려주고 싶다.

이렇게 다시 하는 여러 일들은 대구 내려가기 전의 20년 전과는 다를 것이다. 그동안 내공도 더 쌓였고 더 많은 경험과 노하우를 바탕으로 더 혁신적이고 역동적으로 모든 것을 할 생각이고 준비가 되어 있다. 여기에 관계된 분들의 부름을 기다리고 찾아 갈 것이다.

이번 책을 통해 독자들이 무언가를 느끼고 배우고 생각하는 계기가 된다면, 나중에 다시 남은 이야기들을 풀어놓는 무대를 마련해볼까 한다.

모쪼록 재즈를 사랑하는 이들의 정신과 철학이 우리 사회 곳곳에 스며들어서 조금 더 자유롭고, 창의적이고, 도전적이고, 인간적인 세상이 만들어지기를 염원해본다.

재즈 색소포니스트
최광철

재즈 선율에서 세상을 읽다

초판 1쇄 발행 2021년 04월 13일

지 은 이   최광철 ⓒ 2021

펴 낸 이   김환기
펴 낸 곳   도서출판 이른아침
주   소   경기 고양시 일산동구 정발산로 24 웨스턴타워 업무4동 718호
전   화   031-908-7995
팩   스   070-4758-0887
등   록   2003년 9월 30일 제313-2003-00324호
이 메 일   booksorie@naver.com

ISBN 978-89-6745-119-6 (03810)